完美世界27

PERFECT WORLD

Oriental Fantasy

辰东◇著

山东画报出版社
济南

图书在版编目（CIP）数据

完美世界. 27 / 辰东著 .— 济南 : 山东画报出版社, 2022.1 (2023.8重印)

ISBN 978-7-5474-4104-6

Ⅰ. ①完… Ⅱ. ①辰… Ⅲ. ①长篇小说 – 中国 – 当代
Ⅳ. ①I247.5

中国版本图书馆CIP数据核字(2021)第237711号

WANMEI SHIJIE 27

完美世界27

辰东 著

责任编辑 郑丽慧

装帧设计 曹希予 周艳芳

主管单位 山东出版传媒股份有限公司

出版发行 山东画报出版社

社 址 济南市市中区舜耕路517号 邮编 250003

电 话 总编室（0531）82098472

市场部（0531）82098479

网 址 http://www.hbcbs.com.cn

电子信箱 hbcb@sdpress.com.cn

印 刷 湖南天闻新华印务有限公司

规 格 169毫米×233毫米 16开

20印张 320千字

版 次 2022年1月第1版

印 次 2023年8月第3次印刷

书 号 ISBN 978-7-5474-4104-6

定 价 34.80元

CONTENTS

目录

WANMEI SHIJIE

第1423章 归途

WANMEI SHIJIE

天神书院的最深处，一座非常宏大的祭台上，停着一艘青幽幽的战船，战船上流淌着金属光泽。

一群孩子站在战船上面，正是“罪血后裔”。

如今，他们不再衣衫褴褛，早已换上了崭新的衣服。每一个孩子都洗得干干净净的，露出稚嫩的小脸。

大战结束了，边荒落幕。

这群孩子要随石昊远去，开启新的生活。对他们来说，此时的心情既有紧张，也有期待，还有茫然。

“再见！”战船上，孩子们一起挥手，告别书院中送行的人。

“保重！”石昊开口，跟众人道别。

在祭坛外，有很多人，比如谪仙、大须陀、邀月公主，甚至还有王曦。

其中，自然少不了长弓衍、曹雨生、小蚂蚁等，有些人眼中发酸，此次一别，真的不知道还能否再相见了。

既然石昊选择了归隐，前往下界，那么他再想走出那个“牢笼”就很难了。看他的心境，他应该也不想再出来了。

从此以后，他们将天各一方，重逢无期。

“干吗要走啊？”太阴玉兔揉了揉眼睛，居然哭了。

“等哪一天，我去下界找你。希望没有那一日，因为再次见你，说不定我就会被你埋了。”曹雨生的声音有些沙哑。

他一直没有忘记师父的预言，他早就怀疑，那个该出现的人，有可能就是石昊！

“我先在九天游历，再回三千道州，你保重！”长弓衍说道。

其实，要回三千道州的有一批人，不过他们都没有动身，而是选择暂时留在九天上，游历各教和名山大川。

他们难得来到九天上，一旦回去，就很难再上来了。

石昊看向那个方位，当初从三千道州来了一大群人，而今只剩下几个了。

藤一、甄古、凤舞等人还活着，至于其他人呢？全部凋零，埋骨异乡！

“真的很遗憾，没能跟你痛快地一战，哪怕败了，我也高兴啊！”十冠王感叹道。他龙行虎步，形若一位年轻帝君。

“你拿株破树，四处招摇，谁愿意跟你交手？随便砸出去，都能放倒一片。”曹雨生说道。

这自然是调侃，谁都知道，十冠王要是同石昊对决，以他的性格肯定不会动用世界树幼苗。

忽然，大哭声传来，小蚂蚁很伤心，道：“石昊，你说过要带着我一起去对付鹤无双，可是，我们连他的后人都没有除掉呢。我不甘心啊，我的兄长、姐姐都死在了鹤无双的手中！我希望你不要暮气沉沉，有一天能气吞山河，走出那个‘牢笼’，跟我一起闯进异域去！”

这是伤心之语，也是激励石昊的话。

所有人闻言，顿时变了脸色。大战落幕，没有人愿意再去边荒了，那里葬下了太多的英魂。

相对来说，这一世死的人还算少，若是帝关被攻破，那简直不可想象。

最后时刻，仙院的小天王等跟石昊起过纷争的人也来为他送行。

每个人都在挥手，自此之后，他们可能再也不会见面了，还有什么放不下的呢？

石昊心中一动，取出一副湛蓝甲胄，道：“小天王，还你！”他一抖手，甲胄飞向前方。

“骗人，还说什么可以多出一道仙气呢，到了斩我境中期就没有什么效果了。”石昊笑道。

这件甲胄号称无价秘宝，可以让穿戴者多出一道仙气，当时真的将石昊镇住了，是他从仙院挑衅者手中夺来的。

可事实证明，有些天地规则是不可逆的。

“送你了，给那些孩子吧，或者传给你的弟子！”小天王摆手，又取出甲胄，将之送给了石昊。

“好！”石昊也不推辞。

“轰隆！”

祭坛发光，璀璨无比，即将开启一条古路，直达三千道州。

这一次，石昊前往三千道州不走帝关，也不过边荒。一群老古董亲自主持，专门为石昊开辟了一条路。

祭坛上，瑞霞千万条，熠熠生辉。

“走吗？”石昊问祭坛下的石毅，他们来自同一个地方。

“不走！”石毅摇头道。他选择留下，不再回下界八域。

“哧！”

一条通道突然出现，贯穿乾坤。

“嗡”的一声，战船启航，进入通道中。

最后，石昊的目光一一从那些熟悉的面孔上扫过，他看到了从远处飞来的清漪。

她在挥手，喊着一些话语。

可是，石昊听不到了，神光闪烁，他与战船从此地消失了。

空间通道内，青金战船稳步航行，透过界壁，还能模糊地看到外界的星辰。

九天十地中的十地是古大陆，每一块都大到无边，彼此相隔无尽星海，还有界壁阻挡。

每两块大陆之间的距离遥远，一般的修士就是飞行上百世也难以寻到另一块古大陆。

至于九天，那肯定是有界壁相阻的，处在各自的神秘空间内，所在之地的大道之力相对完满。

“那是什么？有一艘船！”忽然，一个小男孩惊讶地叫道。

遥远的前方，有一艘古船，它巨大无比，通体漆黑，染着血迹，无声无息地穿行而过。

石昊心中悸动，当即变了脸色。

“哧！”

另一片区域中，仙光灿烂，光雨无尽，有人成仙，那里太绚烂了。

“成仙了？！”一个小女孩惊讶地叫道，红扑扑的小脸上写满了好奇。

石昊心中吃惊，怎么会遇上这种事？

“轰隆！”

混沌之气汹涌，一座殿堂突然浮现，恢宏而庄严，在远处沉浮。

石昊神色严肃，心中震动，这实在非同寻常，是一件无比可怕的大事！

染血的黑色古船，散发着混沌之气的古殿堂，还有飞仙奇景，这是在空间旅行中最怕遇到的三大事物。

自古以来，没有人愿意遇到这三大事物，因为，哪怕只是碰到这三大事物之一，多半都活不成。今日，石昊居然都遇上了，他怎能不震撼，不心惊？

三大最可怕的事物居然一同出现了？！

他睁开天目，仔细凝视。

不对，那里伴着岁月的气息，有时间长河的力量。

历史留影，时光烙印？

他略微放心下来，不然的话，带着这么一群孩子，真要是遇上这种古今以来让众多强者绝望的三大不祥事物，绝对麻烦大了。

“轰！”

远方，一条时间长河横渡而过。

“嗯？”

石昊像是在看着一片历史时光，心中一凛，因为他看到了一个模糊的生灵一分为六，冲向六个方向，是自己兵解自封吗？怎会如此激烈？

接着，他又看到了炼仙壶和一座大坟，还看到了一片海。

这些事物疾速而逝，一晃而过。

孩子们都不可能看到这些，因为，就是以石昊的修为和道行，他也只捕捉到了一些残影。

那些都是古代留下的时光碎片，是岁月烙印，是昔日的空间残影。

石昊沉默不语，虽然边荒大战结束了，就此落幕，可是，他觉得天地间仿佛更压抑了，说不定早晚会爆发出什么来。

“轰！”

青金战船一震，从空间通道内穿越而出，到达了目的地——三千道州。

“叔叔，我们到了吗？”一个六七岁的孩子仰起小脸，紧张而又充满希冀地问道。

“这是中间驿站，不过快了，我们先在这里驻留几日。”石昊说道。他要寻找那几个古老的家族，向其请教前往下界的路。

“三千道州，我又回来了！”石昊感叹道。

这片大地浩瀚无垠，恩怨纠缠，曾经发生过很多事。

此时此刻，石昊颇有感慨，当年初次来到上界时，他还是一个十几岁的孩子啊！

一晃过去多年，他已经可以俯瞰一域了。

由杀手组成的天国，还有魔葬园、冥土、仙殿、天人族，你们可还安好？
边荒有难，不见你们的身影，如今大世安宁了，你们是否又要现身？
石昊心中有怒意，当年，这些道统无不想除掉他。
只是，这片古大陆绝不简单，其中可能有苟延残喘的仙！

第1424章 遇上

WANMEI SHIJIE

这片大地上有真仙蛰伏，可是边荒大战时却不见真仙现身，这让人叹息，能说什么？

石昊知道，其中一位真仙就在仙殿内。

石昊短暂地出神，而后抬起了头。他回到三千道州，想来不会成为秘密，有些人多半已经得悉这一消息。

他很谨慎，并未因如今道行高深就大意。因为他即将离去，不想有什么变故发生。

在九天上时，一切都很宁静，无人生出事端，哪怕跟他关系不睦的金家都一直很本分，没有来找他的麻烦。

这其中自然有金太君垂死、闭关养伤的原因，更为重要的是，石昊在边荒一战中战出威名，立下了赫赫大功。这个时候，哪怕是至尊，也不敢冒天下之大不韪来针对他。

“毕竟有残活着的仙，大意不得。”石昊一叹，来到三千道州，必须要防备起来。

“大哥哥，我们要去哪里？”一个四五岁的孩子问道。他的小脸很圆很红，如同一个红苹果。

这些孩子对石昊很亲近，但对他的称呼不同，有人喜欢叫他叔叔，有人叫他哥哥。

孩子们的根骨与天赋极佳，都是最宝贵的修道种子，石昊对他们照顾有加，希望有朝一日他们都能成长为参天大树。

“我要去见一些人，接他们回家。”石昊说道。

他弄清楚身在何方后，发现这里离魔州不算很远，便决定第一时间赶过去，寻找自己的祖父石中天。

石昊的祖父石中天又叫十五爷，被人称作大魔神，于魔州的一片火山间隐居。

石昊归心似箭，恨不得立刻见到自己的祖父，一别很多年，他还好吗？

石昊同祖父聚少离多，虽然在一起没有多长时间，但是可以感觉到老人对他的疼爱，老人为了他曾豁出去过性命。

无论是在下界的石国皇都大战，还是来到上界同不老山对立，祖父的做法都让石昊感动而心疼。

在石昊年幼时，祖父便为了他去取貔貅真血而失去了一条手臂，可见对他有多么在乎。

这艘青金战船在天空中飞行，速度很快，穿云破雾，根本不用借助祭坛，可以直接疾速前行。

地面上，大河滔滔，高山耸立，非常壮阔。

石昊他们进入魔州，来到了这片土地上。

魔州，之所以有这个名字，是因为这里有一个道统占据了一处古地——黑兰山。黑兰山上长满了向日魔葵，那里名为魔葵园，栖居着强大的植物修炼者。此外，这一州自古动荡，是一片乱战之地，常年有魔出没。

青金战船放慢了前行的速度，石昊的内心很不平静，祖父还会在这里吗？他若是出去游历，还会回来吗？

这是一片高原，方圆数十万里很寂静，没有什么波动。

很快，战船驶入了一片火山群。石昊跃起，径直俯冲了过去，可是，这里很安静，并未感应到大魔神的气息。

有的火山，岩浆汩汩而涌，冒着浓烟，有的火山早已炸开，没有了声息。

“祖父！”石昊只是轻声呼唤，声音便可以在方圆十万里内回荡，清晰地传到每一个角落。

然而，石昊并没有收到回应，也没有见到大魔神十五爷。

石昊很失落，原本回来后，想在第一时间见祖父，结果他却不在这里。显然，他已经离开数年了，一直没有回来，因为这里早已没有了人的生气。

“游天下。”

石昊寻到这样三个字，很简洁，这是祖父写给他的。后面应该还有字，只是由于火山喷发，岩壁被毁掉了。

祖父没有危险，走得很从容，应该是游历去了。石昊能从那三个字中感应到一种心境，这让他长出了一口气。

石昊轻轻一叹，有些怅然，回到了青金战船上。

“叔叔，你没有找到爷爷吗？”一个小女孩问道。他们已经知道石昊来这里做什么了。

“走吧，以后会见到的。”石昊说道。

战船横空，速度不是很快，慢慢驶离这里。石昊带着不舍，不断回头望，希望能看到祖父归来。

“咚！”

前方，虚空剧震，一艘战船呈赤红色，弥漫着一股煞气，从虚空中冲出，险些撞在青金战船上。

显然，这是有人在横跨虚空，刚从空间大裂缝中出来。

石昊蹙眉，控制战船避开对方。

然而，让他没有想到的是，一道剑光劈来，径直斩向他们这艘大船。

剑气带着毁灭之意，冷血无情，要攻击他们一船人。

“当！”

石昊弹指，轻轻一震，击散剑气，站在船头，冷漠地看向前方。

“天国战船横跨，何人敢阻?!”船头，有人斥道。

当听到是天国时，石昊的脸色当即就沉了下来。

这个组织臭名昭著，恶事也不知道做了多少。当年，他还被该教针对过，那天国之主还曾要除掉他，就更不要说天国的年轻一代了，当年三千道州天才争霸时，天国的神子等专门围剿他，只是都被他斩灭了。

当然，如果仅是这些也就罢了，石昊还不会有那么多恨意。他的心中一直有根刺，他始终记得鬼爷的惨死。

下界补天阁的开创者鬼爷，便是在上古年间被天国的人击灭的，而鬼爷的残魂曾跟石昊待在一起很久。

石昊再次弹指，这一次他没有留情，“当”的一声，对面那艘赤红的大船的船头当即炸开，崩毁了。

“何人?!”大船中传出声音，震怒无比。

与此同时，整艘战船都暗淡了，并且快速消失。

这是天国的作风，他们常年偷袭他人，一旦遇到敌人，或者要开战，就会第一时间隐伏起来，而后袭击对手。

“轰！”

石昊轻叱一声。天空中，雷电茫茫，将虚空淹没了，而后直接让那里崩开，那艘残破的战船顿时无所遁形。

“前辈，恐怕有些误会。”此时，船上有人开口了，放低姿态，快速服软。

接着，一道很敦实的身影出现了，是一个中年人，他开口道："道兄请息怒，我等无意冒犯。"

可是，石昊怎么可能会认为他们是通情达理的呢？他们刚才可是一语不发，就要毁掉他的战船。

这群凶人不过是见风使舵，此时发觉惹不起他才服软而已。

突然，那中年人大惊，颤声道："你是石昊？！"

当年，石昊的画像曾传遍一些大教，许多人都认识，这中年人算是天国的高层，自然见过。

这一刻，中年人面如土色，额头直冒冷汗，心想，这个煞星竟被他撞上了。

"石昊？！"

其他人也心惊肉跳，因为最近有传闻，石昊迅速崛起，名震九天，更是在边荒横扫群敌，立下了赫赫战功。

"天国的根基建在哪里？"石昊冷冷地问道。

既然遇上了，那就去天国走上一遭！

天国很神秘，外界虽然知道他们名义上的殿堂的所在地，但是根本不知道真正的传承国在哪里。

因为，天国自身也知道，身为杀手组织，太容易招人恨，不能暴露真正的神国祖地。

"我……不知道！"中年人颤抖着道。他感觉到了石昊的强大，恐怖的气息扑面而来，让他通体冰寒。

"既然如此，那你就上路吧。"石昊不想多说，一只大手径直向前按去。

"轰隆"一声，那艘船瞬间就解体了，还有一些杀手跟着大叫，全部都殒命了。

中年人虽然竭尽所能，用一身道行去硬撼，可还是没有保住性命。

石昊心中平静，毫不手软，因为这是一群杀手，他们臭名昭著，恶事做尽，全部当诛。

若是其他道统，哪怕跟他有仇，他也不会这样将其尽数除掉。

"住手！何人在魔州放肆？"遥远的天边传来波动，低沉的吼声传到了石昊耳中。

"你是谁？"石昊问道。

"魔葵园二长老。"远方，有人传音，"我来迎接天国的道友，是你对他下了杀手？”

很明显，那人在靠近后才知道事情有多么严重与可怕，神情当即就变得不自然了，随后，他转身就走。

他实在被吓坏了，天国的一位高层直接被人拍死，这可不是一件小事。

“魔葵园？我正要去看一看！”石昊冷冷地说道。

他犹记得，当初魔葵园之主也是要除掉他，而今既然到了这里，他自然要去拜会一番，看一看此人究竟有多强。

“唰！”

石昊起身，带着无畏狮子，离开了青金战船。

随后，他以大神通将青金战船缩小，收进袍袖中，而后坐在无畏狮子的后背上，径直赶向魔葵园。

第1425章 君临魔葵园

WANMEI SHIJIE

雾霭朦胧，笼罩大地，覆盖山河，景象相当恐怖。

无畏狮子驮着石昊，踏着云雾，一路向前。它躯体强健，金色鬣毛垂落到前爪处，显得异常威猛。

这样一头狮子，别说在三千道州，就是在九天上，也算是大凶，是稀有血脉，因为无畏狮子在当世已经很难见到了。

这个种群非常强大，有几人能将它们当坐骑？

此时，这头狮子的胸中有股火气，堂堂返祖者，当年都敢跟仙僧王叫板，如今居然被人骑坐着。

“嗷——”

无畏狮子的咆哮声引得地动山摇，若非石昊给了它一巴掌，让它敛去了可怕的大道涟漪，下方的山川不知道要崩塌多少。

即便是如此，这方圆数万里内，还是山峰剧颤，古木折断，狂风大作，景象惊人。

植物修炼者的圣地魔葵园就在前方，不是很远，那里乌光蒙蒙，瑞气蒸腾。

魔葵园栖居着向日魔葵一族，他们是一个十分强横而又来历神秘的族群，一般来说无人敢招惹。

虽然名为魔葵园，但是在山中，此地为黑兰山。

此地在三千道州可谓负有盛名。

魔葵园之主被一些人称作魔主，实力强大，法力高深，极其可怕。

不过，对魔葵园知根知底的修士最惧怕的是魔主背后的老魔主，那位真正的老魔主法力绝世。

当然，没有几人知道那位老魔主是否还活着。

大山巍峨而雄浑，黑兰山到了。

山门恢宏，内部有一株又一株古木，还有向日魔葵，乌光闪烁，灵气充沛。

“嗷！”

无畏狮子到了这里后，当即就大吼一声。石昊没有阻止它，就这么骑着它从天而降。

云雾翻滚，扩散到了此地。无论怎么看，无畏狮子都像是大凶生灵，它咆哮着，让山门都抖动不止。

“咔嚓！”

当无畏狮子落在地上时，山门前的青石阶等全部龟裂，一些摩崖石碑更是炸开，乱石崩云。

要知道，这可都是法力加持过的神碑，布有大阵，即便是陨星从域外砸下来都不会造成太大的影响。

而现在，无畏狮子只是降落在此，气息外放，山门仿佛就要炸开了，面临着即将崩毁的大灾难。

“什么人?!”山门前，有人喝问。

那是一队高手，负责守护门户，他们的脑后都有一道黑色的神环。毫无疑问，他们是向日魔葵一族，而那黑色神环是天生的黑焰光环。

“速退，别问了！”

此时，天空中传来一声大喝。那是魔葵园的二长老，他比无畏狮子先动身，拼命往回逃，可尴尬的是，他反倒落在了后方。

魔葵园的植物修炼者都是草木精怪，听到这话都大吃一惊。连二长老都这么害怕，此人到底是谁?

“荒，他是当年的荒！”终于，有人认出了石昊。

“轰隆！”

在石昊一语不发时，无畏狮子向前迈步，粗大的金色爪子落下，山门崩开，石山龟裂，巨石冲天。

它像是一个盖世魔王，所过之处，青石阶路沉陷，两旁的大山崩塌。

所有植物修炼者都傻眼了，这头狮子太恐怖了，威势无与伦比。要知道，这里可是有守护大阵啊，结果此时此刻却跟纸糊的似的。

连坐骑都是如此，那坐在无畏狮子背上的人岂不是更可怕?

一群人顿时懵了！

虽然高层已经知道了边荒之事，并了解了石昊的事迹，但是下面的人还不知道。

这才多少年啊，荒就这么恐怖了？一群人都傻眼了，难以相信眼前这个事实。

荒这是复仇来了吗？若是他闯进魔葵园，谁能与之抗衡?

“魔主呢，快去请魔主！”有人大叫道。

当他们回头时，发现二长老早就没影了。所有人都一阵无语，连门中的高层都是这个反应，叫他们如何抵挡？

一群人拼命向山门中逃去。

石昊倒也没有滥杀无辜的意思，只是坐在无畏狮子身上，任它前进。

然而，石昊的这种威势还是吓住了一群生灵。

山门内，古木苍天，宫阙巍峨，的确是一片圣土，乌光扩散，灵气氤氲。

“荒，你这是何意？”山门内传来喝声。

“当年，你教不是一直想除掉我吗？今日我送上门来了。”石昊回应道。

石昊归来了，他行事就是这么直接，震惊了魔葵园的所有人，他的成长速度太快了！

“魔主不在。”黑兰山深处，有人冷冷地说道。

石昊一愣，自己就是为此地之主而来，看一看他究竟有多强，顺便解决昔日的恩怨，他竟然不在？

“咚！”

石昊从无畏狮子的背上跳了下来，一脚踩下，大地崩开，所有的山峰都剧烈地颤抖着。

此地的人再次变了脸色，感觉到了一股恐怖的压抑气息。

“自号魔主，真是好大的口气，我觉得，凭他还不配！”石昊冷冷地道。

“大胆！”

“大胆！”

黑兰山深处同时传来几道喝声。

“你敢羞辱我魔葵园，不要以为自己真的天下无敌了！”

“走进了黑兰山，可由不得你放肆！”

显然，作为一个名震三千道州多年的道统，他们极为自负，一道又一道冷冷的声音传出。

“去请魔主吧，不然的话，我不介意扫平这里！”石昊毫不客气地说道。

“轰！”

同一时间，他毫不掩饰，爆发了自己的气息，这个地方的山川似乎瞬间全都要崩塌了。

哪怕有法阵守护，许多神山依旧炸开了。

“布阵——诸神的黄昏！”有人喝道。

地下，浮现出诸多纹路，犹如铁水流淌，很可怕，那是古代布下的绝世大阵，可击灭诸神。

当石昊爆发时，这里的许多阵台都炸开了。

石昊毫不掩饰自己遁一境的修为，血气贯日月，神力压黑兰山。此时此刻，这片天地都在轰鸣，在崩裂。

方圆数十万里内都是空间大裂缝，裂缝贯穿天宇，那景象如同灭世一般。

这一刻，域外的陨石都坠落下来，砸向此地。

“咚！”

当真是震天动地，整片山脉都要倾覆了，魔葵园也要沉陷了。

石昊并未直接出手，只是释放出自己的法力波动。最强血气喷薄而出，光是那种波动便仿佛要斩落下大星来。

“冲啊！”

魔葵园内的高层顿时急眼了，这简直是要灭他们的道统啊！这个人太强悍了，他们必须激活古阵，抢占先机。

他们出手，催动法阵，围攻石昊。

只是，哪怕有惊天法阵，他们依旧伤不了石昊。他站在那里，体内的门开启，清光流转，在体外形成一层光幕，如同神环遮体。

万法不侵！

这一刻，所有攻击都被石昊体外的光幕挡住了。

“轰隆！”

当石昊怒目而视，释放出自己强大的法力时，那种波动化成场域，禁锢天地，击穿了诸多阵台。

一面又一面镇压他的大旗在空中爆碎，化成了齑粉。

一座又一座拔地而起、化成神岳的阵台在向他镇压而去时，在天空中“砰”的一声炸开，发出绚烂的火光，碎屑飞溅。

石昊就像是一个盖世魔王，只是站在那里，便瓦解了所有攻击，让那大阵炸开。

“噗噗噗……”

四野，不少人都口中吐血，踉跄着倒退而去。

这还是石昊极力克制的结果。

“让魔主出来见我！”石昊冷冷地说道。

“魔主还有老主人都不在，访友去了，不知何时回来。”有人颤声道。

他们实在被吓坏了，这等威能也太过可怕了，恐怕比魔主都要强，跟老主人相仿。

“哼！”

石昊冷哼一声，大袖一展，天地间罡风浩荡，许多大山都飞了起来，冲向天边，而后爆碎，景象吓人。

紧接着，许多人体内一空，法力外泄，惊恐地叫出声来。

但凡知道石昊的身份后，还流露出敌意的植物修炼者，都发现自己的道行在下降，神力在锐减，因为他们的魔籽在飞出。

这里的植物修炼者大多为向日魔葵，神力都集中在魔籽中，而现在他们的魔籽都被石昊夺了去。

“你敢！”

此时，一名老者从黑兰山深处飞出，他达到了斩我境后期，竭尽所能地抗击。

这是魔葵园的大长老。

“嗷！”

无畏狮子咆哮一声，迎了上去，挡住了此人，狮子吼震碎天地。

所有人都傻眼了，魔葵园长老的修为可是非常强大的，结果却挡不住荒的坐骑，太恐怖了。

“噗！”

无畏狮子的一只大爪子按在那个老者身上，让他动弹不得。

“魔主还有老主人不会放过你们！”老者嘶吼道。

“敢威胁我?!”无畏狮子眼中凶光毕露，“噗”的一声，一爪子下去，击毁了老者的元神。

至此，魔葵园鸦雀无声。

石昊袍袖一展，一下子就收上来数千斤黑色的葵花子。葵花子颗颗晶莹透亮，是神力精粹，是大补之物。

石昊心想，若是将这些带回石村，将会是一份不错的礼物。那群跟着他的孩子，多半也会很喜爱这份礼物，因为这些能够增强他们的血气与神魂。

“我不想滥杀无辜，但是，惹到我头上，也别怪我无情！”石昊说道。他又一次出手，将魔葵园的地宫破开了。

下一刻，别说是石昊，就是无畏狮子都瞳孔一缩，因为好东西太多了。各种神料堆积如山也就罢了，还有很多灵草、大药等，更有一些晶莹透明的玉石瓶子，其中封存有一些与众不同的向日魔葵子。

“这些都是历代前贤坐化后所留，是神籽，也是精粹，更是长老级修士的法力果实。”有人颤声道。

“好，我收下了。来日解决了魔主的恩怨，便跟你教冰释前嫌，井水不犯河水。”石昊说道。

这些神籽绝对是好东西，可以为天才筑大道之基，改善修者的体质、血脉神魂等。

魔葵园的众人面如土色，一个个都不敢多语。

“年轻人，你是很强，但是，我家老主人也有大来历。你这样咄咄逼人，或许难以善终。”就在此时，一名老者开口道。

“砰！”

无畏狮子一爪子将这名老者拍翻，险些让他的道行毁掉大半。此人战栗不已，再也不敢开口了。

第1426章 长生

WANMEI SHIJIE

看到无畏狮子这么凶残，魔葵园的众多植物修炼者心胆皆寒，那可是一位长老，居然一爪子就被拍翻了。

"轰隆隆！"

地宫抖动，发出轰鸣声，石昊将它拔起，什么都没有剩下，连地基都给挖出来了。

"看什么看？还不快去收拾，将山门、宫殿、琼楼都给我拔走，带回下界。"石昊踹了无畏狮子一脚。

这头狮子愤愤不已，便是在异域那个强者辈出的地方都没有人敢这么对待它，就是帝族至尊都不行。

无畏狮子一脉在异域有着极高的地位，没有人敢轻视与折辱它们。可现在，它却成了坐骑，沦为仆从。

"表现好的话，有朝一日就给你自由，莫道便是榜样。"石昊说道。

无畏狮子当即就老实了，它可不愿意一辈子驮着荒到处走，虽然此人很强，可它也不愿意当坐骑啊！

"轰隆隆！"

黑兰山，许多琼楼玉宇被拔起，就是山门那里比较完好的阵台等也都被无畏狮子一把抓起来了。

这是要挖地三尺，将魔葵园掏空啊！一名老者眼睛都红了，但是他只能在心中大叫，不敢表现出来。

在石昊看来，这么一个大教，号称魔主栖居地，屹立了百万年，肯定有很多天材地宝，值得整体搬走。

他不再亲自动手，把任务都交给了无畏狮子，自己则背负双手，在这里仔细地感应。

通过法阵和这里的大道气息，石昊已经大致估量出了魔葵园的真正实力，它的确算是三千道州出名的大教。

魔葵园大长老的地位很高，仅次于魔主，处在斩我境后期，若不算那位老魔主，应该是该教的第二高手。

“魔主应该相仿。”石昊做出了这样的判断。相对来说，这的确算是一个顶级道统，最起码在三千道州很了不得。

因为，在一般的小门派中，只要达到天神境便可为教主。大多数门派之主都在虚道境，那是主要的势力与道统。

像魔葵园这样的顶级大教，其教主的修为多在斩我境后期，接近遁一境，倒也不出意料。

只是，石昊没有想到魔葵园还有一位老魔主，而那位老魔主似乎很神秘。

石昊在这里仔细寻觅，认真感应，结果却没有发现那个什么太上教主留下的气息。

难道老魔主不经常回来吗？

当石昊离开时，黑兰山愁云惨淡，他们从没有遇到过这样的劫难，整片魔葵园都空了！

那一人一兽带走了一切，如山门、宫阙、药田等被搬走也就罢了，居然连那神池都被挖走了。

那泉眼也干涸了，因为下方的神脉被那头狮子收入了空间法器中。

魔葵园的众人傻眼了，这是要断了他们的道统啊！

这能怪得了谁？当年魔主针对荒，结果惹下了这种大祸。

他们叹气，很无奈，因为魔主是荒的生死仇人，到现在荒还能留着他们的性命，已经算是仁慈了。

石昊骑着无畏狮子，就此远去，一路前行，要去不老山。

那里有他的父母，有他的亲人，当然，还有一群跟他不对付的人。

石昊离去了，可他身后却不能宁静了。他在魔葵园挖地三尺，拿走许多宝物的消息，传遍了那个区域。

人们哗然，许多修士都目瞪口呆，深感意外。

一些教主听闻此事，既是心惊，又是一阵无语，荒的行为让人捉摸不透。

一些人开始担忧起来，万一荒找上门来，怎么与他对抗？

有一部分人现在知道了石昊在边荒的煌煌战绩，他一战惊九天，横扫异域帝族，足以震动九天十地！

这件事引发了轩然大波，魔葵园那么强大，荒直接就横扫了过去！

五行州地域广袤，十分浩瀚。

若是一般的修士，飞上一生也到不了此地，但是石昊今非昔比，他的修为达到了遁一境，可俯瞰一域。

不过，他还是很低调，骑着无畏狮子走的是僻静的蛮荒山脉。

“又一次进入这片大地。”石昊轻轻一叹。

五行州有秦家的五行山，也有恶魔岛。此州之所以命名为五行，跟秦家有关，那里有不老山，也就是五行山。

“这么多年过去了。”

石昊神色复杂，他对不老山真的没有什么好感，可是母亲出自秦家，这是无法改变的事。

当年秦家着实难为了他的祖父——大魔神石中天，竟将其送到恶魔岛挖矿，险死还生。

“父亲还在这里吗？”石昊心情复杂，因为他听说父亲石子陵最后离开了这里。

近了，终于靠近了五行山。

过去，石昊可没有这么靠近过五行山，躲避秦家还来不及，不可能自投罗网，但是，现在情况已经大不相同了。

不过，石昊还是没敢大意，因为他深知秦家的五行山不简单，极有可能同仙道有关，是一件至宝。

这一次，他来这里除了见父母，也是要弄个究竟，了解秦家的一些秘密。

“嗷！”

还未等石昊有什么决断，无畏狮子在靠近此地时，就大吼一声，震动了整片古地。

前方，殿宇成片，山峰巍峨，银瀑垂挂。

“何人敢来秦家门前搅闹？”远处，传来大喝声。

“不好，里面的山体有仙道气息！”无畏狮子心中一震。

原本它觉得，在这三千道州，它可以横冲直撞，一爪子下去就足以掀翻一个传承，可现在它知道自己错了，这三千道州绝对不一般。

石昊眯起眼睛，默默打量，那五行山带着朦朦胧胧的仙气，坐落在秦家古地的最深处。

“我弟弟身上有一块仙骨，说是秦家从广袤的无人区深处捡来的，但天知道是怎么回事。”石昊自语道。

秦家祖地有雄伟的大山坐落，有秀丽的岛屿悬在空中，还有散发着氤氲紫气的泉池，这里是一处宝地。

一声叹息在虚空中响起，从秦家深处传来。紧接着，一道身影浮现，他很年轻，踏着虚空，仙风道骨，飘飘而来。

此人虽然有仙道气韵，但是不老迈，看起来十分俊美，如同一个二十几岁的年轻人一般。

可石昊却知道，此人活了无尽的岁月，是一个老古董。他名为秦长生，石昊昔日曾见过他。

石昊露出异样的神色，看着秦长生，不可避免地想起了九天上的王长生，他们名字相仿，就是气质都有些相近。

他们的名字里都带有“长生”二字，而且外表都是那么年轻俊美。

“你见过王长生吗？”石昊忽然开口，很突兀，也很直接。

五行山之主，这个唇红齿白，看起来相当年轻的强者，先是一怔，而后轻轻一叹，道：“看来，你觉得我跟他应该认识。说起来，叫长生的可不只我与他，还有一个，名叫穆长生，那个人可能更强。”

石昊顿时愣住了，还有一个穆长生？

第1427章 长生祸

WANMEI SHIJIE

穆长生，那是谁？

石昊惊诧无比，怎么又多了一个长生？这其中有什么隐情？

他看向对面的强者，五行山的主人——秦长生。

秦长生的生命气息蓬勃得惊人，宛若一个翩翩美少年，他的外表跟他的真实年岁比较起来，实在让人不敢置信。

若论起辈分，深究关系，石昊还得尊秦长生为长辈，两人有血缘关系，故此现在石昊的心情相当复杂。

“那是一个强者，最起码也是至尊，修为不在王长生之下。”秦长生说道。

说到这里，秦长生一伸手，做了个“请”的动作，带石昊飞上一座悬空的岛屿，这是秦家的一座灵气氤氲的神岛。

秦长生没有带石昊去到秦家深处，离五行山还很远，以示他没有恶意。

显然，秦长生也知道，这个年轻人对秦家有很不好的看法，甚至带着敌意，所以他做出了这样一番举动。

岛上，奇石罗列，佳木葱茏，紫气弥漫开来，那是天地精粹。

在一片紫竹林前，两人停下了脚步。这里有石桌与石椅，还有一只很机灵的白猿，它托着玉盘，送来灵果与神酒。

半空中，鸾鸟飞过，霞光洒落，瑞气蓬勃。这里宛若仙境，缥缈而灵动。

“好地方啊！”石昊赞叹道。

“这是我平日静心之地，我常在此自问与反省。”秦长生说道。

“哦，以不老山教主之威势还要这般吗？你谨小慎微，似乎有难言之隐？”石昊讶异地道。

“这天地间，奥秘无穷，诡异诸多，有许多事就是我等也不能理解。”秦长生一叹。

话锋一转，他回到主题，说起了长生祸。

没错，秦长生认为这是一种祸。他的内心始终不安，带着警醒，终年都在防备着什么。

石昊听闻，觉得很不可思议，他不过随口问了一句而已，好奇他们的名字为何这么相似，没想到竟引出这些来。

太古前，秦长生英姿勃发，志向高远，的确是个奇才，很早便战出了威名。

他误入无人区，竟奇迹般地大难不死，最后发现自己已经毗邻帝关，到了边荒区域。

正是那一次，他的命运发生了转折。

犹记得，他跌跌撞撞，闯入了一片古区域，那里仙气迷蒙，圣洁无比，可是，放眼望去，地上景象骇人。

那里有一小块沼泽地，呈殷红色，其中有水泽，汩汩而涌，冒出的都是鲜红的液体。

秦长生到了那里之后，很快就昏迷了。再醒来时，他便莫名其妙地离开了无人区，回到了三千道州。

自那以后，秦长生发现自己变得不同了，经过仔细的探察后，他发觉体内多了一块骨。

“仙骨？！”石昊目光一凝，心中不能平静。他想到了秦昊，其体内就有一块仙骨。

传闻，五行山有一块从广袤的无人区中得到的仙骨，哪怕过去了无穷岁月，那块仙骨都有生机。

后来，许多人都知道了，那块仙骨经过漫长的岁月的温养，彻底活了过来，被植入了秦昊的体内。

“没错！”秦长生点头道。

石昊心中顿时一惊，难道跟传闻不一样吗？

“骨上有‘长生’二字。”秦长生说道。

他原本不叫这个名字，可自从有了那一次神异的经历，他觉得自己得了上天的眷顾，才有那种造化。

那段时间，他心中始终有一个念头，改名便是改命，要叫秦长生。

“说起来也可笑，或许可怕，我竟鬼迷心窍，不知道怎么回事，就改成了这个名字。”秦长生自嘲道。

“因一块骨而改名。”石昊叹息道。

若是深想，还真是让人有些不寒而栗，一块骨上的“长生”二字，竟影响了当年的秦族强者，并使其改名。

石昊的脸色不是很好，这块骨的来头跟外面流传的不一样，而现在更是植入了他弟弟的体内，这不是什么好事。

“后来呢？”石昊问道。

“后来，更可怕。”秦长生叹了口气。

后来，他寻到一处古洞，在那里休养，想将体内的那块骨探个究竟，不知不觉间，陷入了深层次的悟道境中。

“这是好事啊！”石昊说道。

秦长生苦涩地一笑，道：“一次悟道，便是十万年，再出世时，已是沧海桑田。”

“什么？”这一次，石昊惊呆了。

这是什么悟道？怎么会如此悠远？太不现实了！

就是至尊闭关，也不可能一次就十万年，最多几千年、上万年，就算是闭关很多万年，途中也肯定会苏醒。

十万年，沧海桑田。

可是，秦长生却发现，自己依旧年轻，充满活力，并且修为大增，一下子成为三千道州有数的强者之一。

当秦长生回归故地时，他所认识的人差不多都死了，除了同时代的几名成了各族巨头的天骄。

“我的一位红颜知己等了我很多年，最后被其族中的长辈逼着，嫁作他人。十万年过去，我连她的坟都找不到了，只能在那片区域静静驻足。”秦长生很伤感。

很明显，这件事对他触动太大，不然过去这么多年的事，怎么可能还会被提及呢？

石昊可以想象到那个场景，一个年轻人独自站在一片旧地，怅然而悲叹。很快，他又觉得很荒谬，这可是秦长生啊！

在石昊的认知中，秦长生是一个大凶人，最起码给他的印象很不好，没想到也有这么感性的一面。

石昊发现，尽管漫长的岁月逝去，但是秦长生的眼中还有遗憾，还有伤感。

而秦长生接下来的一番话，更是让石昊身体一震，因为那涉及他母亲那一脉的血脉传承。

“我没有后人，经过多番打探，找到那一脉，收了一位义子。”

听了这些话，石昊有些懵。秦长生收养的义子正是当年红颜知己的后人，这么说来他石昊跟秦长生并无血缘关系？

“我将义子视如己出，从而也就有了不老山一脉。”秦长生叹息道。

“后来呢？”石昊问道。

“我不用修行，只要有那块骨，道行就会增进。而且我时常神思恍惚，偶尔会看到一些古怪的画面。”秦长生说道。

那些画面，有仙之战，有黑暗宇宙，很诡异。

最让秦长生吃惊的是，后来，有一个人找到了他，那个人名为穆长生，当时就已经在至尊境。

穆长生告知秦长生，当年他也去过那个沼泽地，并且看到秦长生昏迷了。

除此之外，那个人自己也昏迷了，醒来时，他看到了一个雪白的婴儿和秦长生，那一次共有他们三个生灵。

那个婴儿雪白晶莹，但是，在其附近有角质的皮以及漆黑的指甲。不久后，那个婴儿消失了。

最后，穆长生也离开了那片区域。

穆长生体内没有多出一块骨，但是有某种真血，不属于他的血。最终，他实力大增，成为至尊。

在那个过程中，他改名为穆长生。

“穆长生告诉我，那个婴儿是九天上的王长生。”秦长生说道。

石昊心中震惊，还有这么离奇的事，当年那个地方究竟怎么了？它是一片什么样的旧土？

“我没有达到至尊境，因为我自己剔除了那块骨。”秦长生说道。他知道了那些事之后，害怕了。

“那你还将那块骨植入秦昊的体内？！”石昊不满地道。

“我没有恶意，听我慢慢说。”秦长生轻叹道。

后来，他将那块骨植入一个仆从的体内，仔细观察，想研究个透彻。

他发现那个仆人的实力变强了，但是并没有他那样的感悟，也没有他那样奇异的经历。

经过多次尝试后，他发现那块骨可以提升其他生灵的实力，但是并不能蛊惑他人改名等。

这显然是有益的，他为此而成全了几位后代，让他们的实力都有了长足的进步，跻身为顶级高手。

不过，秦长生自己再也没敢植入那块骨，因此这一生都没有真正进入至尊境界。

石昊讶异，没有想到秦长生竟然这么有定力，经得起诱惑，最终也没有想方设法地进入至尊境界。若是其他人，估计早就身与骨合一，突飞猛进了。

“三个长生，都来自同一个地方。”石昊自语道，“不对啊，王家不是长生世家吗？自身应该有来历啊！”

“这才是可怕之处啊，当年那个雪白的婴儿居然可以拥有长生世家王家的种种神通。”秦长生叹息道。

这件事，他没有去探索，颇为忌讳。但是，随着这么多年的了解，他意外知道了其他一些秘事。

“说起来，你我也算是亲人，关系不一般。我要忠告你一些事，有些道统最好不要触及。”秦长生严肃地说道。

他告知石昊，哪怕想报仇，也要谨慎，最好不要现在就去，因为有几个古教非同小可。

“或许，还可以称之为长生祸。”秦长生说道。按照他所说，魔葵园的老魔主有极大的来历，是边荒无人区的一条根须，被人带出来之后又复活了。

“什么？!”石昊脸上写满了震惊。

“那老魔主疑似是不属于这一纪元的某株植物的一条根须，不过早已没有了昔日的记忆，道行未进入至尊境。但是，这个生灵大有来头，最好不要惹他。”

按照秦长生所说，那老魔主没有昔日的记忆，只是从一条根须重新修炼起来的，化成了一株完整的向日魔葵。

“此外，西方教的那个修成丈六金身的生灵，你也要注意。世间传言，说他进入废墟，得到了古僧一脉的部分道统，所以才有了而今的西方教。事实上，有确切的证据表明，他可能是由灰烬中的一颗残缺的舍利子演化而生的生灵。”秦长生好心提醒道。

石昊有点愣住了，三千道州还真不简单，这些都算是长生祸吗？

第1428章 团聚

WANMEI SHIJIE

“冥土下，有一具不属于这一纪元的古尸，虽然没有迹象表明它能活过来，但是从一些消息来看，它躺在最稀珍的棺椁中，并被祭拜。”

秦长生又讲了冥土，他告诉石昊，这些地方虽然不见得有至尊，但是有妖邪，不好说会发生什么。

葬士?!石昊心中一凛。

在边荒时，他就已经知道，曾有葬士来到三千道州，进入冥土。他昔日所对上的黑暗神子就很有来头。

石昊和秦长生聊得倒也投机，这次没有发生什么不愉快。

石昊暗自琢磨，他发现在这些消息中，他对王长生最感兴趣，或者说有些忌惮，因为这个人太神秘了。

王长生可是敢跟孟天正硬碰硬的猛人，居然有这样的秘密，他到底是什么来头?

那雪白的婴儿附近有角质老皮，还有脱落的黑色指甲，那都是他的吗?石昊觉得这相当妖邪。

在王长生身上都发生过什么?

石昊想到了一种可能，都说王长生几乎活到了第二世，难道就是那沼泽地中发生变故的原因?

“我很担心秦昊，他体内的仙骨真的没有问题吗?”最后，石昊很严肃地询问秦长生，怕将来有意外发生。

“我只是想成全他，如果真有意外，真有不祥，也只会发生在我的身上，而非他人。”秦长生叹息道。

秦长生又名不老天尊，从古到今他的容貌就没变过，一直这么年轻，只因那一次，他沉睡了十万年。

对于秦长生来说，十万年就像是过去了一瞬间，根本没有什么感觉。当他再次睁开眼睛后，便已是沧海桑田。

此后，他的外表就没有变过。

“你是亲历者，体内到底有何异常，你一点都察觉不到吗？”石昊询问道。

“一切都很正常，一直以来都没有探察到什么结果。”秦长生说道。但是，他知道，在那十万年间，他身上一定发生了一些事。按正常情况来说，岁月会在他的生命印记上有所体现。

可是，十万年过去之后，岁月在他身上没有留下一点印记，仿佛他真的只是睡了一觉。

“我想，我体内应该有变化，但这只是源自直觉，不能证实。”秦长生说道。

石昊此时不知道说什么好了，这样一个大凶人，威名震动三千道州，竟也有如此一面，睡一觉便改变了人生轨迹。

当然，若是这个消息传出去，秦长生肯定会被无数人羡慕，都不用修行，只是睡了一觉而已，便可逆天。

一般的人若是知道秦长生是如何崛起的，一定会目瞪口呆。

“我来这里，最主要的是想见我的父母，还有弟弟。”石昊说道。他跟父母一别多年，心有牵挂，虽然知道他们远比他在边荒厮杀时安全得多，但是毕竟分开多年了，无比思念。

至于秦昊，石昊和他倒是分开得不是太久，毕竟曾经一同上了九天。

那时，秦昊也去了边荒，可是没多久就被送走了。他跟一些稚嫩的少年被当作种子，送出了帝关，以防万一。

只因秦昊还过于稚嫩，而且被认为根骨极佳，若是死在边荒太可惜，便成为送走的种子之一，提前返回了。

“他们都好，你父亲也在。”秦长生说道。

石昊长出一口气，放下心来。但是，很快他眼中光芒闪烁，道：“我还想向你们索要一个人！”

“谁？”秦长生问。

“阿蛮。”石昊说道。

儿时的记忆至今还在，在石昊失去至尊骨后，一个小女孩始终陪着他，将他照料得很好。

细细想来，若是没有那个懂事而乖巧的小女孩，当年他说不定已经殒命了。

那个时候的石昊真的很可怜，全身血气枯败，记忆力也不好。而那个小女孩始终在他耳畔哭着叮嘱他，他是天生的至尊，一定要记得他自己是谁，也不要忘记她是阿蛮。

后来，石昊被送走，去了石村，便再也没有见过那个小女孩。

“阿蛮同我的祖父一起来到上界，你们曾逼迫我祖父，也曾强留下她，为难她！”石昊冷冷地道。

“你知道，一个家族大了，什么人都有。窗外阳光明媚，有花香，也可能有蚊虫。”秦长生说道。

他进一步告知石昊，当年了解到十五爷所经历的磨难以及石子陵一怒之下离开这里的事情后，他处理了一批人。

“阿蛮呢？”石昊神色不善地问道。他曾听祖父说起过，阿蛮由于天资太出众，被秦家强行收为了弟子。

当年，石昊不止一次想解救阿蛮，对他来说，阿蛮是他幼年时期最重要的人。

在他失去至尊骨，所有人都鄙弃他，父母、爷爷不在身边时，只有那个善良的小丫头一直在照顾他，哭着提醒他他是谁。

“她无恙，有天纵之资，很机灵，很早就逃走了，而在我处理了一些人后，她就更安全了。后来，她还回来和你的母亲相处了一段时日。最后，你的祖父来将她接走了。”秦长生告知道。

石昊总算放下心来，这么多年来，他一直担忧着，怕阿蛮被人害死。

他知道，无论如何，父母在这里都不至于有生命危险，但是那个少女就难说了。

…………

“父亲，母亲！”

不久后，石昊见到了石子陵与秦怡宁，忍不住大声呼唤。

“孩子！”秦怡宁先是发呆，而后泪水滑落，快速冲了过来。

石子陵也来到近前，一把抱住了自己的长子，他之所以回来，就是因为得悉两个儿子都可能会来这里。

他跟秦家一部分人的恩怨早已解决了，相关的一些人直接被秦长生抹除，从世间消失了。

“孩子，真的是你！你一走就是很多年，我以为再也见不到你了！”秦怡宁大哭着，搂着石昊，泪水不断涌出。

这是真情的流露，秦怡宁一直觉得愧对石昊。尤其是，先一步回来的秦昊告诉了他们石昊的一些经历，着实让她又惊又怕。

“孩子，你在边荒厮杀，吃了那么多的苦，是拿命在拼啊！”秦怡宁拉着石昊不肯放手，生怕转眼间就再也见不到他了。

石子陵则是伤感而又高兴，因为，他已经知道了石昊的战绩，一个人大战异域的各路年轻高手，横扫群敌，这简直就是神话！

在石子陵看来，长子踏上了一条他无法想象的路，将来注定是不败的神话。

他们哭着，笑着，有太多的话要说。这注定是一个不平静的团圆之夜。

秦昊也来了，就在旁边。他很郁闷，因为他被提前送出帝关，错过了最后一战，没有看到那场绝世大战。

他已经从秦长生那里了解到，自己的兄长除掉了一个又一个帝族至尊，甚至还有更惊人的举动。

秦昊虽然一直不服气，想超越兄长，但是如今只能叹气。他明白，这个兄长取得了这一纪元最耀眼的战绩，自己很难与之比肩了。

最起码，这么年轻的遁一境高手在这一纪元仅此一人！

在接下来的两天中，石昊都在讲述自己的经历。

在此过程中，秦怡宁时而开心激动，为自己的孩子的惊人突破而惊叹，时而又伤心落泪，因为石昊的路太艰难，有多少辉煌，便有多少劫难。

“父亲，母亲，祖父来了这里之后，将阿蛮接到了哪里？”这时，石昊问到了这个问题。他与家人团聚了两日，必须去寻找那两人了，终究还是有些不放心。

听石昊提到这个问题，夫妇两人都是神色一僵。

“怎么了？发生了什么？”石昊皱眉道，心一下子提了起来。

“你知道，你的祖父曾进入恶魔岛，在那里得到过魔尊的真血，近年来在他的身上发生了一些奇异的事。阿蛮为此曾偷偷跑去恶魔岛，想为他求解，结果也惹出一些古怪。最后，他们应该再次去恶魔岛了。”

“什么？”石昊很震惊，他必须赶去恶魔岛。

石昊比谁都清楚，恶魔岛的最深处究竟有多么可怕。当年，哪怕是他，也在那里中了诅咒，九死一生啊！

关键是，恶魔岛的最深处有一座大坟，那座大坟不知道是魔尊的还是仙的，太诡异了！

石子陵叹息，他和秦怡宁曾焦急地赶到了恶魔岛，结果两人差点当场殒命，带着诅咒而归。最终还是秦长生出手，他们才保住了性命。

“我要去恶魔岛！”石昊说道。

“我也要去，救出祖父！”秦昊说道。他回来后，并不知道这些消息，现在听闻了这些，他想跟石昊一同前往恶魔岛。

石昊摇头，不想让秦昊涉险，因为那个地方太诡异了。

这一纪元，在孟天正之前，一共有三人接近成仙，或者说都算成仙了，他们分别是：叶千羽、摹无道、魔尊。

这一次，石昊想去那里探个究竟。

第1429章 再临恶魔岛

WANMEI SHIJIE

秦昊急了，说什么都要去，他觉得自己过去太过孤傲与执拗，伤了祖父的心，现在要去补救。

但是，石昊依旧摇头否决了秦昊的决定，不让他去，理由只有一个：太过危险的地方，他们兄弟只能有一人前往。

石昊的意思很明显，必须要有一个人留在父母的身边，如果秦昊去了的话，他就要留下。

秦昊低头，很勉强地答应了。

石子陵和秦怡宁的心顿时提了起来，他们很紧张，也很担忧，怕石昊再出什么意外。

对长子，他们心中充满了愧疚，见到他安然无恙地归来，他们一直在庆幸，也一直在祷告，再也不想出现意外。

“孩子，我们知道你如今修为高深，早已超出了一般天纵奇才，可那里毕竟是魔尊殒命地，你一定要小心啊！”秦怡宁含泪说道。

石昊在边荒大战，横击帝族，能够活着回来，让她无比高兴。她这两天都很激动，可现在他们又要分开了。

若非寻找十五爷，换作其他人，他们说什么也不会让石昊动身。

“放心好了，我有把握。我当年就闯入过那里，还闯过大坟，现在就更加不怕了。”石昊说道。

当年，他曾在仙坟上采过带有雷电属性的大药，雷道神通突飞猛进。

秦长生在远处叹息，有时候他不得不叹，一个少年做出那等壮举，实在令人难以置信。

那可是魔尊殒命之地，那座大坟谁能接近？没有多少人可以走到那里，就是他秦长生都不敢涉险。

可是，多年前，眼前的年轻人还是一个十几岁的孩子，居然就敢去那里，并且成功返回。

“可以在边荒展开辉煌的一战，横扫异域的同辈敌人，不是没有道理的，一切都早有预示！”秦长生自语道。

“父亲、母亲，你们不要担心，等我回来！”石昊说道。

他们已经约定好了，到时候一起回石村。

在石昊与父母分别之际，不老天尊秦长生出现了，他送来一副甲胄。甲胄银光铿亮，带着大道气息，十分超凡。

石昊要远行，去寻找十五爷与阿蛮，石子陵、秦怡宁等都跟着走了出来，千叮咛万嘱咐，让他小心。

秦家很多人都大吃一惊，没有想到秦长生居然送出了这副甲胄。

“我不需要。”石昊推辞道。

“哥哥，你穿上吧，这甲胄可以提升你的战力，保护你的法体。你穿上它之后，在这人间你就少有敌手了。”秦昊说道。

这是从秦昊身上取下的战衣，名为长生战衣，属于不老天尊秦长生。

关于这件战衣，在很多年以前，石昊就已经有所了解，它可以让穿戴者的修为足足提升一个大境界。

可以说，这相当恐怖，或者说，这非常逆天！

还有比这更厉害的战衣吗？生生将一个人的实力提升一个大境界，这等于跨越了某种天堑。

尤其是像石昊这等人物，一旦提升一个大境界，战力将会更加强大。

“穿上吧，可以护身。”秦长生说道。

“这东西真的可以将实力提升一个大境界吗？”石昊对这战衣的确很好奇，接到手中，仔细研究，甚至想将其拆掉。

秦长生和秦昊的脸色顿时都有点发黑，这是要毁战衣啊！

“你知道，天地不可逆，没有什么可以超出世间极道秩序，这战衣也不例外。”秦长生解释道。

战衣的确很逆天，但仅是对至尊以下的境界而言的，它虽然可以提升实力，但是不可能无限制地让一个人超越天地极限。

在这个世界，哪怕是至尊，穿上这件战衣也不可能突破仙道桎梏。

甚至，遁一境的修士穿上这件战衣，也很难破入至尊境，只是能够提高一定程度的战力而已。

当然，对于境界稍低的生灵来说，这件战衣的确可以让他们的实力提升一个大境界。

“原来如此。”石昊点头道。

这世间有些规则不可逆，是没有办法突破的。

显然，长生战衣跟小天王的湛蓝甲胄一样，都有一定的限制。

“前辈收集的宝物果然非凡。”石昊穿上这件战衣，仔细体悟。他自身的实力的确得到了提升，他体会到了前所未有的强大。

石昊一身银白，锃亮而冷冽，金属光泽慑人。他被战衣包裹着，如同一个战神般，英姿勃发。

“锵！”

石昊脱下战衣，将之重新收了起来。

“都是因为那块骨。”秦长生轻叹道。只有他跟石昊明白怎么回事，其他人并不知隐情。

见石昊想问，秦长生摇了摇头，传音道：“有机会再说吧。”

石昊点头，就此离去。比起这件战衣，他对五行山更感兴趣，那多半是一件仙道至宝。

想必这其中一定有隐情，有故事。

青金战船以及所有孩子都被安置在了秦家，就是无畏狮子都被石昊留在了这里。

这一次，他只唤醒了皇蝶。

石昊身上有两个生灵，一个是皇蝶，另一个是打神石，它们都可以被称为睡神。

打神石沉睡多年，一直就没有醒来过。皇蝶在帝关苏醒了，结果依旧嗜睡，平日间总是一动不动，喜欢蛰伏，缩成一颗金色的光球。

在帝关时，石昊将它扔在了石族，临走前，又将它带走，一同来到三千道州。

这是经过皇蝶同意的。它来自下界，也想回去看一看，寻找该族的过往踪迹。

皇蝶这个种群太神秘了，三千道州、九天都没有它们这一族。有至尊说，即便是在仙古，也没有几只皇蝶，它们可能属于更古老的纪元。

恶魔岛地处五行州的边缘，极其神秘，充满危险。这是魔尊殒命之地，带有不祥的气息。

石昊赶到了此地，遥望前方。

恶魔岛虽然带了一个“岛”字，但并非坐落在水泽中，而是悬在虚空间。

在这片区域中，灰色雾霭弥漫，十分朦胧，哪怕是天眼通都很难看清。

“年轻人，要进岛吗？”远处，一个艄公向石昊打招呼。

这里很奇异，有迷雾笼罩，无法飞行。恶魔岛外八百里，号称禁地。

当年，石昊跟一群天才来到此地，有不少人不信邪，强行飞渡，结果或被诡异的古兽吃掉了，或从高空摔落。

“不必了。”石昊摇头，而后一闪身，直接飞进了灰色雾霭中。

“见鬼了，他怎么能飞进去？”艄公坐在小船上，深感吃惊。

“咦，有些眼熟，当年好像看到过。是了，他是荒！”艄公惊叫道。

当年石昊大闹过这里，名气很大，这里的人都看到过他被通缉的画像。

“哧！”

一道清光飞来，抹除了艄公元神中的部分记忆。他很茫然，再次苏醒时，已经忘记了所见。

石昊很谨慎，不想惹出是非，因为自己的祖父在此，若是在这里引来敌人，爆发大战，将会对他很不利。

即便石昊如今实力很强，也不禁蹙眉，露出异样的神色。恶魔岛果然古怪，拥有极其强大的场域，禁锢长空，影响人飞行。

当然，如今他不可能被束缚。他带着雷电，疾速前进，横渡八百里，登上了恶魔岛。

“咔嚓！”

电光迸发，一条如同山岳般的银色巨鱼，瞪着猩红的眼睛，从虚空中俯冲而来，欲吞咬石昊。

它并非水中鱼，而是在虚空中游动的古兽。

若是昔日，面对这等巨凶，石昊肯定要逃，而今他只是一指点出，这古兽便殒命了。

石昊登岛，径直向最深处赶去。

不得不说，这座岛真的太大了，仿佛没有尽头。

沿途，石昊看到了诸多凶兽，它们都迷失了自我，红着眼睛，捕获闯入岛深处的生灵。

岛屿昏暗，常年弥漫着迷雾。

“砰！”

面对阻挡时，无论多么庞大的古兽、凶禽，石昊只需一指点出，便无物不破。

最后，他靠近了目的地，来到了岛屿深处。

在这片区域中，雷霆无数，闪电交织，照亮了黑暗的天宇。

有人说，当年魔尊成仙时，仙道雷霆相互轰击，最后有些雷电永远地留在了这里，故此电光闪烁。

当然，这还不是最奇异的景象。

最让人吃惊的是，天空中有一条河，雷光缭绕，十分灿烂与晶莹，河面上还带着点点金光。

河水在虚空中流淌，不在岛上奔流。

有人说，这条河是仙道雷电的残余力量所化；也有人说，这是魔尊的血液在虚空中横渡。

石昊神情凝重，靠近了目的地。

第1430章 诅咒地

WANMEI SHIJIE

河的尽头，便是仙坟。

石昊距离仙坟还很遥远，看不到那里，而且周围雷光交织，波动剧烈，干扰人的神识与感知。

河水晶莹，从虚空中流淌而过，涌向无尽远的地方。

当年，石昊走了很多天，才到达目的地，因为这条路太艰难，充满了危机和磨难。

这里不仅有雷霆之力，还有可怕的诅咒之力，它们腐蚀肉身与神魂，防不胜防。

石昊腾空，来到了高天上，破开雷光，行走在岸边，仔细地凝视。

这条河中还有其他东西，偶尔会有古尸沿着河流而下，十分神秘与可怕。

显然，在河面上漂着的都是神尸，没有凡俗，他们都曾经是了不得的高手，从上古年间到近代，应有尽有。有些古尸更古老，仿佛是从纪元初的一些陵园中冲出来的。

石昊无比谨慎，因为这河中有诅咒，当年他险些着道，九死一生才走到终点。

如今，他的修为虽然比以前提升了不知道多少倍，但是在这个地方并没有用。因为，这里的诅咒之力会随着闯入者境界的提升而变得越发强大。

这里的诅咒之力同闯入者的修为成正比，针对所有生灵。故此，三千道州虽然有高手，但无人愿意来此地探险。

在河水中，有穿着金色道袍的上古之人，栩栩如生，白发白须，那很有可能便是昔日的一位大能。

河水中还有饕餮、梼杌等古代猛兽，它们体形庞大，血气如海，至今仿佛还有生命波动。

事实上，这些猛兽早就死了。

这条河很诡异，侵蚀所有闯入者，偶尔能够让昔日强者的威势展现出来。

石昊来到这里之后，放慢了速度，严阵以待。

“该醒醒了。”石昊呼唤皇蝶。

当年，这只金色的皇蝶曾陪他走过这条路，顽强地活了下来。当然，还有另一块石头——打神石。

皇蝶像是一个小孩子，无比嗜睡，不情不愿，嘟囔着让石昊庇护它，暂时不要打搅它的清梦。

石昊不知道说什么好，他身上的两个家伙，一个比一个性格古怪。

石昊沿着河前进，不久后便看到了一片废墟。那原本是一座城，也在虚空中，而今只剩下断壁残垣。

此外，还有一座碑，这座碑非常大，无比醒目，隔着很远就能看到，让人容易遗忘被废弃的古城。

石昊有感，这座碑非常不简单，应该可以测试修士的潜力等。当年他曾在此座碑上留名，以荒之名位列第一。

他没有驻足，快速离开这里，向着长河前方而去。

“咔嚓！”

电闪雷鸣，恐怖至极，一般的人难以与之对抗。

石昊的心情却很平静，如今他雷道神通大成，连雷池都从虚空中夺到过，自然无惧电光。

他如同神祇一般，行走在闪电光幕之中，整个人仿佛穿上了一副甲胄，神圣而超然。

石昊皱眉，他感觉到，随着修为大增，自己在这里受到的诅咒之力的确更强了。

“还真是怪异！”石昊轻声一叹。他想了想，最后将打神石和皇蝶收入空间法器，而后又纳入自己的体内。

这两个睡神之前经历过这般考验，不需要特别磨炼了，为了稳妥起见，还是不让它们再在这里承受风险为好。

“轰隆！”

石昊身体发光，凭借自己的道行和法力阻挡诅咒之力。

不久后，石昊的体表浮现出妖艳的纹路，那是诅咒烙印，他瞬间感受到了一股可怕的力量。

到了后来，石昊举步维艰。

“轰隆！”

虚空被石昊踏碎了，在他迈步时，他的脚掌释放出恐怖的神力与诅咒对抗，结果踩崩了高天。

这条河沿着虚空流淌，当年他走了很多天，而今依旧耗时良久。他在前行中体悟，默默地感受这里的大道。

曾经有人在这里成仙，结果殒命了，不知道是被仙道雷霆轰击，还是被什么生灵干扰了。至今，这都是一个谜。

昔日，有各种传说，到现在都已成了神话。这些传说被人们各种解读，难以辨别真假。

一日之后，在石昊默默参悟此地的道则时，“轰隆”一声，他身体上纹路密布，可以想象他所受的诅咒之力有多么严重。

若是换作其他同阶生灵早就死了，但是，石昊坚持了下来，没有受到致命的侵蚀。

“扑通！”

突然，一个生灵从璀璨的河中跃起，形若千万年的老尸，指甲漆黑，如同铁钩子一般，锋利无比。

它被河水冲起，居然向石昊扑击。

这实在是太诡异了，河中的尸体怎么还能发起攻击？

“轰！”

石昊一拳轰出，刚猛而霸气，带着一股阳刚之力，轰在老尸的爪子上，使其坠落在河中。

而今石昊处在遁一境，可以横扫当世敌人，无惧一切，简单而直接地碾压就行。

不过，他很快就发现了麻烦，在这老尸解体之后，附近的诅咒之力大增。

“真是麻烦！”石昊蹙眉道。这条河附近有各种危险。

“轰隆！”

最后，石昊撑开了一层光幕，那是轮海之辉。他体内的门敞开，释放出强大的力量。

在这一刻，诅咒之力被挡住了，他颇有万法不侵之势。

这跟石昊持续开启身体宝藏有关，如今他的自身体质、潜力等都胜过从前，哪怕是诅咒之力跟修为正相关，他也比当年从容。

此外，正是因为当年对抗过这种诅咒，体内有了抗性，故此石昊再走一遍这条路，虽然有危机，但是可以熬过来。

“轰隆隆！”

石昊体表发光，十分璀璨，如同笼罩着一百零八道神环的战仙出世，有着说不出的超然与强大，一路前进。

“咔嚓！”

雷霆般的响声发出，但那不是雷霆，而是诅咒之力，它在石昊的身边爆发，轰隆震耳。

这一次，诅咒之力没有伤到石昊，虽然他的身体在摇动，但是他很坚定，继续大步前进。

经过这么多年的磨砺，他的体魄与神魂等都有了质的飞跃，不光是道行与法力的精进，还有自身潜能的提升。

这一次，他没有被死亡的阴影笼罩，比上次从容。

石昊在边荒，连帝族至尊都斩灭了，足以说明他目前在同境界之人中可以横扫对手。故此，虽然此地的诅咒之力跟实力成正比，但是他依旧无惧，在一步一步地前进。

终于，远远地，他看到了一座大坟，大坟很高，如同山岳一般。那里很不平静，有电光，有诅咒，还有可怕的大道气息。

这座坟很大，由黄土堆积而成。

那条璀璨的大河从虚空奔涌而来，到了此地后，没入大坟中，消失不见。

这相当诡异，大坟仿佛是一个世界，能够容纳天地万物。

大河滔滔，带着诅咒之力，居然就这么进入了坟中。

而且，如同山岳般的黄土坟上还有一些植物，这些植物都是稀世大药，带着雷电属性，闪烁着电光。

“祖父！”

突然，石昊大叫一声，一眼就看到了大坟前有一个人，那个人正寂静地坐在那里。

那个人就是石中天，他真的在这里。

对于自己的祖父石中天能够走到这里，石昊一点也不觉得意外，因为当年祖父被人追击，逃到大河畔，遭遇过诅咒，活了下来。而且，祖父的身上有魔尊真血，就更加不用担心了。

多年过去，祖父石中天的变化很大，他变得年轻了，满头黑发，十分浓密，断臂也已经长好，完好如初。

现在的石中天血气蓬勃，似乎比石子陵的年岁都要小，看起来只有三十岁左右。

“那是……阿蛮吗？”

很快，石昊又看到了一个少女，她竟在黄土坟上，伴着玉棺。

第1431章 仙坟之变

WANMEI SHIJIE

阿蛮，很熟悉却又很久远的名字，幼时她曾与石昊相伴，日日细心地照料石昊，让生命衰竭的他得以存活。

石昊眼圈微红，当年，整个世界都舍弃了他。由于至尊骨被挖，他形体变得伤残，几乎所有人都认为他活不下去了。

那个时候，只有一个小丫头一直没有放弃他。尽管被其他院子的人欺负，但她依旧坚持保护他，照料他。

石昊深吸一口气，让自己平静下来，冷静而镇定地审视此地。

石中天闭着眼睛，一动不动，并未苏醒。

阿蛮坐在如山岳高的黄土大坟上，伴着一口玉棺，也相当诡异。

两人都合着眼睛，显然很异常。

在虚空中流淌的长河，银光绚烂，而在河面上，也有点点淡金的光泽，那是雷霆凝聚而成的，还是魔尊的血液化成的？

如今，整条河都在向大坟中流淌，河的末端在这里消失不见了。

黄土大坟上，神光冲霄，刺目无比，因为环绕着带状的雷电，还有诸多星体，那些都是雷霆所化。

在这个地方，甚至有仙道气息，是真正的仙道电弧散落在了这里，那是昔日渡劫之后的残留物质吗？

石昊没有再惊动两人，总觉得这里有古怪。

“嗷——”

突然，吼声响起，低沉而瘆人，仿佛要穿透人的灵魂。

石昊身体一震，那是什么生灵？在哪里？他怎么没有提前发现？

石昊仔细凝视，依旧一无所获。

他盯着黄土坟，是在坟中吗？可是，并没有波动从那里传出，而且天眼通在这里失效了，他根本看不透黄土坟。

石昊神情凝重，这里有两个对他来说非常重要的人，他需要慎重行事。

他认真打量每一寸地方，黄土坟上还有一些植物。这些植物都是大药，带着绚烂的符文，熠熠生辉，甚至有香气扑鼻，透过雷霆飘散出来。

阿蛮像是坐在那里，其实，她的腿以下的部位都被埋在坟中。

吼声消失了，只有莫名其妙的一声，像是在警告石昊，又像是在震慑这天地中的所有生灵。

石昊眼中神光闪烁，仔细看了又看，注视着阿蛮。

她好像有变化！

阿蛮的秀发乌黑光亮，额头莹白，泛出光泽，美眸闭着，琼鼻挺翘。她的容颜清丽而绝美，但是脸上渐渐生出了一些妖异的纹路，像是有魔性的符号附着在了脸颊上。

这是怎么了？

那不是文身，而是某种真正的大道符号，既像是魔纹，又像是仙道符号，有神圣的气息，也有诡异的气息。

石昊心头悸动，盯着阿蛮，她那如天鹅般雪白的颈项上也有殷红的纹路蔓延向下。

此外，阿蛮的手放在玉棺上，隐约间有光芒闪耀。

那玉棺半截在坟中，半截在坟外，很晶莹，也很神秘，阿蛮的变化与它有关吗？还是说，坟中有东西，导致阿蛮的身体附着着殷红的纹路，看起来这么不同寻常？

石昊不敢轻举妄动，因为祖父与阿蛮都有着非同一般的变化，似乎处在某种平衡中。

石中天一动不动，盘坐在坟前，黑发披散，一滴又一滴血从河中，从坟中，从虚空中凝聚而来，没入其躯。

这个变化太过可怕，让人心惊肉跳。

石昊深知，这里是魔尊的殒命地，一个近乎成仙，或许已经踏足仙道的至强者的埋骨处。

这些血液是谁的？答案直指魔尊！想到这些，石昊内心不安。

石中天是他的祖父，阿蛮是他应该保护的人，现在看到他们身上发生了莫名的变化，他的心被阴霾笼罩了。

最终，石昊向前迈步，心想：这个地方无论如何都要闯上一闯，我要看一看到底是什么在影响那两人。

“祖父！”

石昊轻声呼唤，不敢大声惊扰。可是，那里没有动静，也没有丝毫反应。

在他向前迈步时，可怕的力量压迫在他的身上，那是诅咒之力，既侵蚀人的肉身，也斩击人的元神。

在这个地方，任何境界的修士都会受到针对。修士光是修为强大也不行，只要踏足这里，就要面对死亡的威胁。

甚至，在这个地方，强者会死得更快。

在过去，三千道州的大人物有些不服气，来这里探究，结果都倒在了途中，根本就到不了坟前。

石昊的身上闪烁着怪异的符号，非常刺目，那是诅咒之力强大到了极致的体现。他稳稳地站在那里，通体发光，绽放出一百零八道神环，璀璨至极。

远远望去，他如同开天时代的天帝，俯视万物，灭度苍生，手掌宇宙，诸多星河在他的眸子中幻灭，宇宙崩开了又新生。

这是一种很奇诡的变化！

石昊发现自己仿佛陷入了一种气势磅礴而又绚烂升华的氛围中，宛若真的来到了开辟时代一般，俯视万灵。

“砰！”

石昊脚下一震，踏碎了虚空。

他冷静了不少，从意志的无限膨胀中退出。在那一刻，他的元神都仿佛要燃烧了，像是要合道一般，跟天地融为一体。

莫名的气息牵引我合道，要化道于这里！石昊顿时惊醒了。

所谓化道，说得好听一些就是跟大天地合一，说得严肃一些就是坐化，意志归于天地，成为道则的一部分。

这还真是可怕，此地越发古怪了，虽然没有生灵对他动手，却要让他走向自毁，而且，还是心甘情愿地自毁，让他觉得自己在升华，在变强，要步入至高大道中。

“是诅咒之力导致的变化吗？”石昊自语道。

他盯着自己的祖父和阿蛮，这两人是如何走到这里的？他们怎么抵挡住了不祥的诅咒之力？

尤其是阿蛮，居然坐在了坟上。要知道，大坟的诅咒之力最为严重，当年，石昊爬上去采药，可是九死一生。

“祖父身上有魔尊的血，可以走到这里，倒也不奇怪。”石昊觉得这是说得通的。

至于阿蛮，在她身上一定发生了一些事，不然她怎么会坐在那座大坟上，脸上还爬满了神秘的纹路？

还有那口玉棺，样式古老，纹路复杂，像是要告知后世人什么，多半有什么可怕的“旧事”。

“那不像是这一纪元的棺椁，那些纹路，那些真言，我都不认识。”石昊蹙眉道。他觉得，那口玉棺属于极其久远的东西，比魔尊存在的时代还要古老。

“轰！”

突然，随着石昊靠近，一股磅礴的力量穿透而出，有生灵出现了。那个生灵从大坟中走出，冷冷地盯着石昊。

石昊心中一震，这座大坟还真是不一般，居然能够隔绝所有气息。他虽然一直在戒备着，也在感应着，但是没能提前发现大坟里有生灵。

“你走吧。”那个生灵声音沙哑，有气无力，跟刚才的凌厉之势有些不相符。

那是一位老者，他拄着一根拐杖，身上的衣服已经腐烂了，天知道被埋了多久。他的脸呈蜡黄色，有些病态，一双眸子很浑浊，周身都是皮包骨头。

“你是谁？为何在这里？”石昊问道。

老者笑了，露出一嘴白牙，与其整体形象很不相符，白得瘆人。他的袍袖、衣襟等也都腐烂了，此时他盯着石昊，浑浊的眼中流露出一丝异样。

“资质过人，但是，你有些不对劲。”老者这般说道。

“魔尊？”石昊觉得，这位老者很有可能是魔尊！

“在吾面前，谁敢称尊？”老者说道。

“那你是谁？”石昊面无表情，严阵以待。

“自帝落而殇，一道腐身伴在幽冥旁，俯瞰一个又一个纪元。大世更迭，我是谁，已经遗忘了。”

第1432章 最强动乱的一角

WANMEI SHIJIE

石昊顿时变了脸色，这是什么人，口气这么大？

“这不是魔尊的坟墓吗？”石昊这般问道。

“魔尊？口气倒不小，是昔年死在这里的小家伙吗？不过是挨着我的墓罢了。”老者说道。

石昊看了老者一眼，又看向他身后的大坟，这里还另有来头？莫非魔尊殒命之后，不是葬于此地，而只是碰巧伴着这座大坟？

石昊再看向阿蛮和那口玉棺，那玉棺果然古老，上面的纹路与符号不属于这一纪元。

只是，石昊没想到这其中还有隐情，会牵扯出帝落时代的人与事。

“帝落时代，真是好久远，那是怎样辉煌的一个年代？你真身殒命，所留残体空空荡荡，虚虚无无，缥缥缈缈，不知是何状态？”石昊询问老者。

由于大坟的缘故，他很难看透这个老者，在这个地方，连天眼通都无效。

“年轻人，你不该来此，到了这里便是活死人、幽冥仆，速速退去吧。”老者说道。

“何意？”石昊问道。他平静了下来，因为经历过的事实在太多了，现在没有什么能够动摇他的心。

“这是强者的安息之地，容不得外人打扰，但凡来此的人，就会被诅咒缠身。若不知道进退，哪怕现在熬过去了，早晚也会来此赴死，化身为仆！”老者很严肃地说道。

石昊面无表情，盯着老者，要看个仔细。

“你可知道这里的诅咒是如何产生的？”老者开口道。

“如何产生的？”石昊问道。

“残躯生前所带的符文破碎了，自坟中泄出一缕，化作了诅咒之地。”老者说道。

“那你只是显化的虚影？”石昊盯着他道。

大坟太妖异，很难辨别其虚与真，石昊哪怕动用神识，也很难穿透坟前的诅咒迷雾。同时，他露出异样的神色，只溢出一缕气息，就让这里化作绝地，若是残躯暴露，那会发生什么？

像是知道石昊在想什么，老者道："若是真身露出，就会导致天塌地陷，众生凋零，葬下这一纪元。"

按照老者所说，他此时已经不算是帝落时代的强者了，只是一具还带着些许残识的残躯而已。

可是，若是真正的残躯出世，就要葬下这一大世。

这个说法未免太恐怖了，被葬于坟中的躯体到底有多恐怖？

"这条河，是残躯昔日溢出的几滴残血，凝聚了岁月的气息和雷霆的力量化成的。近一个纪元，大坟浮现世间之后，残血便自动流淌而归。"老者说道。

若是其他人在此，一定会战栗不止，这是怎样可怕的秘闻，实在是太惊人了！

石昊历经过生死，战过帝族，面对过安澜，哪怕是在这个地方，也还是很沉着。因为，他有自己的判断，更有自己的底气。

"这里的一切都跟我无关，我只是想带走那个少女，还有这位盘坐的长者。"石昊指向阿蛮和石中天，表明他要带走这两个人。

"年轻人，你来晚了。他们已经成为活死人，化作了仆从。"老者说道。

石昊不说话，径直向前走，并且直接穿上了长生战衣，银甲灿灿，显得英姿勃发，体外的神环更为璀璨。

"怎么，你还想在这里动手？"

"轰隆"一声，大坟摇动，一股恐怖的波动穿透而出，令人敬畏，宛若一个庞然大物在复苏。

"想化他们为仆，除非我死在这里！"石昊无比坚决地说道，表明心意。

"年轻人，你实在是不知进退。哪怕你现在挡住了诅咒，有朝一日，你也会自动寻来，化身为仆。"老者说道，神情瞬间变得凝重起来。即便像是一个活死人，他也还是有一些表情的。

石昊没有停下脚步，依旧在向前，这里有他的祖父还有阿蛮，哪怕有天大的危险，他也不可能离去，他怎能看着他们被困在这里？

"锵！"

下一刻，石昊连大罗剑胎都拔了出来。

"咦，看着有点熟悉？"老者说道。同时，他寒毛竖立，身上居然起了一层小疙瘩。

紧接着，老者快速倒退。

看到这一幕，石昊露出异样的神色，再次前进。

“轰！”

大坟在剧烈地摇动，并且从中冲出了十分恐怖的气息，还有强大的波动。

“轰隆！”

同一时间，一道身影浮现，跟老者重合，向着石昊抓来。那只手掌太大了，恐怖无边，带着阴森的气息。

这种力量实在太可怕了，仿佛要压制万道，毁灭万物。

瞬间，诸多星体像是炸开了，万族哀号，整个世界仿佛有无穷的生灵同时殒命。

石昊发出一声冷哼，道：“早先引我化道，而今还想用这种虚妄的画面困住我？”

石昊十分冷静，早已看出了其中的端倪，手中的大罗剑胎向前刺去，毫不迟疑。

“轰隆隆！”

一刹那，天地毁灭，万物凋零的景象消失了。

那只手掌被大罗剑胎刺中，不过并未破毁，而是收了回去。

“镇！”老者喝道。

这一刻，至强的波动传来，隆隆轰鸣，非常剧烈，并且大坟上有些黄土飞起，组成了一面黄泥大印，镇压而下。

“砰！”

石昊手持大罗剑胎，猛力一挥，直接斩开了那面黄泥大印。

大罗剑胎无物不破，还能压制这里的诡异之物，“噗”的一声，击中了老者的手掌。

老者转身就走，要进入大坟中。

“砰！”

石昊抬手间，掌中出现了一块碑——虚空仙金碑！这是黄金葬士三藏送给他的，是从仙域带回来的，疑似为帝落时代的无字天书。

此碑被石昊当作板砖，“砰”的一声，轰在了老者的后脑上。老者顿时被轰得踉跄了几步，怒吼出声。

“你不是说，残体出世，将会天塌地陷，这一纪元都要被葬下，众生皆凋零吗？”石昊冷笑道。他将大罗剑胎一扫，剑光大盛，若非小心控制的话，可能会斩断大坟。

“不要动古坟！”老者似乎无比惧怕，居然在战栗。

石昊心中一动，生出了感应，仿佛真要斩开大坟，就会发生什么无比恐怖的大事件。还好，他一直在控制着，剑光只是斩中了老者。

“噗！”

老者被斩中，化成两道土黄色光芒，没入大坟中。

石昊看得仔细，大坟有一道缝隙，可以进出。这一刻，他相当勇猛，居然跟了进去。

“你……”

老者很吃惊，别人在这里都会被诅咒侵蚀得尸骨无存，死于非命，这个年轻人居然可以进来。

要知道，从古至今都没有几人可以触碰大坟，因为诅咒之力太强大了。至于跟进坟中，那是想都不用想，只要稍微探进来，肉身就会化成尘埃。

石昊浑身剧痛，但是他依旧支撑着跟了进来。他冷冷地逼视着老者，要将其擒住。

关于这里，石昊有太多的疑问。

“砰！”

大罗剑胎压落，击在老者的天灵盖上。老者大叫一声，当即露出本体，坠落在地上，居然化成了一块残骨。

这就是老者的真身？石昊愣住了。

“你究竟有何来历？是什么身份?!”石昊喝问道。

“你不要在这里乱来，这坟内不容放肆，不然，你我都要形神俱灭。”老者的声音响起。

“我在问你话！”石昊继续问道。

“我……只是一块残骨，不知哪个年代被未知强者遗落在了这里。”老者颤声道。

石昊闻言，相当震惊。

按照老者所说，他不是这一纪元的。昔日有一个生灵来此窥探，被坟中的一道光斩中，落下了一块残骨，那残骨就是他的真身。

漫长的岁月过去，这块残骨通灵，有了自主意识，就成了老者。

什么样的强者，连遗落的一块残骨都能化作这么强的老者？

“这是什么地方？”石昊喝问道。

“我此前说的是真的，这里的确为强者的安息之地。漫长的岁月前，禁区之主来此凭吊，曾自语过。”老者道。

石昊听闻，一阵发呆。

“还有什么？”石昊问道。

“这里不能破。我曾听说，将来会爆发史上最黑暗的大动乱，而这里就有一个疑似要出手的生灵，他会在此地出世！”老者的声音都在发抖。

“什么？”石昊震惊不已。

“这里是大动乱的一角之地，未来天地间的一个主角将从这里归来，这是一条路的门户。”老者的声音中带着惶恐。

第1433章 解惑

WANMEI SHIJIE

大动乱的一角，天地间一位主角的归来之门？

石昊心中震惊，这是什么鬼地方？一座大坟怎么就变成了一条路的门户？

“你还敢胡言乱语！”石昊斥道。

因为，这个老者不久前就是鬼话连篇，言过其实。现在，石昊有点不太相信老者的话，这座坟真的这么妖邪与可怕吗？

“我句句属实，若有谎言，愿形神俱灭！”老者发誓道。

事实上，石昊对老者的话半信半疑，因为，这老者虽然不太靠谱，但是倒也没有完全撒谎。

最黑暗的大动乱，流血的纪元，残酷的末世，终究有一天会到来。到那时，将有一次大清算，很难想象都会有什么样的可怕生灵出现。

石昊万万没有想到，这个地方可能就是大动乱的一角，而且这里有一条连接永恒的未知处的古路。

来日，会有生灵从这里出现，来到世间。

“头前带路，让我去看一看！”石昊喝道。

地上的残骨发光，再次化为一名老者，不过他已经被石昊用大道符号锁住了，以防出乱子。

老者表现得很配合，自觉地在前面带路。

漫长的岁月以来，有谁敢进入大坟？还这么主动地向深处走去？除了禁区之主，恐怕也只有石昊了。

若是常人的话，在坟外就要化成枯骨，死无葬身之地，而若是进入坟中，多半连最坚硬的道骨都会瓦解，化作尘埃。

石昊抵挡住了侵袭，通体发光，释放出一百零八道神环，将自身覆盖。他如同屹立于宇宙中心，俯视众生。

“你的前身是什么来历，你一点也想不起来了吗？”石昊问道。

“没有记忆。”老者摇头道。

这名老者只是某个生灵的一小段指骨所化。指骨精血尽失，甚至都腐烂了，最后居然还能通灵，化作一名可怕的强者。

昔日的那个人实在是太可怕了！

大坟很广阔，像是走不到尽头，内部仿佛一个大世界。

黄土消失，青石地出现，那是人为开凿出来的。坟墓中出现了一条古路，通向地平线尽头的一片发光之地。

“快到了！”老者说道。两人都是高手，实力强大，自然可以缩地成寸，径直赶往目的地。

当靠近目的地时，这片土地发生了变化，不再开阔，也不再发光，它竟又成了墓道。

黄土坟内唯一的路指向一扇青铜门，青铜门紧闭着，很古老，锈迹斑驳，像是从来没有开启过一样。

这就是终极之地！

青铜门闭合着，似乎没有办法开启。石昊让老者去推门，老者吓得面色发白，身体略微战栗，根本不敢靠近门。

“这扇门没有办法触碰，生者若是触及会立刻死亡，成为烟尘。”老者说道。他不得不说实话，不然石昊真的会逼迫他前行，去打开青铜门。

此外，那条河也流淌到了这里。

大坟外，有一条灿烂的长河在虚空中奔腾，最后，它没入大坟，而终点就是这里。

青铜门下有一道缝隙，那银光灿灿的河水从缝隙没入门内，就此消失不见。

“这长河居然流入了门中，到底有什么讲究？”石昊自语道。

同时，石昊感受到了无比恐怖的气息，躯体仿佛要炸开了，这个地方的诅咒强得骇人。

石昊觉得，若是以前的自己，没有走上以身为种的路，来到这里的话，多半已经被侵蚀成枯骨，甚至骨骼都要化作齑粉了。

“我早先所说并非全部为虚。”老者解释道。

此时，石昊手中的大罗剑胎已经指在老者的眉心上，老者若是稍有蒙骗之意，就会被大罗剑胎击中。

“这条河名为接引河，可以将那要回归的生灵从无尽遥远的神秘时空接引回来，使之踏上归程。”老者说道。

一条河贯通未知世界，只为接引一个生灵？石昊震惊不已。

“不见得是一个生灵，或许是一个族群。”老者实在对眼前的年轻人发怵，说出了自己所了解的一些事。

当然，这些都是老者听禁区之主说的，不然的话，凭他还不可能知晓这些事。

老者早先所说的话有些的确是真的，比如说这条河由几滴溅落在这个世间的血液再聚而成，混合着岁月，还有诅咒等。而那几滴血，则属于青铜门后方那个将来要踏上归程的生灵。

正是因为如此，这条河才能接引那个生灵，为其提供最精准的坐标。

明白了这是一个什么样的地方后，石昊神情凝重，在这里站了很久。

这是祸乱之门，是某个生灵或某一族的归途必经之路。

“你很不简单，诅咒之力如此强，你却安然无恙，可以常年生活在这里。”石昊看向老者，道。

老者苦笑，很想说，你不是也坚持下来了吗？

老者轻轻一叹，道：“我是因为失去了精血，留下的只是糟粕，跟诅咒之力同化了。”

从某种意义上来说，若是精血等还在，一旦通灵，老者肯定会比现在还强大。

石昊问了老者很多问题，想知道青铜门背后到底通向哪里，那是怎样的一条古路，可最后实在无法从老者身上获得什么有价值的信息了。

“我想知道，外面的两人究竟怎样了。”石昊很严肃地说道。他带着老者走出大坟，不能长时间待下去了。哪怕他修为再逆天，也无法长时间地站在满是铜锈的古门前，那侵蚀之力太可怕了。

“这老家伙，不知道什么原因，跟魔尊残留的真血很亲近，可以聚集散落在附近的残血。”老者说道。

“你怎么说话呢？”石昊瞪了老者一眼，呵斥道，“他是我的祖父！”

老者立即改口：“啊，这位老前辈很古怪，能融合魔尊的血，多半会有大造化。当然，前提是一切顺利的话。”

“别肉麻，他比你岁数小多了。”石昊对这个老者真不知道说什么好，实在太没骨气了。

大魔神十五爷如今看着很年轻，三十来岁的样子，正是春秋鼎盛。

“他什么时候可以苏醒？”石昊问道。

“怎么也得个万儿八千年吧。”老者说道。

“这么久?!”石昊难以置信地道。

“魔尊何许人也？当年他踏足仙道，若非被雷霆和诡异的黑云笼罩，便成真仙了。他的残血自然珍贵，与之融合，想都不要想，必死无疑。你祖父不知道为什么可以一点一点地将魔尊的残血融进去，但是两者的境界相差太远，自然需要岁月来累积。”老者说出了事实。

石昊蹙眉，轻轻一叹，点了点头。

“阿蛮怎么回事？”石昊指向坟上的少女，问道。

“我也不知道。她很神秘，也很妖邪。”老者面露怀疑之色，盯着阿蛮，有些忌惮。

老者居然露出了这样的表情，这大大超出了石昊的预料。

“为何这样？”

“她早先中了诅咒，可她不像其他人一般化道，成为枯骨，而是通体有殷红的纹路环绕，像是阵图，又像是某种大道的体现，结果竟将青铜门前的玉石棺椁给召唤了出来。”老者解释道。

石昊顿时大吃一惊，在阿蛮身上究竟发生了什么？

老者怀疑阿蛮多半在外界得到过什么古物，那古物跟这里有关，同时也与青铜门的神秘古路有关，故此惊动了玉石棺椁。

“这玉石棺椁原本停在青铜门前？”石昊问道。

“是！”

那玉石棺椁让老者忌惮无比，这么漫长的岁月以来，他都不敢触碰它，仅有的一次接触让他险些丢掉性命。

可是，这一世，玉石棺椁居然主动飞出，来到黄土坟外，出现在少女的身边。这也是老者被惊醒后，见到坟外有两个人，却不敢轻举妄动的原因。

“你有什么猜测？”石昊问道。毕竟老者常年生活在这里，了解的肯定比他多。

“我怀疑，那玉石棺椁是青铜门背后那个生灵来日回归时要用到的，这个少女可能会在将来发挥很大的作用。”老者道。

“说得详细一些。”石昊的神色不是很好看。

“这个少女不是传承者，就是要成为仆从，将负责镇守此门，并亲手开启那条古路！”老者说出了这样一番话来。

第1434章 了结

WANMEI SHIJIE

石昊想接走自己的祖父，更想带走阿蛮，结果发现这很困难，两人都没有苏醒，仿佛在沉眠。

石昊露出忧色，真的很担心。祖父跟魔尊之血融合，他并不意外，因为祖父早先得到了魔尊一团封在神石中的真血。

而阿蛮的变故，绝对超出了石昊的预料。

“你不用担心，多半是好事，若是将来青铜门开启，你跟这条路上的强者等于拉上了关系。天下若有决战，你可以得到庇护。”老者说道。人在屋檐下，不得不低头。尤其是，像他这么没骨气，他自然会摆出低姿态，认真帮石昊考虑与分析问题。

“阿蛮会成为仆从吗？”石昊问道。这是他绝对不能接受的事实。

“不一定，或许会成为传人。”老者说道。接着，他又道：“还有更惊人的事也说不定。”

“何意？”石昊不解。

“那等生灵，法力盖世，神魂永固，万劫不坏，我想他多半有各种手段回归。或许这少女会成为他的‘眼眸’，学了他的法，他便会有感应，可以看到当今这个世界了。”老者开口道。

老者虽然跟一个孤魂野鬼差不多，但是见识也不少，因为活的岁月长，连禁区之主都见过，更不要说其他了。

“这更不能接受！”石昊说道。

“或许，真的是无上大造化，那口棺椁代那个生灵选徒呢。”老者又这般说道。

石昊沉默不语，他不允许阿蛮出现意外。

“无论发生什么，你现在实力还不够，肯定改变不了。那口棺椁有神秘的力量，我当年稍微触及，差点形神俱灭，不然的话，会比现在强。”老者说道。

石昊轻轻一叹，这是现实。他修道的岁月还短，真要涉及那个级别的手段，哪怕他修为再逆天，也无法化解。

他要变强！

到了今日，石昊越发觉得，唯有掌握横扫天地间诸敌的实力，才能保护身边的人，不然的话，总是很被动。

阿蛮还好，她在这里不见得是坏事，有可能是造化。可想到边荒的事，石昊的心中便发堵。

边荒七王全部殒命了；原始帝城崩开，熊熊燃烧，坠落在大漠中；火灵儿生死未知，被安澜连同着一州之地抓走了。

石昊无力阻止，只能眼睁睁地看着，因为他的修为不够。

“我要变强，找一个无人打扰的地方潜修，直至我可以睥睨世间诸敌。”石昊坚定地道。

他来这里救人，结果发现根本带不走阿蛮和祖父。他确实能够纵横三千道州了，可是一旦涉及未来之乱，他的实力就显得很不足。

“她需要多久才能醒来？”石昊看着阿蛮，自语道。他很遗憾都没能跟阿蛮说上一句话。

随后，石昊又看向祖父，祖父应该没有危险，复苏只是时间的问题。只是阿蛮的情况充满了不确定，让他无法预料。

“你放心好了，没有人可以伤到他们，最起码他们在三千道州很安全。”老者说道。

因为，阿蛮有玉石棺椁保护着，至于十五爷，他所在之地有魔尊的真血在缓缓凝聚，非常恐怖。

“你帮我照看他们！”石昊说道。他施展古代某种秘法，斩下老者的一道元神印记进行熔炼，加以掌控。

老者很不甘心，但是也没有办法。

石昊暂时离开了，沿着原路飞出了恶魔岛。最后，他回头望了一眼，叹息了一声。

他会等上一段时间，如果这里没有什么动静，那两人常年保持原状，那么他就先行离开，去忘我地修行。

在石昊行走于三千道州时，九天上暗流涌动，某一古老的家族内有人在低语，提到了石昊。

“从了解到的情报看，他还在三千道州，没有离开。”

“想去下界谈何容易，强行下去的话，他只会半废！”

“我有些不明白，荒为何急着离开，要去下界？”

“因为，他知道上界不安全，毕竟当年有人将他们定义为罪血一脉，而那些人之中有真仙！”

…………

正在低语的人对石昊带着敌意，有几人在商讨是否要去截击石昊。

如今的石昊，至尊境以下无敌，想要除掉他，谈何容易？或许，至尊出动的话可以除掉石昊，不然的话，根本就没有希望。

由此可见，这股势力有多么可怕，这个古老家族的底蕴有多么深厚。有这种念头，并敢跑到三千道州对付石昊的家族，必须要有过硬的实力。

“算了吧，别出什么意外。”也有人表示反对。

“或许，不用我族出手，三千道州上的那几位就会忍不住出手，他们真能眼看着荒去下界八域躲避吗？”有人冷笑道。

石昊回到了秦族，见到了父母、弟弟，也见到了不老天尊秦长生。

石子陵和秦怡宁见儿子平安归来，先是松了一口气，而后又有些紧张，因为十五爷和阿蛮没有归来。

石昊告诉他们那里发生了何事，让他们很震惊。

“祖父不会有危险吧？”秦昊惊异地道。

“阿蛮那孩子，到底要发生怎样的变化？”秦怡宁有些担心地道。

“我也不知道。”石昊摇头，叹息了一声。而后，他说出了自己的想法，准备等上一段日子。

在接下来的日子里，他将全力寻找回下界的路。

“不用你劳心了，老祖宗已经派人去寻找了，有了一些眉目。”秦怡宁说道。

这是好消息，石昊正好头疼怎么找线索呢，秦族的实力何其强大，若是暗中出动众多人马，效率自然会高很多。

“那好，在离开前，我去做一些事。”

石昊离开了，依旧是一个人悄悄地上路。

这一次，他准备去寻找关于至尊殿堂的一切，无论是人还是遗址，都是他要寻找的目标。

可惜，到头来，他什么都没有找到。

一个月后，石昊带着失望之色回到秦族。

“孩子，通往下界的路有消息了，快要确定了。”秦怡宁说道，告诉了石昊一个好消息。

“好！”

在离去前，石昊想将一些事都处理好，可是，祖父和阿蛮能及时醒来吗？若是他留在上界，时间长了的话，有些人是否会蠢蠢欲动，提前对他动手呢？

“我想要一间静室，不被人打扰。”石昊对父母说道。并且，他让皇蝶帮他护法，以便随时唤醒他。

他要施展元神离体，去一个地方，了结昔日的一些事。

“你要进灵界？”石子陵道。

一旁，秦昊露出了惊讶之色。

“是，我想从灵界进入虚神界。”石昊点头道。

“这……不会有危险吧？”秦怡宁有些担心。

“不会！”石昊摇头。

下界有虚神界，传说那是由太古逝去的诸神的意志构建而成的。而在上界，同样有这样的精神国度，只不过名叫灵界。

其实两者意义相同，都是以神道意识构建的。

石昊确信，无论是虚神界还是灵界，都很不简单。

虽然石昊现在实力非常强大，但他自问还没有那样的手段，能够构建出如此庞大的精神世界来。

此外，九天上也有这种精神国度。

只不过，这几年来，石昊一直在征战，还去了边荒，没有时间去理会那些。

现在马上就要回下界了，他此时进入精神国度，也不是为探个究竟，而是为了结一件事。

当年，石昊在虚神界时，曾打破各种纪录，天降青铜碎片，若是收集到十块青铜碎片，就可以得到一种至强宝术。

虚神界神秘的鸟爷与精璧大爷曾许诺，若是石昊足够强，能从灵界打下去，进入虚神界，就给他那种宝术。

依据鸟爷和精璧大爷两人当时的说法，那种宝术绝对恐怖，可能是十凶的传承。

按照当时两人透露出来的意思，那很有可能是真龙宝术，或者是涅槃的真凰秘术。

这正是石昊需要的！

而今，他在积极准备，要回下界了，现在自然要去灵界走上一遭，去开启虚神界的门户，以便回到下界后，索要至强宝术。

而且，来日他一定会仔细研究，那精神国度究竟有什么秘密。

第1435章 回虚神界

WANMEI SHIJIE

“荒呢，他在哪里？他将魔葵园闹了个天翻地覆，将整座地宫与宝库都搬走了，结果最近竟没有了动静。”

“应该还没有回下界，强行下界的话，不死也废了！”

三千道州的许多大势力都在猜测石昊的去向，都想知道他在做什么，因为上一次他出手果断，太惊人了。

有些大教十分紧张，一直在防备着石昊，结果这么长时间以来却不见他的身影。

冥土、仙殿、天国等道统一个个都来头极大，有着不为人知的隐秘，但他们亦不敢掉以轻心。

“我倒希望他闯过来，早点击灭他，免得真的让他突破到至尊境，成为祸患！”在一座古老的殿堂中，有人开口，声音嘶哑，如同地狱中的魔在低语，令人不寒而栗。

可见有些势力是多么可怕，哪怕石昊在边荒一战中赢得赫赫威名，也照样有人对他不服气。

比如仙殿，在边荒时就曾有至尊说，在那座锈迹斑斑的铜殿中，沉睡着一名半残的真仙，其实力不可揣度。

此刻，有人脸上露出淡淡的笑容，并不是很惧怕。

也有部分人露出忧色，比如妖龙道门、火云洞等，这是六冠王宁川身后的那些势力，他们一直都在针对罪血后裔。

如果石昊归来，向他们动手的话，他们防不胜防。

为此，他们不惜发出暗示性的威胁，声称了解罪血后裔等在上界的居住地。

言下之意，若是石昊敢下毒手，他们就会报复，因为他们知道石族、火族等的安居之地在哪里。

边荒一战，安澜冒着化成枯骨的危险强行破关，付出巨大的代价，在最短的时间内发出惊世一击，一把抓走了罪州，等于掳走了罪血一脉的根基。

不过，还是有部分人散落与栖居在其他州。

不老山，石昊在一间静室中盘坐，一动不动。在他的肩膀上方，有一只金色的蝴蝶在翩翩起舞，为他护法。

此外，石子陵、秦怡宁等人也都在附近盘坐着。

他们虽然知道石昊很强，如今神勇无比，但还是怕他出现意外，因为他如今在风口浪尖上。尤其是，了解到三千道州可能有真仙后，他们一直很担忧，怕石昊会被阻击。

此时，石昊没有了意识，因为他的真灵进入了一片精神国度中。

灵界一望无垠，跟三千道州的格局差不多，彼此相对应。

大山磅礴，精气袅袅。此地古木参天，猿啼虎啸，充满了原始与蛮荒的气息。

这里是灵界，石昊行走在大地上，不得不叹，构建出这样一片精神国度的生灵何其强大！

银瀑壮阔，从数万丈高的山上垂落下来时，如同雷鸣般。

石昊一路前行，他要去当年的那个地方，再从那里沿着一条路，进入虚神界。

在路上，他了解到了很多情况。因为灵界每日都有很多修士进入，跟真实世界没有区别，他们在谈论石昊。

“有些大教在防备我，甚至想对我不利。”石昊得悉这个消息，不禁一阵冷笑，还敢威胁我？

他一路前行，心想，若是在路上与他们相遇，他绝不会手软。

“火云洞的势力范围？”说来也巧，石昊进入灵界不久，路过一些名山大川时，得悉离火云洞不算很远了。

现实中，各大教在灵界都有自己的一些根基，因为这片精神国度同样可以修炼，能够培养精英弟子。

石昊背着双手，径直登门。

“天啊，那个人是谁？我没看错吧！”第一时间，有人发现了石昊。

到了现在，石昊绝对算是一个名人了，某些道统内有他的画像，不是因为崇敬，而是因为担心门下弟子不认识他而惹下大祸。

尤其是跟石昊关系不睦的大教，全都在防备他，自然让门下弟子仔细辨认过他的画像。谁都没有想到，一直没有动静的石昊，就这么出现在灵界，来到了火云洞的地盘。

这片区域顿时被震动了，各教人马闻风而动，不少人火速赶来。

因为，这件事影响太大了！

“荒，你想做什么？不要乱来！”

火云洞所在的区域灵气滚滚，紫霞灿灿，仙雾朦胧。

那里有一片紫色山体，它被开凿出了古洞，蕴含着浓郁的天地之精，更有火光冲天。

石昊一头黑发披散，看起来很清秀，此时他的气势很惊人，如同一位严肃的真仙。

他站在这里，散发着恐怖的气息，俯瞰这片山川。

“轰！”

石昊抬手，一掌向前按去，紫色山体瞬间接连爆炸，火光冲天。

所有人都傻眼了，这是怎样的一股威势，他只是站在山门外，拍出了一掌，结果前方无论是山门还是护教法阵等，全部都崩裂了。

“不要让我再听到威胁之语，不然的话，我会直接上门‘拜访’。”这是石昊留下的话，而后他便继续上路了。

很多大势力并没有亲眼看到石昊出手，却知道他有多么可怕，仅那片废墟就足以说明一切。

这一役过后，现实中的火云洞的许多强者面色苍白，如同大病了一场。因为，在灵界被击灭，现实中肯定要大病一场，元气大伤。

石昊一路前进，不久后又遇到了妖龙道门的根据地。他在这片区域更不客气，一拳轰了过去，击穿了山门。

这件事影响太大了，震动了三千道州。

随后，石昊没有再张扬，从人们的视野中消失了。他横过长空，径直赶到了通向虚神界的那个地方。

这片区域十分壮阔，山崖上有凶禽筑巢，巢巨大无比，如同乌云一般，地上有神蚁爬动，每一只都足有牛犊那么大。

这里有各种凶禽猛兽出没，对于常人来说很危险。

石昊如履平地，来到了这里。

前方，混沌之气弥漫，金光隐现，散发出古朴的气息。那里有一对黄金门，门十分宏大，半闭合着，有一道缝隙，这就是目的地。

石昊没有迟疑，用手一推，打开了黄金门。

这个地方还有一尊石人，其体内有神祇之光隐现。

“何人？”石人居然开口了。

当年，石昊上来时，石人并没有动，也没有神念，像是没有感知一般，如同塑像。现在，石昊的血气太旺盛了，让沉眠的石人都复苏了，它睁开眸子，射出两道金光。

“我要路过这里，去虚神界。”石昊答道。

当年，石昊小心翼翼，生怕惊动石人，而今则无所忌惮了。他能感觉得出来石人很强，但是石人阻止不了他。

石人短暂地沉默了一会儿，而后轻轻一叹，道：“我能力有限，无法对一个突破极境的生灵做出任何干预。”

说罢，霞光一闪，石人退走了，就此不见了身影。很明显，它是灵界规则的一部分。

石昊迈步，沿着一条石阶路，快速而行。

这条石阶路通向一座铜雀坛，当年石昊第一次来这里时，曾跟凤舞一战，也同火金族的藤一争锋，力压对手。

石昊没有停留，沿着石阶路向下而去。

在虚神界时，鸟爷和精璧大爷称这条路为天路。

当年，石昊初露峥嵘，从虚神界偷渡到灵界，就是走的这条路。

那时，他走得很吃力，耗费了极大的力气。而今，他缩地成寸，速度快到不可思议。

最后，石昊到了！

一对巨大的门阻挡在那里，镇压两界通道。那对门闭合着，很严实，没有一点缝隙。

当年，为了防止上界生灵入侵，闯进下界，这对门被封住了。

石昊心中不能平静，他的真身还没有归来，意志却先降临了，要进入那熟悉的旧地。

“咚！”

石昊捶门，巨大的声音顿时震动了这片古地。

混沌之气弥散，这是唯一连着下界的精神国度的路。

石昊心中有些激动，或许，这样闯过去，就能立刻见到一些熟人。

可是，石昊敲了很久，这扇门的背后什么反应都没有。他忍不住蹙眉，怎么才能过去？总不能直接轰开吧？

要知道，这可是为阻挡上界生灵下来才设立的巨门，镇压着通道，肯定坚固不朽，难以破开，不然的话，它就不会自古长存，屹立在这里了。

当然，事情没有绝对。石昊曾听鸟爷与精璧大爷说过，当一个人强到极致时，没有什么不可以改变。

“轰！”

石昊出拳，光芒万丈，震动了整个巨大的门户。

无论是虚神界还是灵界，看重的都是强者在各境界的极境修行，让他们走到更强的境界。故此，石昊的出拳是非常恐怖的，会带来很大的影响。

“轰隆隆！”

大门震动，发出可怕的光芒，并伴着轰鸣声。

“谁?!”终于，门的背后传来了声音，这般喝问道。

下一刻，神光璀璨，宛若飞仙，大片的光雨将石昊笼罩了。“唰”的一声，他从此地消失，进入了虚神界。

第1436章 回归

WANMEI SHIJIE

石昊出现在一座平台上，仔细一看，周围有一根又一根粗大的石柱，其上闪烁着神秘的闪电。

那些电弧，有赤红色的，有黑色的，令人心悸。它们交织在一起，如同一条又一条铁链般缠绕在那些石柱上，将这座平台封锁起来。

“上界生灵？”有人低语道。那是一个银甲神灵，其体外燃烧着异常强大的真火。

石昊露出异样的神色，他从石门背后过来，居然径直落入囚笼，被封锁了。

“我没有恶意，我本属于八域，如今回归了。”石昊说道。同时，他在仔细观察，这个银甲神灵可能并非真正的生灵，而是虚神界的规则所化，守护着这里。

“最爱吃兽奶?!”

果然被石昊猜中了，这个银甲神灵是规则所化，其眼眸中符号闪烁，凝视着石昊，道出了他的“身份”。

这一刻，石昊很羞愧，第一次觉得难为情。昔年他进入虚神界之后，不断打破纪录，曾化名为“最爱吃兽奶”，这就是他在这片精神国度的身份。

现在，旧事重提，石昊哪怕脸皮再厚，也觉得有些难为情。

若是让人知道，堂堂的荒，年少时曾经这么另类，有过这样的名字，一定会被笑掉大牙。

这也太可笑了!

荒？一个吃奶娃!

此时，石昊有种冲动，要抹去这些污点。这些黑历史一定要抹除干净，实在是太难堪了。

“不对，你身上有不可揣度的气息，原因不明，不能放你出来。”银甲神灵说道。

“我时间不多，还请通融。要不然，烦请你去请鸟爷他们。”石昊说道。

然而，这只是一段规则，不是一个有感情的生灵。银甲神灵很执拗，不肯放石昊离开，并且发出了警告声。

“轰！”最后，石昊出手了，轰向这座平台，要冲出去。

虚神界和灵界都有一个可怕的限制，那就是在特定的区域，就算是神力绝世也会被限制。有的地方只能展现搬血境修为，有的地方只能展现洞天境修为。

此时，身为修为在遁一境的修士，石昊一下子就被禁锢在尊者境了。想要破除这种阻挡，唯有突破极境，打破封锁，超越规则的极限压制。

石昊是谁？一路走来，他所达到的每一个境界都是如此，他每次都突破极境，在各大境界进行升华。故此，他这样全力出手，拼命攻击，结果是很可怕的。

最后，石昊生生轰塌了平台，击碎了石柱，扯断了神链，冲了出去。

那银甲神灵化成一道流光，就此消散了。

这里的一切都消失了。石昊怔怔出神，发现自己站在那对巨门前，已经脱困了，而且是在虚神界一方。

这条路对石昊而言并不陌生，当年他就站在这里。

这里有祭坛，有古路，还有迷雾，很安静，因为平日根本就没有人来。

“咚！”

石昊迈步，直接进入迷雾中，他想深入虚神界看一看。

石昊已经很多年没有回来了，如今虽然不是真身，而是元神提前下界，但他还是很激动。

他觉得自己可能会碰到熟悉的人，当然，也有可能会遇到昔日的敌对势力。不过，到了现在，他并不惧怕什么了，在这下界八域中，难有能够阻抗他的人。

“鲲鹏殒命在下界啊，折纸船的女子来历诡异，还有西陵界那里也很神秘……”石昊自语道。他觉得有那么一瞬间，他太膨胀了，仔细想来，这下界还有很多秘密等着他去探索。

“还是谨慎一些吧，最起码不能弄得天下皆知我回来了。”石昊觉得不要惊动四方，而是先了解一下当下的情况。

八域究竟怎样了？是否有什么变故？想到这里，石昊遮住面孔，没有暴露真身。

石昊登上一座祭坛，破空而去，闯进了虚神界的深处。

葛沽，一位少年奇才，这几年突然崛起，震动八域，少有人知道他的出身。

葛沽一直在虚神界挑战各方高手，战绩辉煌。

有人说，他可能是一条真龙，因为在现实中，有人曾追逐他的踪迹，看到他化身为龙，腾天而去。

一条年岁很小的真龙出现在下界，那是何等震撼之事！虽然没有证据证明葛沽就是真龙，但是他的潜力的确很大。甚至，有人已经将他跟昔日的小石并论，认为他达到了那种高度。

西固是一个青年，最近半年，他突然崛起，同样震惊天下，因为在虚神界他是无敌的。

西固比葛沽年纪大，如今有二十多岁了。但是，没有人知道他的真正修为，因为虚神界不同区域所能显化的修为是有上限的，他的修为被禁锢了。

或许，西固就是为了挑战各种纪录，才在不同的区域出现。半年来，他一路上都是横扫所有对手。

有传说称，西固可能来自西灵界一个极其神秘的种群。

许多人都在叹息，可惜西固出世太晚，以他的年岁，若是再早几年的话，他说不定能遇到当年的大石与小石。

如今，西固与葛沽并列，就如同当年的“双石”一般。

今日，西固与葛沽将有一次大对决，这也是他们第一次争锋。

“双雄争霸，就在今日要分出个胜负了，谁是天下第一？真是让人激动而期待啊！”

这一日，虚神界很轰动，许多人都在猜测西固和葛沽谁更强。

这是一场盛事，引发了轩然大波，各方势力无不在关注。许多人进入虚神界，只为目睹他们对战。

一条真龙要跟西固开战，这是大事件！

“这两人可是打破了很多纪录啊！你们说，他们是否要去突破小石创下的那些纪录？”

“听闻这两人还没有去触及，可能要再等上一两年吧，现在他们多半还没有把握打破小石的纪录。”

西灵界无比神秘，西固真是从那里走出的强者吗？

众人很期待这次对决，诸多高手纷纷到来。

这片区域早已挤满了生灵，他们占据有利地形，只是为了观战。当然，中心区域还是很空旷的，无人靠近，那是为葛沽与西固留出来的战场。

此时，两道身影带着迷雾和蒙蒙神光，十分神秘，从两个方向而来。

“砰”的一声，第三道身影从空中降落，来到了这里。

“何人？速退！”西固开口道。他的体形修长，体魄强健，黑发浓密，肌肤呈古铜色，眸子中寒光闪烁。

别人看不清这个青年的真容，但是对石昊来说，这根本不成问题，他的天眼通可以破开迷雾。

另一个方向，还有一个十几岁的少年，他眉清目秀，气质超凡。

“咦？”石昊很惊讶，这两人绝对都不一般。

“这里是战场，请你退走。”那个少年也开口道。

石昊没有退后，而是盯着少年看了又看，道：“根骨奇佳，良才美质，但多半早有师尊，可惜了。”

石昊看着那个少年，竟有了收徒的念头。

“笑话，妄想收我为徒？”少年很傲气，听出了石昊的意思，“你这人如此狂妄，让我看一看你有什么本领。”

这个少年自然有底气，因为任何人在这个地方道行都会被压制，境界都是一样的。

“你还年少，你们两人一起上都不行，太勉强。”石昊摇头道。他这话一说出来，一下子得罪了两个人。

“嚣张，让我看一看你有多厉害！”那个青年男子西固也怒了。

石昊微笑着道：“这样，你们若是败了，可愿拜我为师？”

远方，所有人都愣住了，这是哪里来的人，不仅突然闯入，还要收葛沽与西固为徒，太嚣张了。

石昊一时心血来潮，想要收徒，因为这两人的血脉让他非常感兴趣。

“轰！”

葛沽、西固一同出手，宝术惊天。

石昊的双脚纹丝未动，只是用两只手抓住了他们释放出无数符文的拳头。刹那间，两人手臂剧痛，身体颤抖，竟然无法与之抗衡。

众人哗然，这里一阵大乱。

第1437章 蛮力破之

WANMEI SHIJIE

这是哪来的强者？怎么他一出手，就压制住了两大高手？

要知道，所有人都是抱着希望而来的，要看葛沽和西固对决，没想到战斗还未开始，两人便吃瘪了。

西固和葛沽都在发力，宝术冲霄，漫天都是符文。他们动用了最强力量，号称极境，这是更进一步的体现。

这是升华！

可是，即便是这样，他们也无法摆脱那个人。

他们被对手抓住了拳头，手臂发抖，身体痉挛，完全被一种恐怖的力量压制了。

到了后来，他们满头大汗，几乎要瘫倒在地上。

“不可能！”西固大叫道。

他们打破常理，突破极境，算是此境界的超脱者，最起码在虚神界是无敌的。

哪怕西固与葛沽对决，也是半斤八两，不可能这样单方面强势地压制对方，想战胜对方要付出很大的代价。可是，眼下这个人就这么轻松地将他们镇压了！

“可愿拜入我的门下？”石昊询问道。他对这两人真的很感兴趣。

“你是谁?!”葛沽喝问道。

“轰隆！”

远处，一只怪鸟出现，浑身燃烧着，化成了火光神柱，如同真凰出世，向着石昊席卷而来。

“咦，终于出现了。鸟爷饲养的鸟实力大增啊！”石昊自语道。

“砰！”

石昊一松手，将西固与葛沽两人松开了。他们踉跄而退，脸色发白。

同一时间，所有人都看到，石昊纵身一跃，冲上了那只怪鸟的后背，牢牢地站在上方。

那如同真凰一般的神禽长鸣起来，很不情愿，经过一番剧烈的抗争后，最终还是只能驮着石昊离去。

“发生了什么？我怎么有点反应不过来？”人们都有点发蒙，一系列变故发生得太快了。

“那只鸟在虚神界有极大的来头，可能是传说中的那位鸟爷养的！”当那只鸟和石昊离开后，有人吃惊地说道。

这几年以来，许多人都知道了鸟爷与精璧大爷的身份不一般，可能是整个虚神界的守护者或主宰者。

这是一件大事，那个突然出现的生灵是什么来历，居然值得鸟爷的神禽出动？这是在接引他吗？

那只怪鸟俯冲而下，降落在一座高山上，身体快速变小。

山顶，有一位老者在盘坐，正是鸟爷。

石昊落在这里，有些惊讶，鸟爷的状态很奇异，散发着恐怖的气息，这跟以前不大一样啊！

一念成佛，一念为魔！

当年，石昊就有那种感觉，鸟爷与精璧大爷太诡异了。

“你是谁？”鸟爷问道。他身上的黑暗气息更加浓郁了。

“看来，你们两人的症状越发严重了，又忘记自己是谁了。”石昊叹息道。

当年，那两人就是如此，遗忘了过去，直到被石昊惊醒，才了解自身的部分往事。现在，他们的状态不是很好，展露出了恐怖的一面，不再是神圣的了。

“精璧大爷呢？我是荒！”石昊道。他已经知道，这两人的元神寄托在虚神界，真身不知道在何方，始终无法回归本体，这才导致自身迷失了。

“咦，是你，你居然回来了！”鸟爷眼中光芒闪烁，像是苏醒了一般，他身上的黑暗气息散去，迸发出神圣祥和的光芒。

石昊松了一口气，还好这位没有六亲不认，终于又记起了昔日的一些事。

“我险些迷失，再次复苏，真不知道是该庆幸还是该遗憾。”鸟爷说道。

“我从上界下来，目的只有一个——索取宝术。”石昊道。

“可以，没问题。”鸟爷相当乐观，跟刚才的气质完全不一样了。他告知石昊，只要精璧大爷回来，两人就能合力开启封印，取出宝术古卷，兑现诺言。

“精璧大爷呢？”石昊问道。

“轰！”

突然，鸟爷座下的蒲团一震，他像是心有感应，眸子中光芒闪烁。

“你刚从上界下来吗？”鸟爷问道。

“是！”石昊点头道。

“麻烦大了。”鸟爷叹了口气。

“怎么了？”石昊露出异样的神色。

“你多半回不去了，有人断了你的后路，关闭了通向上界的那条路，将你堵在了这一界！”鸟爷说道。

鸟爷是掌控者，可以洞悉虚神界的各种变化，甚至连与上界相连的通道里发生了什么都知道。

上界，那对黄金巨门已经关闭，被封锁了。

这是非常可怕的事，石昊的元神若是永远被困在下界，那么将与他在现实世界中的肉身失去联系。时间一长，他的肉身将血脉干枯，注定会朽灭。

“他们还真敢封！”石昊冷冷地道。他也想到过，或许有人很恶毒，会断他后路，但是没想到速度这么快。

“你就不担心吗？你可能要和我一样，元神跟肉身永远失去联系了。”鸟爷叹气道。

“你们不是说过吗？实力足够强大的话，规则都可以击穿，那黄金门也可以强行打破。”石昊说道。这是他的底气所在，他早就想击穿黄金门了。

“你这个疯子，难道是故意的，还真想去击穿黄金门，创下一个壮举？”鸟爷吃惊地道。

“不是故意留给他们暗算我的机会，只是这群人心思歹毒，竟要这般害我。至于我，自然是要去强行破关。”石昊虽然说得轻松，却不敢大意，第一时间往回赶去。

“要不我先将虚神界的这扇门击穿试试看？”石昊还有心情笑。

“别！”鸟爷阻止石昊，而后为他开启了方便之门。

“此去危险，希望你能顺利击穿黄金门。”鸟爷轻叹道。

“轰隆！”

天崩地裂，石昊驾驭电光而行，沿着石阶路一路向上，这号称是登天路。

“就这样将荒置于死地了，太简单了！”

“除掉他并未费什么力气，很轻松。”

灵界的黄金门外，有一些生灵在低语，在交流，都是强者。他们暗中出手，关闭黄金门，断了石昊的后路。并且，他们请动规则之神，将这里封印了。

“呵呵，荒终究是太嫩了，过早殒命的结局，早已注定了。”

“当！”就在他们谈笑时，巨大的响声传来，有人在攻击黄金门。伴着雷鸣，巨大的冲击力轰在黄金门上，震得人神魂都在悸动。

“好强，荒的反应倒也迅速，他想要强行破关。”

“就算他很强也没用，已经晚了。这黄金门不一样，是守护灵界的规则所化，他不可能过得来。”

“当！”

巨门摇动，火星四溅，还有流光冲起。

“当——”

这一日，伴着金属颤音，黄金门居然被打得变形了，门上冒出了很多拳印，凹凸不平。

“咚！”

数十上百击过后，黄金门背后的众人惶恐了，这也太强大了，黄金门的封印在松动，快抵挡不住了。

“当！”

又一声轻响传来，黄金门出现了裂缝。

“太可怕了，他怎么会这么强？超越极境啊，连黄金门都拦不住他了！”

一些人很惶恐，非常震惊。

“当！”

又一声大响传来，黄金门上一下子“蛛丝”密布。紧接着，“咚”的一声剧震，黄金门被击穿了。

“天啊，这是一个怪物，灵界的通道都被他用拳头给击穿了！”

灵界，黄金门后面，许多人震惊不已，大叫了出来。

第1438章 精神国度的门户

WANMEI SHIJIE

黄金门上的拳印密密麻麻，凹凸不平。最后，一个拳头贯穿了过来，生生将那扇门击穿了。

一群人虽然早已知道石昊强大得不可想象，但是见到这个场面，还是忍不住心中发毛。

那可是灵界的通道，是精神国度的门户，是规则所化，超越了世间的极限的力量，不可能被破坏才对。

可事实摆在眼前，容不得他们不相信，荒就那么闯回来了。

“当！”

当那只拳头收回去，再次轰击时，黄金门颤抖了一下，那破洞一下子变大了很多倍，许多人都清晰地看到了那个年轻人。

此时，石昊正在漠然地看着他们，拳头发光，宝术绽放，威势惊天动地。

这个景象有些骇人！

“逃啊！”有人大叫道。

这一次，他们知道他们将荒得罪狠了，绝对惹出了大祸。

“当！”

一声巨响，超越以往。石昊这一次轰出的拳印，流光飞舞，拳力绝世，因为那是数种宝术结合而释放出的威力。

整扇黄金门被打得横飞了出去，震惊了灵界内的生灵。

虽然许多人在逃，但是那黄金门依旧结结实实地撞在了不少强者的身上，因为它太过猛烈，速度过快，让人无法避开。

“啊！”

不少人大叫，当场负了重伤。

这一切发生得太快，是不可预料的变故。

这能怪他们大意吗？他们原本以为这是必杀之局，结果就这么被对方化解了。

荒强大得离谱！谁能料到他可以击穿黄金门？从古至今，就没有人可以真正地击穿黄金门，这超越了常理。

现在，石昊用实际行动告诉世人，他是无敌的，超越极境，连灵界通道之门都挡不住他。

“噩梦啊，这个人简直就是噩梦！”一些生灵大叫着，快速逃遁。

“轰隆！”

石昊一拳轰出，闪电光划破数万里远，那些早已飞上半空，逃到天际的修士纷纷中拳了。

这是雷帝神通，是闪电拳的体现。

结果，天空中下起了“修士雨”，噼里啪啦，成片的生灵坠落，全都被轰落了下来。

在这一拳之下，没有什么悬念，许多人都殒命了。

这绝对是一桩惨案，因为在灵界受损的话，现实中就要元气大伤。而现在，这些修士可不只是受损那么简单。

修士如果在灵界受到的伤害太过严重，在现实中就会直接殒命。

从理论上来说，用精神界出产的灭魂针、灭魂塔才能彻底将一个人击灭，导致他在现实世界中也殒命。

但是，在有些情况下，如果杀伤力太强，在灵界或虚神界将元神粉碎，也可能会导致人彻底死亡。

现在，石昊带着怒气出击，自然恐怖至极。

这一日，三千道州的一些大教内，不少人发出惨叫，而后肉身渐渐变冷，失去了生机。

这一日对于一些古老道统来说，绝对是恐怖的，有些高手居然就这么殒命了！

灵界内，石昊脸色难看，真的动怒了，怒气滚滚，如同汪洋般汹涌，在天地间弥漫。

“边荒一战，为了抵挡异域大军，许多英杰血洒战场，再也没有回来。而你们这群人，从未在那片战场出现过，不助战也就罢了，还一直想除掉我等。你们有种的话，就去边荒大战！”

“轰隆！”

石昊化身为一只巨大的鲲鹏，扶摇直上九万里，金色羽毛璀璨，带着黑色斑纹，散发出恐怖的气息。

这一刻，石昊是无敌的，横扫了不知道多少万里。刚才，他击穿了身后的黄金门，现在，他又这么神勇无敌，横击山川，对战各族修士。

“轰隆隆！”

天崩地裂，鬼哭狼嚎。

此时，灵界规则之神，那个石人又出现了，结果它全身龟裂，化成流光再次散开。

超越极境，是虚神界和灵界永恒的主题！

只要做到真正的超脱，胜过历代所有前贤，就能打破规则，颠覆常理。

石昊化身为万里长的鲲鹏，呼啸山河间，所向披靡。

他越发了解灵界与虚神界了，这是古人训练最强者的圣地吗？

这一日，三千道州大震动，一些古教可以说是在比惨，一个比一个惨，教中的高手全都遭遇了厄难。

一些人元气大伤，对于他们来说，今日的经历是永远挥之不去的噩梦。

“住手！”远方，传来了大吼声。

一座古朴的铜殿，带着一缕缕仙道气息在前方浮现，向着石昊镇压而来。

石昊心头剧跳，瞳孔收缩，他还真不敢大意，鲲鹏躯体缩小，重新化成了人身。

那座铜殿很危险，带着仙气，带着慑人的力量。

仙殿的人？

“哧哧哧！”

那座铜殿突然发光，数十块铜锈从中飞出，如同诅咒之云一般弥漫于天地间，带着一种震慑人心的力量。

仙殿的铜锈，是诅咒的体现。

当年，石昊在下界时，就曾被仙殿的老仆人以铜锈击中，陷入死境，被埋在石村外一年才复生。

现在，他怎敢轻视，怎敢大意？

石昊侧身避过了这些铜锈，同时心中一凛，这里可是灵界，铜殿显化，这是带来了真正的仙器之灵吗？还是说，那是无上至宝的投影，没入了灵界内？

石昊疾速躲避的同时，“锵”的一声，抽出一柄剑胎，向前劈去。他早有准备，要以这件兵器对抗冒着仙雾的铜殿。

任何神兵利刃，只要内部交织有规则与秩序等，就同样可以进入灵界或虚神界。

“当！”

远方，火星四溅，石昊一剑劈出之后，那座铜殿剧烈地震动了起来。

石昊心中没底，传闻青铜仙殿中沉睡着一位仙人，那仙人虽然早已半残，但还是不可揣测的。

现在，这样一座铜殿浮现出来，是投影还是规则的交织？是来镇压他的吗？如果真是那座铜殿的话，是否有仙在其中？

石昊觉得，超越极境，可以在虚神界、灵界中横扫对手，但对方都是红尘中的生灵，属于人道范畴。可一旦涉及仙，哪怕是残废的，也多半难以预料后果，凶多吉少。这片精神国度不见得可以压制仙的等级。

“小辈，你敢对我仙殿动手？”一个中年人出现，站在青铜仙殿前，逼视着石昊。

“少废话，是你在阻挡我，先对我出手。”石昊冷冷地道。

“你造下杀孽，我来挡你！”那个中年人喝道。

“真是慈悲啊！边荒大战时，怎么不见你去发挥力量？这一次，他们恶毒地要断我的生路，结果反倒引动你们仙殿出世，跟着出手了。我倒是想问一问，你们想做什么?!”石昊呵斥道。

“大胆！”中年人喝道。

“别以为有真仙，我就怕你们，就会低头！”石昊见对方自负，且向前攻来，自然不留情，举起大罗剑胎就向对方攻去。

“噗！”

短暂的交手，十几击过后，仙殿的中年人被大罗剑胎劈中，整个人横飞了出去。

第1439章 仙道

WANMEI SHIJIE

中年人身体踉跄，面色发白。他猛地抬头，眼中带着怒火，带着恨意，盯着石昊。

在中年人的头顶上方，那座铜殿不断轰鸣，一道又一道仙气弥漫出来，瑞光蓬勃，将他护在其中。

“荒！”

中年人原本应该道骨仙风，因为他来自仙殿，传承自真正的仙家道统，可现在他眼中只有怨毒。

这一刻，中年人双手结印，演绎无上法。

巨大的身影在中年人背后浮现，那是人仙虚影。那虚影与他共鸣，并且影响了他头上的铜殿。

事实上，中年人就是在催动仙器，令其复苏，并爆发出无量仙光，要镇压石昊。

庆幸的是，石昊有大罗剑胎，这件古器遇强则强，可以对抗那些强大的法器，故此他持着它冲了过去。

“轰！”

大罗剑胎放大，疾速扩展，宛若粗大的山岭，就这么砸了下去。

“当”的一声，火星四溅，剑体发光，砸在了巨大的铜殿上。

铜殿顿时剧震不已，不断轰鸣，铜锈飞散。

一刹那，仙光迸发，气势凶猛。

“噗！”

那中年人当即咯血，大罗剑胎的力量太磅礴，生生将他震伤了。

石昊眯起眼睛，盯着铜殿，这件仙器被压制了，没有展露出应有的仙道力量。这让他震撼不已，同时也有点不确定。若是为真，那么灵界还真是一个奇异的地方。

这一刻，石昊盯着前方，眸子中寒光闪烁。此地若是真的压制仙道力量，他还真想一不做二不休，直接攻过去。

若是那铜殿中有半残的真仙，他直接除掉就是了。

石昊对仙殿这个门派没有一点好感，边荒大战时不见他们的身影，这个时候他们却赶来阻击他。

“轰！”

石昊的背后浮现出一对金色的翅膀，那是鲲鹏翅；他的眉心浮现出一缕雷池印记，那是雷道神通；在他的胸口部位，轮回符文闪烁；在他的背后，一株金色的柳树显形了！

一刹那，石昊将自己调整到了最强状态，而后直接就攻了过去。

既然他和这些人已经敌对，这些人来伏击他，那他还有什么可犹豫的，直接除掉就是了。管他是谁，管他仙殿是否强大。

石昊全方位地释放身体潜能，达到了最强状态。他手持大罗剑胎，拍动恐怖的翅膀，雷电缭绕，伴着时光碎片，托着金色柳树，要冲进铜殿内。

“你敢！”

中年人惊悚不已，这家伙疯了吗？这是要做什么？！

敌人想做的，自然是他反对的！

“轰！”

两者碰撞，激烈无比。

事实上，石昊攻击仙殿为虚，主要还是想先除掉中年人，然后再研究铜殿，看一看里面是否有沉眠的仙。

若是猜测正确，机会难得，万世罕见。

“砰！”

中年人虽然是仙殿的绝顶强者，但是在同等级一战中，根本比不上石昊，被石昊一拳砸飞了。

尽管仙殿的中年人焚烧仙道秘法纹路，但是依旧不敌石昊，那种反抗颓然无力。尤其是，中年人失去了右臂，就更加无力了，哪怕再塑出一条右臂，也还是不行。

“咔！”

在飞舞的时光碎片中，中年人逐渐变得苍老。

“轰！”

尤其是最后一击，石昊背后的巨大鲲鹏翅向前遮拢，宛若两把巨刀一般，直接将仙殿的中年人击中了。

仙殿的中年人惨叫出声，剧痛无比，根本就挡不住这种攻击，哪怕他携带铜殿而来也不行。

要知道，这铜殿可是仙器，居然奈何不了石昊，被一柄剑胎挡住了。

说到底，仙殿的中年人对石昊了解得不够多，平白做了马前卒，成了一颗棋子。

“噗！”

石昊一剑落下，仙殿的中年人化成光雨，从这里消失了。

“铮铮铮——”

那是石昊身后的金色柳树发出的声音，一根又一根枝条绷得笔直，如同仙剑一般，全部刺向铜锈斑驳的古殿。

“咚！”

混沌之气扩散，铜殿震动，一块又一块铜锈脱落，发出朦胧的光，释放出恐怖的规则之力。

石昊心中惊悚，疾速倒退，并且将手中的大罗剑胎高高扬起，抵在前方。

坏了！

石昊意识到大事不妙，这所谓灵界根本压制不了仙道之力，铜殿内有恐怖的战力释放而出。

这超越了他所能对抗的极限，这是仙道领域吗？

同一时间，铜殿的铜锈仿佛都消失不见了，只有仙道秩序交织，成为无上场域，要碾压一切。

铜殿入口不再朦胧，因为混沌之气被仙光驱散了。

可以看到，一团火从殿中腾起，不是多么耀眼，却不容人忽视，有一种令人窒息的可怕波动扩散开来。

在铜殿周围，仙道规则浮现，至强秩序如铁链一般纠缠着，环绕着，将那里衬托得神圣而又可怕，让人敬畏。

“年轻人，你太自负了，当仙殿是什么地方，也敢攻击此宝？”

威严的声音传来，带着沧桑，还有一股冷意。

石昊不禁毛骨悚然，这是仙道之力，绝对假不了，是铜殿器灵，还是真仙残体？他一时间不能确定。

“你是谁？”石昊问道。

“苟活在世间的真仙。”那声音很冷漠，也很无情。

石昊发出一声叹息，知道事情麻烦了，这还怎么抗衡？

这铜殿中真的沉睡着一位真仙！

最重要的是，真仙之力超越灵界规则，无法被限制，他根本就没有办法在这里抗衡这名真仙。

石昊想了又想，能动用的底牌倒是有几种，可是想对付真仙，估计都没用。

那件东西可以吗？

石昊想到了一物，但很伤感，孟天正哪怕是战死，都没有动用它。孟天正当年将那件东西留给他时曾有言，除非临死，不然勿碰。

“你是真仙，你的躯体呢？你早就死了吧！”石昊尽量让自己平静下来，看着前方，盯着铜殿中的那团火，这样说道。

“残躯长存，与天地同在，永世不灭，可惜，想回巅峰太难了。”铜殿中，那团火发出声音，“我只是分离出来的一道烙印，伴着仙火，但是将你焚成尘埃足矣。”

那团火说的是事实，哪怕只是一道烙印，也足以击灭仙道之下的一切生灵。

那是不同层次的力量，人道与仙道之分，犹若天地之差。

“唉！”石昊发出一声轻叹。

连大长老孟天正都没有动用那件东西，自己要用吗？可是，不用的话，自己现在必死无疑。

“你知道吗？除掉你这样的虫子，没有任何成就感，有的只是厌恶。”铜殿中，那团火光中有声音发出。

在真仙看来，亲自除掉人道领域的生灵是一种堕落的表现，他这个等级的存在居然要这么出手。

在真仙眼中，哪怕这个年轻人的潜力再大，如今也只能算是一条虫子，还没有蜕变，还不曾飞向高空，冲上天穹。

石昊心有怒意，问道：“我不明白，我与你有何仇怨，你为何要针对我？”

“你是罪血后裔，还得了鲲鹏传承，天赋很不错，又跟我这一脉关系不睦。与其来日冲突，不若今朝斩之。”铜殿中的火光中传来平淡的声音。

“边荒一战，你不露面，今日却要对我出手，你还有脸自称为仙吗？”石昊讽刺道。

“蝼蚁而已，对我叫喊，张牙舞爪，有什么用？”铜殿的那团火光中传出无情的声音。

此时，石昊心有怒火，他没有动用大长老孟天正所留的遗物，一直在尝试跟体内的某团物质沟通。

“好了，可以送你上路了。你惊扰我沉眠，杀了你，虽污了我的手，但也算是除去了一桩日后可能出现的祸患。”冷漠的声音响起。

“轰！”

就在这一刻，那团火光扑了出来，迅速无比，带着仙道之力。

石昊站在原地未动，很平静，他的体内冲出了一团火，那团火只有拳头那么大，十分璀璨与绚烂。

石昊体内这团火伴着他多年了，一直在摹刻各种大道印记，从来没有发过威。可是，就在今日，就在此时，这团火动了，而且一下子就将真仙的意志与其火光淹没了。

“不，啊——”

那道烙印十分恐惧，大声咆哮，剧烈挣扎。

顿时，这里火光冲天，却没有一缕扑向石昊，都被他体内冲出的那团火挡住并吞噬了。

“残仙，蝼蚁。”石昊一动不动，静静地看着这一切。

第1440章 弑仙

WANMEI SHIJIE

真仙哪怕真的半废，也没有人敢视之为蝼蚁，依旧强大无比，不可战胜。

石昊之所以这样说，完全是故意损对方的，因为不久前铜殿中的真仙就是这样对待石昊的，连杀他都说会污了自己的手。

火光灿烂，照耀永恒！

谁也没有料到会是这么一个结果，就是石昊自身都无法想象，真仙烙印居然被吞没了，此时正被焚烧着！

原本，铜殿中的真仙烙印被真仙自身的真火包裹着，可是现在，另一团真火出现，并要击灭他。

“这是……不！”

真仙大叫，他真的不甘心，他眼中的虫子居然要将他击灭了，这种事说出去谁会相信？

一簇完全是由符号组成的火光在那里跳动着，闪烁着，它是神圣的，也是祥和的，当然，这只是对其他人而言。

对真仙来说，那是地狱，那是深渊，陷入其中，难以挣脱，意味着毁灭，意味着枯寂！

真仙大吼一声，火光冲天，席卷天地，周围的高山大岳全部被烧得赤红，化成浆液，而后又蒸干。

那是真仙的真火，代表了仙道之力，可焚毁一切。可那真火就是无法焚毁石昊，因为被另一团火光挡住了。

“怎能如此？！”真仙嘶吼着，大叫着。那所谓仙道烙印已经龟裂，他要覆灭了。

“咔嚓！”

一声脆响响起，如同这个世界被人撕裂了，要走向末日的终点。

真仙发出最后一声大吼，火光炸开，将方圆不知道多少万里夷为平地，化成岩浆海，最后又成为灰烬。

最后，当一切平静下来时，石昊的面前只剩下了一团光，它有拳头那么大，由符号组成，腾腾跳动着。

毫无疑问，它汲取了真仙的真火，将其精华提炼出来，融入己身，快速吞食。

一切就这么结束了，宛若一场梦。仙道级强者的烙印就这么被焚毁了！

这片地域，方圆数十上百万里内，满目疮痍，山河尽灭。

一击之下，一团火而已，就造成了末日般的景象。

“嗖！”

那座铜殿破开长空，就此远去，而后化成光雨遁走了。

石昊一怔，而后变了脸色，疾速远去。到头来，他也化成光雨，离开了虚神界。

静室中，石昊倏地睁开了眼睛，他的眼睛像是两道火炬般，发出的光芒照亮了整座石室。

皇蝶翩翩，在他的肩头飞舞。

石昊长身而起，如一阵旋风般冲出了闭关地。他要去见父母，要见秦长生，他要带着家人立刻离开这里。

因为，他弑仙了，这是天大的事，接下来将是狂风暴雨，不可预料！

若是真除掉了也就罢了，可那只是真仙的一道印记而已，并不是真身，到头来，多半会有大祸。

在那种情况下，他不得不那样做。

“什么，你弑了仙?！”就是石子陵与秦怡宁早已视长子为万古以来的天纵奇才，也万万没有想到会听到这么一个惊人的消息。

这是怎样的一桩壮举，完全不可想象啊！

在过去，所有人都在谈论这一纪元是否有仙，各方都认为，没有人可以踏出那一步，结果……长子这是生生斩灭了一位真仙啊！

“不是真的击灭，只是斩灭了一道印记，但正是因为如此才铸成大祸，我们必须立刻离开！”石昊说道。

赶来的秦长生了解了情况之后，也是一阵目瞪口呆，这小子还真能折腾啊，连仙殿的那位存在都敢动！

“倒也无妨，不见得真怕他。”秦长生思虑过后，这般说道。

“嗯？”石昊很惊讶。

“据我了解，仙殿沉眠的存在只是残仙而已。”秦长生开口道。

通过秦长生，石昊了解到了更多信息。

通过当年一战，仙殿的存在被彻底打残了，肉身有损，元神也不完整了。不是他不想立时复原，而是因为敌人的规则侵蚀他的法体和神魂，根除不掉，日日恶化，他只能苟延残喘。

“他出不来。”秦长生进一步道。

仙殿是一个十分神秘的古地，那里有一口仙泉，那个存在就待在泉眼中，自古长眠。若非有那一口仙泉眼，他早就彻底殒命了。

即便是在那繁盛与辉煌的仙古年间，大地上也只有几口仙道泉眼，结果一战之下，几乎全被击毁。

残仙在世，便算是这一纪元的盖世高手了，故此剩下的那口泉眼落到了他的手中，滋养其残体与魂魄。

至于那座青铜仙殿，平日间都是坐落在仙泉上，很少出动，大多时间都守护在那里。

残仙留下一道很重要的烙印在铜殿中，就是为了掌控一切，一旦生变，他就可以第一时间召唤那座古老的铜殿。

“现在，你将铜殿中的那道烙印除掉了，显然影响巨大，可能会对残仙造成可怕的影响。”秦长生说道。

那残仙本来就是残缺的，常年以仙泉续命，今日又失去了一道重要的神魂印记，对他来说可能是灾难性的打击。

秦长生猜测，面对这种性命攸关的打击，残仙多半不敢出世，而是一头扎进泉眼的最深处，滋养废体，不然的话，他可能会殒命。

“啊，竟可以这样？”石昊相当震惊。他召唤出那团真火，无意的一击，居然有可能彻底弑仙？

“不如我直接上门将他铲灭！”石昊说道。

有残仙在，总是一个祸患。

“不行，残仙不出世，不代表他不强以及不能战，是因为他惜命。他若是豁出去了，绝对可以进行辉煌一击，发挥出最可怕的战力！当然，他一旦出世，进行那样一战，多半就活不成了，等于焚灭自我。”秦长生摇头道。

不然的话，为何这么多年残仙都不出世，一直在隐忍，只是坐看世间风云变幻？

“枉他为仙，这么贪生怕死！我如果是他，一定会拖着残躯去边荒，进行人生最后一战，辉煌落幕。”石昊说道。

了解了残仙，再回想起孟天正的所作所为，将两者一对比，石昊不禁对前者异常鄙夷。

“那毕竟是残仙啊！他手段通天，哪怕无法离开仙泉，也会有诸多攻伐后手。”秦怡宁很担心，想立刻带着长子回下界。

只是，通往下界的路虽然有重要线索了，但还没有完全确定下来。

“无妨，只要不是残仙真正出世，其他手段，我不老山可以接下来。”秦长生说道。

这种自信让石昊都相当惊讶，就更不要说石子陵等人了。

“这里有五行山，其他人不敢造次！”秦长生说道。

“可惜，它伤损了，并且处在神秘的封印中，不然的话会更强。”秦长生继续道。

秦长生能得到五行山，一切都是因为那块仙骨，它曾带着秦长生夺得各种造化，其中以这五行山最神秘，也最恐怖。

秦长生永远也不会忘记第一次见到五行山时的情景。当年，他胸口发热，那块仙骨发光，各种符号从其体内跳出，化成仙焰，指引他朝着一个方向前进。

最后，他竟进入了一片残破的古界中。

在那里，有一座古山，五座山并立在一起，如同人的五根手指，仙气滚滚，混沌翻腾。

在那座山上，有一具又一具神魔遗骸。

他曾在那里听到一个声音，那声音像是在叹息，又像是在追忆。五行山承载着混沌中的诸多神魔，曾诞生过很多先天神祇。

可是，到头来，大战皆殇！

秦长生没有隐瞒，讲述了他第一次见到五行山时的景象。在场的人闻言，不禁倒吸一口凉气。

“咚！”

这一日，仙殿方向爆发出一股恐怖的气息，仙雾弥漫，撕裂了天宇，让域外的一些星体簌簌坠落。

这个景象，震撼了所有人。

消息传出，三千道州皆惊。

而且，恐怖的仙道之力爆发之后，那片区域一下子就枯寂了。

没错，是蓬勃后的死气沉沉。就像是蜡烛燃烧，在风中突然变得明亮，但刹那间又熄灭了。

“油尽灯枯，回光返照！”

第一时间，有人做出惊人的推测，认为仙殿的残仙要完了，多半已经殒命在了沉眠地。

这绝对是大事件！

“天啊！我曾听闻，各路高手去阻击荒，连那仙殿都出动了，难道说，是因此而意外导致残仙殒命了？”

爆炸性的消息传遍了三千道州，让各方强者都瞠目结舌。

很快，有人去确定消息，他们沿着一条古路，前往仙殿所在的区域，要探察究竟发生了什么。

“仙殿封山，那座青铜仙殿镇压了整片区域，无法靠近！”这样的消息传出，引发了轩然大波。

人们确信，仙殿发生了变故！

“逆天了，荒可能弑仙了！”这一日，许多人大叫道。

各大势力的许多高手面如死灰，一个个都很担忧。

不久前，许多大教去阻击石昊，要在灵界断他的后路，结果到头来自身伤亡惨重。

当时他们并不担心，觉得有仙殿挡在那里，最后肯定能击灭荒。可现在看来，那只是一厢情愿的想法，荒不仅活下来了，还有可能弑仙了！

这一日，许多大教派人带着珍贵的礼物登门拜访，来到五行山，进入秦家。

许多道统竟然来这里赔罪，因为，有部分人觉得，荒即便没有在这里，也一定会跟这里有联系。

第1441章 威名

WANMEI SHIJIE

一些道统派遣重要人物陆续登门，拜访五行山。他们旁敲侧击地打探石昊的下落，想知道石昊是否来过这里。

“我没有见到他。”秦长生摇头道。

秦长生曾亲自出面，接待一些重要人物。当然，值得他出面的人没有很多，都是一方道统的头领等。

数日间，五行山的拜访者络绎不绝。每个人都带着珍贵的礼物，对石昊和秦家示好。

因为，经过灵界一战，许多道统着实被吓坏了。石昊化身鲲鹏，纵横数十万里，让各教遣出的人马大败。

那是实力的体现，石昊打出了威名！

这才多少年，他竟蜕变成了这个样子，超越了诸多道统之主。

当年他可是被一些教主俯视，抬手间就可镇压的小修士，现在，连仙殿都栽在了他的手上！

“荒真的没有来这里？”一名修士跟秦族的人套近乎，暗中送上一株宝药。

“小兄弟，借一步说话。”连秦家的下人都有人收买，一些人想从他们嘴里探听消息。

一时间，五行山非常热闹，吸引来了各教的人马，他们都是为了了解与接近石昊。

不过，秦族的人守口如瓶，并没有泄露任何消息。可正是因为如此，上下一致的闭口不谈，却越发让外人确信石昊来过。

不管他现在是否还在，但他肯定曾在这里出现。

“道兄，还请帮我等带个话，我此前与那荒道友有些误会，希望能与他和解。”

很快，一些人带着重礼送到秦族，这些礼物比以前的要贵重很多倍。

接连数日，秦族收到了一批价值连城的神圣大礼，是一些心虚的古教派出长老亲自送上的。

他们所做的这一切都是为了缓和同石昊的关系。

石昊摸着下巴，他还未出手，一些大教居然就被吓住了，主动示好，想改变与他的关系。

最近这几日，秦族的某一座宝库内，天材地宝堆积成了小山，都是那些大教的人送来的。

这实在出乎石昊的预料，原本弑仙后，他还以为惹下了大祸，准备立刻远遁，尽快回下界呢。结果，谁能料到仙殿中的那个存在发生了意外，自身难保，而后便因此震慑了天下许多道统。

石昊没有拒绝这些道统的“好意”，无论送什么都照收不误，让秦族的人帮他收好。

“小友，你很需要这些天材地宝吗？”

秦族的人都眼红了，因为石昊都没有露面，没有说一句话，部分大教就这么主动地送上东西。

“很需要。你们没看到吗？这数百孩童嗷嗷待哺，还有下界的石村，也等着我重建呢。”石昊义正词严，指了指从边荒带回来的孩子们，又提及下界。

又过了几日，拜访秦族的人稍微少了一些。

石昊找到秦长生，让秦长生暗中带个话，告知那些曾在灵界阻击过他的道统，想和解也可以，只要送来的天材地宝让他满意，以前的事就一笔勾销。

一些道统听闻这个消息后，忍不住怒火中烧，一些人更是破口大骂。但是，部分人妥协了，让人去秦族询问石昊到底想怎样，他需要什么。

石昊很直接地表达出想要各族的一些负有盛名的瑰宝，不要全部，但是特色的必须要有。

比如说，某些古教擅长栽种灵药，那么就送上一些大药；有些道统擅长炼器，那么就送上一册炼器秘典。

许多人受不了，但是也有一些人很担忧，因此最后送上了部分“特色大礼”。

“荒这个小儿，真是不知道天高地厚，在灵界中侥幸未死，还真以为自己成至尊了吗？”

“欺人太甚，一个毛头小子而已，乳臭未干，也来欺压我等大教！”

一些人不低头，暗中放出风声，希望联合一些人，想办法除掉石昊。

石昊上路了，他亲自赶往一片区域，那里生活有几个非常古老的族群，那是隐世家族，据闻，他们可能知晓通往下界的路。

这些天以来，石子陵、秦怡宁他们发动不老山的力量，已经探察了很久，确定就在那片区域，那几族人中有人知道通往下界的路。

秦族已经在那里与那些人沟通多日了，但始终无果，那些人守口如瓶，没有透露一点。

故此，石昊决定亲自前往，弄个清楚。一旦寻到古路，他就第一时间带上家人去下界。

“荒那个毛头小子，我等叱咤风云时，他的祖上还在吃奶呢，如今他竟这么张狂！”

这种话，石昊已经听闻了一些。他不禁冷笑，世上没有不透风的墙，这本是私下的咒骂之言，结果被人捅出来了，告诉了秦族人。

而这种情况说明，便是那些敌视石昊的人，也不是很团结，甚至内讧了。有些道统告密，这是故意要害其他古教。

石昊沿路而行，经过一域时，正好得悉这里有一个名为赤霞的道统对他抱有敌意，依附冥土。该教之主曾大放厥词，骂他乳臭未干，猖狂找死。

“轰！”

这一日，这个不算庞然大物但也很强大的古教，被石昊直接用剑胎轰开了山门，而后他施展鲲鹏身，横扫千军。

这像是一道惊雷，震动了数百州，而后传遍了三千道州。

魔王！

这是许多人的评价，荒居然直接灭了一个道统！

三千道州一下子热闹了，人们议论纷纷。

通过这件事，人们确定仙殿的那个古老存在肯定出了大问题，不然的话，荒怎么敢这么出手？

此外，这是在挑衅冥土吗？赤霞教依附于冥土，是众所周知的。

“这是杀鸡儆猴！”一些人脸色难看，无比担忧。

因为，暗中咒骂石昊的可不止一教，不少势力结盟，一致反对石昊。

如今，赤霞教的覆灭，一下子震撼了各教，让他们惶恐不已。

事实上，石昊只是路过这一域，顺路把赤霞教给解决了，并没有想一个人去独战天下。因为，他有更重要的事情要做，他希望早点确定那条通往下界的路有没有问题。

“咦，天州！”石昊露出异样的神色，发现自己竟然进入了天州。

天人族栖居在这一州，故此该州被尊为天州。

天人族，这个并不陌生的族群，对石昊来说有着许多不是那么美好的回忆。他与这里曾经恩怨纠缠，这里让他险些死掉，是一个让他曾经无比憎恨的地方。

当年，石昊保护云曦，与之同行数十万里，将她安然送到天人族，结果该族恩将仇报，将他囚禁于天牢中。

在那里，石昊被天人族高手压制，险些殒命。一切都只是因为天人族觊觎他身上的鲲鹏宝术等。

该族恩将仇报，翻脸不认人，至今让石昊想起来都觉得无比心寒。要知道，他是护送该族明珠云曦归来的，却受到了那样的对待。

“去拜访下老朋友！”石昊决定前往天之城，去天人族重地走上一遭。他一身宝衣猎猎作响，体外电光环绕，瞬间便呼啸数十万里，疾速远去。

天之城，那是一座悬在天空中的巨城，也是天人族的祖地。

还没有靠近天之城，石昊就想到了一些人。云曦和他同样来自下界，两人曾有过重要交集，也曾生死与共同行数十万里，但到头来在天人族却是两相对立。

曼珠沙华、芙蕖，天人族的另外两颗明珠……

天人族年轻一代的第一奇才幽宇而今是否重新崛起了？还有最为神秘的三石天君，他太低调了，理应极其恐怖才对。老天人回来了吗？

石昊收起思绪，脸上露出一丝冷漠的笑，径直冲向天人族重地。

第1442章 狠人来了

WANMEI SHIJIE

天人族的栖居地幅员辽阔，人口众多，而那天之城另有秘土，需要走一些小路才能到达。

最后，石昊通过一座传送阵来到一片方圆十万里的净土中，这里是天人族的药园。

天之城悬在苍穹上，周边环绕着大道和混沌之气。

而今，石昊实力突飞猛进，再也不是任人随意欺凌的小修士了。

“哧！”

石昊扇动鲲鹏翅，背后阴阳二气流转，一下子撕开了虚空，从容地登天而上。要是在过去，这样做根本行不通，必须沿着一座神阵才能靠近天之城。

他一步一异象，一步一幻灭。

石昊带着神光和瑞霞，踏着天穹，一步一台阶，击穿层层大道规则的束缚，就这么来到了云海之上。

天之城自古长存，这里有极其强大与可怕的法阵，守护着天人族的传承地。

可以清晰地看到，整座古城弥漫出一片朦胧的涟漪。那是大道秩序，是神道规则，它们形成场域，影响了这里的空间。

天之城周围的场域强大至极，若是贸然攻城，就会受到反击，一般的修士会被碾压成齑粉。

天之城固若金汤，易于防守。

昔年，有一群强者联手猛攻，更是召唤域外星体，如同星辰雨般轰砸此城，结果天之城依旧没有坠落。

最后，城池光芒爆闪，扩散出的涟漪化成了神圣场域，将触及城墙的所有星体都击碎了。

“轰！”

天之城周围，虚空中浮现黑色闪电，接着又炸开五色神霞，最后更有大道纹路交织，这里沸腾了。

因为，石昊强行突破，靠近这里，引发了天之城的震动。

"何人闯我族禁地！"

城楼上，有人震惊不已，这是有人要侵入古老的巨城啊！

石昊蹙眉，天人族果然不简单，他想不声不响地进去很难。

至此，石昊止步了。一般来说，他是不会轻易涉险的，毕竟这里是天人族祖地，曾经极其辉煌与灿烂。

对于这种曾经无比强大的族群，没有人敢小觑。

时至今日，石昊不需要再掩饰，他露出真身，冷冷地注视着前方。

当年，石昊之所以四处躲藏，不敢以真容示人，天人族的追击是重要的原因之一。

"石昊?!"

一些人惊叫，一眼认出了石昊。这就是当年的那个少年，这么多年过去，他的相貌没有太大的变化，但是清秀中多了一种隐现的威严。

"荒！"有人低语道，面色有些发白。

到了现在，荒之名也传遍了三千道州，通过上次灵界一战，他的勇猛世人皆知，有目共睹。一些大教去阻击他，截断他的归路，他却生生轰开灵界大门，让不少道统损失惨重。

至于他们天人族是否参与其中，那就不得而知了。不过，族中有些高手都闭关不出，或许不是什么好的预兆。

尤其是，边荒之战的传说而今已经传回来了部分，不光是各族高层知晓，就是下面的人都听到了一些传闻。

所以，城楼上的不少人都一阵头大，甚至寒毛竖立。

这可是一个在边荒大战中都所向披靡的狠人，他在同代中可能已经找不到对手了。现在，这么一个富有传奇色彩的狠人归来，怎能不让人心颤?

"护城！"

"防御！"

一些人大叫道，真的害怕了。

所有人都知道当年天人族对石昊做了什么，谋人宝术，恩将仇报，将石昊关在天牢内，折磨他，让他险些丢了性命。

这种仇怨，多半难以化解。

"轰隆"一声，天之城剧烈地震动，发出耀眼的光芒。光芒在其周围化作波纹，形成涟漪，向外扩散，碾压有形的物体。

天人族主动开启防御大阵，不仅是要抵御，更是要主动进攻。

石昊脸色冷漠，释放出强大的气息。

“唰！”

神光迸发，石昊重新来到下方的地面上。这里方圆十万里都是药草园子和神兽原，有不少珍贵的东西。

石昊一抖袍袖，将无畏狮子放了出来，道：“去，将这里采集干净！”

路途上，他为了疾速前进，没有骑坐这头狮子，自身裂天而行，横跨亿万里。

通体金黄的无畏狮子如今已经很服帖了，因为，跟着石昊的时间越长，就越能体会到他的恐怖。

一声狮吼响起，十万里内，各种稀珍的飞禽走兽全都战战兢兢，匍匐在地上，吓破了胆。

无畏狮子十分恐怖，震慑四方，也就是遇上了石昊这种狠人，不然的话，它可以纵横天下，最起码同代中难遇对手。

接着，无畏狮子取出空间法宝，如鲸吸牛饮，若海纳百川，仿佛要将十万里神园削平了。

地上的无数药草都被收走了，那些飞禽猛兽也是如此，都被收进了那空间法宝之内。

天之城，许多人当即傻眼了，而后开始急眼。这是他们开垦的药田，放养的灵兽，居然就这么被人收走了。

“你敢！”有人大吼道。

石昊知道，天人族真正的大药等不可能就这么栽种在这里，必然在城中，但他这么做，绝对会让该族丢面子。

石昊骑坐着无畏狮子腾空，再次来到天之城外。

此时，天之城的高层得悉当年的那个少年又回来了。

城墙上，层层涟漪和道道光幕守护着整座古城，一些人吃惊地看着前方，盯着石昊。

“石昊，你这是何意?!”有人喝问道。

“讨债！”石昊的回答只有简单的两个字。他凝视着古城上的那些人，有的很眼熟，也有的很陌生。眼前的这些人，当年可是对他极尽蔑视。

“陈年旧事不是都已经一笔勾销了吗？小友何必咄咄逼人？”一个老者说道。这是天人族中的重要成员，是一位年岁极大的长老。

“陈年旧事，一笔勾销？说得真轻巧，我怎么不知道！”石昊冷冷地道。当年，该族将他关押起来，以神剑刺向他，让他险些殒命，如今一句话就想带过了？

“小友，我族老祖不是曾经在边荒与你相遇并把酒言欢吗？”老者说道。

“哈哈——”石昊大笑，而后突然止住，“把酒言欢，你们自己说的吗？我这个当事人怎么不知道？”

石昊跟老天人的确打了照面，简单地说了几句，可并没有进一步地交流，而且那个时候，对他来说，老天人是为敌多过为友。

“呵呵——”忽然，城楼上多了一道身影，老天人出现了。他依旧老迈，但同以前相比面色红润了一些，精气神可谓好了一大截。

显然，老天人在边荒得到了极大的好处，服食过一些大药，寿元有所增加，不然他早就坐化了。

“小友，看来你对我等误会重重，不如进城一叙？”老天人开口道。

石昊表现得冷淡，没有进城，因为他深知这个地方不一般。他去过边荒，在那里自然得知了太古六大天人的传闻与底细，这城池不能轻易踏足。

“你果然回来了。”石昊冷冷地说道。

边荒一战，九天十地跟异域有过剧烈的冲突，可是老天人却没有殒命，安然归来，这也算是一种造化了。

在最后一战中，虽然城中参战的只是部分人，但在那之前，可是发生过数次大规模的战斗。

“老朽得天眷顾，侥幸未死，在这里能够与小友再次见面，实在是一种幸事。”老天人微笑着道。

此时，城楼上又多了一些身影，这些都是该族的重要人物，也包括年轻一代的精英与名人。

比如，昔日的第一天才，且险些被石昊废掉的幽宇以及芙蕖、曼珠沙华两颗明珠。

接着，三石天君出现了，这算是一个天纵奇才。传闻，他生性木讷，原本资质不高，后来变得极其神秘与强大。

又出现了一个紫衣少女，她清丽动人，莹白的面孔上写满了吃惊，美丽的瞳孔中迸发出神霞。她是云曦，也是当年的当事人之一。

“我来这里不想废话，昔日之事你我皆知，我今日就是来讨债的。若是能让我满意，我便就此离去，不然……”石昊说得很直接。

城楼上，一阵骚动。

居然有人堵着天之城讨债，这也太霸道了。尤其是，那还只是一个人，一个年纪非常轻的人族！

年轻一代都在看着石昊，没有不熟悉他的，因为当年双方打得很惨烈。

一个个年轻人的神色复杂无比，没想到石昊又回来了。

云曦秀发飘舞，婀娜的身躯微微发出莹光，她非常吃惊，多年后那个人竟又出现了。

她也曾听闻，石昊一战震惊边荒，同异族之争落下帷幕，而今这位故人并未战死，而是带着荣耀归来了。

现在，她再次见到了他。

“唉，小友天纵神资，没想到竟是骑着无畏狮子而归。一人一骑兵临城下，这是要破了天之城吗？”老天人说道，目光闪烁。

所有人都心中大震，无畏狮子这个种群不是消失很久了吗？居然有人将其成员当成坐骑！

一些人看出来了，那头狮子的境界极高。

第1443章 再临天之城

WANMEI SHIJIE

石昊再临天之城，修为突飞猛进，连其坐骑都是一头强大的无畏狮子，震惊四方。

金色的坐骑载着那个少年，睥睨天下，威压天之城，打上门来了！

许多人都蹙眉，感觉不妙。高层都已经听闻，他如今强大无比，在边荒百战不死而归，这等猛人有几人敢招惹？

他们可不是道听途说，因为该族的老天人曾去参战，亲身经历过，目睹了石昊在边荒的风采。

“昔日，他还只是一个少年，这才过去几年，他的修为就这么恐怖了吗？”有人低语道，觉得难以置信。

要知道，石昊到现在还只是二十几岁的年轻人，正是生命蓬勃的时期，很长一段岁月都将是他的黄金年代。

就是这么一个年轻人，如今步入了遁一境，打破常理，开创了神话中的神话，这一纪元仅此一例！

这是一个逆天的强者，其辉煌不可复制，独一无二。

结果，这么一个让人感觉惊悚的强者找上门来了，意味着日后他们都将处在他的威慑下。

这么一个前途远大，注定要俯视三千道州的盖世奇才，他的峥嵘岁月要持续多久？简直不可想象！

许多人都已经预见了，他的黄金时代才刚刚到来，其辉煌可能会延续一个纪元那么久。

这么漫长的岁月，让他们怎么度过？他如果敌视天人族，绝对会有很多机会将之彻底灭掉。

一部分老者想到这些，不禁打了个冷战。那种结果太可怕了，光是想一想就让人不寒而栗。

“小友，过去有些误会，我们愿意化解。”一位老者说道。

因为，一想到将来可能要发生的事，他们就觉得十分惊悚。

“轻飘飘的一句话，就想将昔年的恩怨这么带过吗？”石昊哂笑道。

这句话让很多人变了脸色，荒不愿意和解。

不过，当想到昔日之事时，许多人也不得不一阵沉默，而不少当事人更是心有沮丧，十分懊恼。

要知道，当年他们若是能妥当处理跟石昊的关系，绝不会是敌人。

石昊护着云曦归来，他们若非心生歹念，导致一连串不可避免的事情发生，怎会如此？

有些事无须细想，当年正常发展的话，石昊跟他们绝对是亲近的关系，也是天然的盟友，甚至入赘天人族也不是没有可能。

一些人偷偷望向云曦，当年石昊就是护着她回来的，两人在下界时就相识，关系莫逆，在上界时更是生死同行。

结果，谁都没有想到会发生后来那么多事。

云曦神色复杂，眼中有落寞，也有遗憾。当年天人族那么逼荒，将他送上了绝路，让他无法回头。

同时，她心中亦叹息，若是她当年强硬到底，坚决抗争，说不定荒的处境会好一点。

许多事一旦发生，就没有办法回头，天人族当年将事情做得太绝了，她现在只能一叹。

天人族的许多人都后悔了，因为这么一个强大的年轻奇才本应跟他们站在一起，是他们的同行者才对。

现在，他居然成了他们的敌对者，在他未来的黄金岁月中，他还有可能会以除掉天人族为目标。

这前后一对比，天人族的不少人肠子都悔青了。

“荒，你不要欺人太甚！”

此时，年轻一代中有人开口了。他们很愤怒，虽然知道石昊强大，可是这么多年来谁敢这么强势，一人一骑而已，就敢堵在天之城外。

听到这句话，很多人都变了脸色，老辈人物更是冷冷地瞪了那个开口的年轻人一眼，让他闭嘴，不要添乱。

石昊没有说话，他的坐骑无畏狮子嘶吼一声，金光大盛，震动天地，喝道：“少废话，哪个不服？出城一战，本座送你们全部上路！”

一头坐骑而已，就敢这么叫阵，偏偏还让人没脾气。

要知道，这可是当年敢跟仙僧王对决的种群，它们的血统稀有而强大。

老天人参与过边荒一战，更是深刻了解无畏狮子在异域有怎样的地位，不禁叹息一声。

放眼仙古年代，这一族都是敢横着走的主。

“他有那么厉害吗？我天人族高手如云，难道还会怕他？启动大阵，直接将他镇压不就行了？”有人低语道。

虽然许多人忌惮石昊，但还是有一些好战的人士很不忿。

“幽宇师兄，当年你曾跟荒对战，他真的有那么可怕吗？”年轻一代有人询问道。

幽宇，昔日号称天人族的第一年轻高手，所向披靡，就是放眼三千道州也是同辈中的翘楚。可是当年他与石昊大战一场，最后他被打得半残，连与己身融合的天命石都被夺走了。

唯一值得庆幸的是，天人族最后将幽宇治愈了。近年来，他走出了自己的道路，有些返璞归真的味道了，有人说，他比以前更恐怖了。

幽宇轻轻一叹，道：“当年，我跟他激烈厮杀，到头来还是惜败。这些年，我一直在蛰伏、悟道，走出了自己的一条路。我以为再次相遇可以同他一战，争个长短，可是，现在我见到他就已经知道，我和他渐行渐远，他已经不是我辈所能追赶得上的了。”

幽宇没有沮丧，没有气馁，他的语气很平淡，像是说着一件很平常，也很符合常理的事。

其他人很震惊，这可是幽宇啊，曾经心高气傲的第一人现在居然心境如此平和，见到荒之后连对战之心都没有了。

幽宇认为，此世的年轻一代中，荒已经无敌了。

“看来，在边荒的岁月真的很磨砺人，他到底经历了什么？”一些人叹道。

石昊注定无敌，不可压制，这成了许多人的共识。

“那位呢，他是否可以胜过荒？”有人以最低的声音询问，并瞟向某一个方向。

那里有一个青年，他号称三石天君，为天人族有史以来最强的传承者。当然，这个最强是指同阶最强。

三石天君不是这一世的人，曾消失了漫长的岁月，不知道因为什么缘故蛰眠，容貌仍停留在青春岁月。

不过，三石天君自始至终都很平静，没有要出手的意思。

“纵有一战，我最终也会落败。”三石天君竟开口了。他很平和，也很镇定，丝毫不觉得丢面子。

听三石天君这么一说，其他人都心中一颤。

“小友，过去的就让它过去可好？你的黄金岁月刚刚到来，我等愿意和解。”老天人开口道。这一次，他将姿态放得很低，并没有多说其他，这是要服软的意思。

石昊有些意外，天人族就这么低头了？依他所想，他与天人族之间会有一战，该族不可能这么快低头。

“做错事自然要付出代价，我为讨债而来，并不想白跑一趟。”石昊说道，目光扫向城楼上的每一个人。

“可以。你说吧，需要什么补偿？”老天人说道。他看向一些高层，又看向云曦。

云曦一怔。

石昊笑了笑，道：“很简单，我想借天之城的飞仙石一用。”

听到这句话，许多人心中一沉，一些老辈人物更是面色发青，想要呵斥出声，但最后又忍住了。

飞仙石，那是什么？——天人族的至宝！那东西怎么可能借出去？荒果然是来者不善。

老天人有些为难，道：“换一件东西吧，哪怕是给你我教的古经一观都没问题。”

人们变了脸色，顿时一阵嘈杂，为了跟荒和解，居然要付出这么大的代价，给予古经一观？

然而，石昊直接摇头，道：“我身上的经文已经够多了，贪多嚼不烂，已经不需要了。”

一群人都傻眼了，这是多么逆天的人，连送上门的绝世经文都不要。可是，想到边荒传闻，得悉石昊究竟掌握有哪些宝术后，他们就不说话了。

有消息称，石昊身上有数种宝术属于十凶，还有真正的仙道古经，的确不需要他们这一族的经文了。

“我只要飞仙石！”石昊说道。当年，他身陷天人族时，曾经见过那块石头，并打破禁忌，将之举起。

在石昊以前，尊者境的修士中从未有人可以举起飞仙石。而那一次，他得到了莫大的好处，飞仙石发光，其内蕴的纹路跟他交织，帮他补全了天生的至尊宝术。

石昊幼年时被人挖骨，因此第一种至尊宝术残缺不全，结果飞仙石直接帮他补齐了。

这是何等逆天的奇石！故此，石昊一直惦记着它。

飞仙石中有“仙玲珑”，若有仙气滋养的话，能够谱写出绝世经文。

“小友，这有些强人所难啊！这样吧，我们将飞仙石请来，放在城楼上，小友若有需要，可以近距离观看。”老天人说完，就亲自去搬飞仙石了。

不久后，老天人回来了，将一块奇石放在了城头上。

这块奇石平日间古朴无华，真要动它时才会出现飞仙光雨，十分灿烂，神秘无比。尊者境以下的人，根本就无法撼动它。

“小友请来一观。”老天人说道。

许多人都露出异样的神色，向后退去。

石昊并未上前，没有靠近此城，因为他深知天之城非同一般，不可大意。要知道，昔年这里可是出过太古六大天人啊！

去了边荒，石昊才了解到太古六大天人的底细，天人族的过去的确辉煌与可怕。

六大天人中，曾经有一人成为至尊，还有一人是准至尊，只差一线就踏足那个领域了。这等底蕴，这样的实力，恐怖得惊人。

有人说，最强的两人比其他四人高出了一个辈分，不属于这一纪元，是真正的仙古遗民，还有人说，太古六大天人其实是三辈人，如今活着的老天人是实力最弱、辈分最低的那个。

天人族曾经是三千道州的最强族群之一，在太古前，可以在人道领域中称皇称霸，这绝对是事实，毋庸置疑。

故此，石昊不愿意轻易踏足天之城。当然，他也不是完全惧怕，只是不想到时候拿命去拼，毕竟，他现在占据着主动，堵在城外即可。

“嗯？”突然，石昊一惊，他发现身上有一物发热，放出了光雨。

石昊心中一动，摊开手掌，手掌上多了一物。那是虚空仙金碑，是黄金葬士三藏从仙域中寻到的，为报答石昊而送给了他。

这属于帝落时代的无字天书，现在居然有了反应！

“嗡！”

天之城内，城墙上光雨漫天，出现了惊天的变化。

“啊，怎么了？”

“不！”

许多人大叫起来。

飞仙石突然动了，直接破空，飞出了天之城。

第1444章 不战而屈

WANMEI SHIJIE

“咻”的一声，飞仙石化作一抹流光，荡开成片的仙道炽霞，激射而来。在此过程中，虚空震荡，各种道纹密布，如同涟漪一般。

飞仙石开辟出一条神光大道，疾速到了石昊近前。

石昊大袖一甩，直接就将飞仙石收了起来。他对这块石头眼热很久了，没想到它竟自动飞了过来。

飞仙石入手之后，可以感觉到它的沉重，如同一座巨山般，但是对于而今的石昊来说，这根本算不得什么。

“啊……飞仙石！”

“天啊，我族至宝被荒夺走了！”

天之城炸窝了，该族的传承祖宝就这么莫名其妙被夺走了，这是绝对不能接受的！

“刚才，是至宝自己飞出去的！”有人说道，因为他看得清清楚楚。

城墙上有阵纹，早已布下了守护大阵，任何人进出都不容易。可是，飞仙石跟此地交融，不受阻挡，是自己逃出去的，大阵并不排斥它。

真正的绝世大阵是有生命的，阵灵能辨别敌人与己方，故此飞仙石遁了出去。

一些人懵了，觉得这根本不现实，族中的至宝怎么背弃了他们，跑到荒那里去了？

“不可能，一定是他动用了秘法，夺走了我族的祖宝！”

“飞仙石不是用来悟道的吗？它还有灵识，还能逃？”

许多人都像是第一次认识那块石头，觉得不可思议。可不管怎样说，事实就摆在眼前。

老天人也傻眼了，他根本就没有想到会发生这种事，连他都不知道飞仙石会跑。

“荒，还我族至宝！”有人大吼道。

“还来！”

许多人大叫起来，这东西怎能旁落，这可是太古六大天人合力带回族中的神圣之物。

据闻，各族当年为了这块至宝，可是争得头破血流，还好那个时代的天人族最强。

现在，荒来了，只是勾了勾手而已，飞仙石就跑了？

“哈哈——”石昊大笑，用手摩挲着这块石头。

飞仙石看着粗糙，但是绝对价值连城，为稀世至宝。这块石头真的太重了，就是高手被它击中也要筋断骨折。

可是，石昊仔细感应这块石头，并没有察觉到有什么灵识。石头里面的东西是仙玲珑，不是意志以及盖世高手的神识烙印这类东西。

“谢谢啊！”石昊大笑道，冲着天之城挥手。

飞仙石在他手中，先是恢复古朴，接着又发出光雨，神圣无比，灿烂得令人心境动荡，难以自抑。

“盛情相送，却之不恭，我便勉为其难地收下了。”石昊哈哈大笑道。

一群人闻言，眼睛都要喷火了。

石昊用手摩挲飞仙石，发现它真的与虚空仙金碑有关，两者仿佛产生了共鸣。

“嗯？”突然，石昊震惊了，眼睛睁得很大。在他的另一个手掌上，那虚空仙金碑上浮现出一道身影。

这是……怎么了？

在过去，这块虚空仙金碑就像是一块板砖，形状和大小都与板砖相似，从来都是安静的，没有任何变化。

如果虚空仙金碑上有经文的话，当初三藏也不会那么大咧咧地将之送给石昊。

要知道，这可是帝落时代的东西，若有经文，将是价值无量。

传闻，仙域某一族的至强者号称仙域最强生灵之一，就是因为他曾得到过一部帝落时代的经书。

这种东西没有办法求取，望遍万古，又能有多少线索？

在石昊看来，这块虚空仙金碑拿来炼器还差不多，没想到今日它竟有了变化。

“竟有变故！”石昊低下头，仔细地盯着虚空仙金碑。

虚空仙金碑上的身影逐渐成形，那是一个人形生灵，他站在那里，一动不动，像是一块平滑镜子上浮现的身影。

整块虚空仙金碑的其他部位都是朦朦胧胧、雾气缭绕的，唯有那道身影发出道则，伴有纹路。

石昊心头剧震，惊喜不已，这东西居然有超出想象的惊喜！

石昊现在不缺经文，掌握的大法不算少，而且都有待提升到极致境界。

比如说不灭经文，这是他目前最想得到全部内容并练成的大法。可惜，不灭经文有部分失落在了九天上的禁区中，目前他无法去寻找，闯进去的话，多半有去无回。

即便如此，石昊还是很欣喜，帝落时代蕴含着天大的秘密，这若是一部古经，或许可以为他揭开神秘的一角。

是无上经文，还是某种史书记载？他很期待。

“咻”的一声，石昊收起虚空仙金碑，将飞仙石也装进了兽皮袋中，直接背在身后。

“小道友，这飞仙石是可以借你一用，但是你直接收起来是何意？”老天人开口道，脸色阴沉。现在，他已经不能做到镇定与从容了，当年太古六大天人从某一处遗迹中费尽千辛万苦，险些殒命才将这飞仙石带回来，怎能有失？

“今日我来讨债，你们送上飞仙石，不是很正常吗？难道现在要反悔了？我可不答应！”石昊说道。

“小辈，你欺人太甚！”有老辈人物受不了了。

虽然他们早先隐忍多时，但不代表他们可以一直忍气吞声，族中的至宝都丢失了，谁还能淡定？

“荒，我奉劝你赶紧还回来，不然的话……”有人大喝出声。

“不然的话怎样？有本事就出来，本座一爪子拍碎你们一片！”无畏狮子喝道，狮鬣金黄，垂落到爪臂下，雄武无比。

一群人对石昊怒目而视，但还真被镇住了，谁可以去一战？

许多人都知道，这一人一骑的修为高深得吓人，就是老天人出去都不见得能讨到好，除非至尊亲临。

遁一境的荒绝对可以横扫四方，不比他高上一个大境界，根本无法力敌他。

“杀出去！我族至宝怎么能落在外面？”

“太憋屈了，绝不能容忍！”

一群人大叫着，全都无法接受这个事实。

石昊见状，冷笑一声。当年他在这里被折辱，而今见到他们这个样子，总算是稍微出了一口恶气。

“有道友想出来切磋吗？”石昊问道。

“气杀我也！”一些人叫嚷着，但就是没人出城。因为，谁都知道出去会是什么结果。

“用古城镇压他！”有人低语道。

这座古老的城池发光，如同一个庞然大物复活了。它释放出恐怖的能量波动，而后向着石昊镇压过去。

石昊微微一笑，横移身躯，如同一道光影在动，一纵就是数十万里，避开了攻击。

“不要妄动！”老天人开口道。

这座城池虽然强大，但是侧重防守，这样追击的话，多半在击中敌手之前，自身便难以支撑了。

这一日，消息传出，四方震动。荒去了天之城，一人一骑挑战天人族，结果无人敢出城。

“哈哈——”

最后，石昊离去了，带着飞仙石，骑坐着无畏狮子消失在天际。

“就让他这么从容地离去吗？”后方，许多人咬牙切齿。

“那你想怎样，跟他对战吗？那样只会枉死。另外，我得提醒你，他的黄金岁月要开启了，未来将是他的时代。我天人族若是再跟他不死不休，早晚有一天会被灭族！”有人叹息道。

这句话引发了大震动，天人族上下都觉得一阵寒冷。

“若非发生当年的那些事，他理应跟我们站在一起啊！”有人低语道，十分后悔。

而昔日的一些当事人更是脸色难看，若非他们对石昊紧紧相逼，怎会落到这一步？一个个都悔之晚矣。

“云曦，你想家了吗？离开下界多年，可愿意回去？”老天人开口道。

“啊？”云曦有些吃惊。

“那飞仙石对我族很重要，你跟荒过去关系不错，我希望你尽力弥补我族同他的关系……”老天人的一番话让族人皆震惊不已。

“你们听说了吗？不战而屈啊，荒君临天之城，带走了天人族的至宝！”

“天啊！荒越来越强悍了，连曾经辉煌无比的天人族都服软了？”

外界，许多大势力的修士都在议论，引发了轩然大波。

这件事无法成为秘密，很快就传了出去。

“这让我们怎么办？我教可是阻击过荒的，他会不会登门报复？”

“坏了，不久前，我族还有人在大骂荒，这要是传到他的耳中，他是否会灭掉我族？”

一时间，人人自危。

“听闻，天人族后悔得肠子都青了，现在想主动缓和同荒的关系了，似乎还想联姻呢，出动了该族的明珠。”

“早干什么去了？天人族这次丢脸丢大了。”

四方，一片嘈杂，人们议论纷纷。

石昊从天之城离开之后，直接奔往一处古地，那里有通往下界的路，他要去探察个清楚。

第1445章 太阴太阳

WANMEI SHIJIE

石昊一路飞奔，他的速度太快了，不说三千道州第一，但也差不多了。他施展鲲鹏法加上缩地成寸大神通，身后生出一对雷电翅，跟鲲鹏翅一起振动，瞬间就能跨越上万里。

无畏狮子很郁闷，它又被收进了袖子中，因为它没有石昊速度快，只能被提着走。

石昊为了赶时间，一路纵横，快到不可思议。

“这一州靠近无人区了，在三千道州的边缘地带。”石昊轻语道。

到了，石昊已经来到这片古地，靠近了目的地。在这个地方，他相当低调，不想被人认出来。

祈州，是一个不大的古州，自古以来也缺乏名震天下的至尊级高手，但是有一些神秘的色彩。因为，在这块区域生活着一些十分古老的族群。

石昊第一站到了太阴族，这个族群生活在群山万壑间，毗邻着一条大河。

这条河十分有名，是太阴河。滚滚大河，漆黑如墨，阴寒刺骨，宛若从地狱流淌而出。

不过，太阴河不是真正的太阴水汇聚而成的，不然的话，两岸的生灵都将难以生存。

这里有些异样，虽然有太阴气蒸腾，但是作用在有限的范围内。

太阴族很不一般，他们生活在太阴河岸，而且他们的住所很特别，在两岸的悬崖峭壁上，皆为悬棺。

他们不是葬士，是正常的生灵，平日也外出，但房屋都是这种悬棺的样式。

悬棺中有石棺，有金棺，也有玉棺，种类繁多，十分神秘。

他们平日间吸收太阴之气，以此为修炼资源，体质属寒。据闻，太阴族的最强者在太阴河的尽头，沉棺于河底。

“真是一个奇怪的族群，他们竟然知道通往下界的路？”石昊惊讶地道，独自进入这片区域。他早已了解过该族的一些生活习俗，以免触犯忌讳。

还好，虽然该族的栖居地很古怪，但是该族并不孤僻，其实他们跟其他族群一样，只要沟通好了，还是很容易打交道的。

石昊准备了一些礼物，比如太阴神髓、月寒石、九阴真木、冰封界石等，任何一件都是稀珍。

他一路潜行，向不同的人请教。

在这条长达数十万里的大河两岸，栖居着太多的部落，他们都有自己不同的民俗。

虽然这些部落都属于同一个古老族群，但他们的一些传说还是有出入的。

故此，石昊走访一个又一个部落，仔细了解，认真探察。

“在太阴河的尽头。”这是一位老人告诉他的。

据闻，这位老人活的岁月最为悠远，太古岁月前就存于世间，一直到现在。但是，他的修为并没有想象中的那么高。

老人之所以能活得这么久，是因为当年在河水中得到过一颗太阴果，太阴果虽然腐烂了，但是对该族来说有极大的功效。

“太阴果就是从河的尽头漂流下来的。”老人说道。

“这条河不是只有几十万里吗？”石昊蹙眉道。

“你我所说的太阴河不一样，对于生活在这片区域的许多人来说，狭义的太阴河自然是指眼前这条河，而广义上的太阴河则在虚空中，由纯粹的太阴构成。”老人说道。

大河滔滔，漆黑如墨，滚滚而涌。两岸高山挺立，大岳耸入苍穹，缭绕着带状的太阴雾霭，更远处，古木参天，猿啼虎啸。

石昊静静地站立着，眺望前方。他从这位老人那里了解了很多，这地上地下的所有太阴河都只能算是支流，其源头在虚空中。

“还有一则传说，称那条路在太阳河的尽头。”老人叹息道。接着，他又摇头，因为这很矛盾。

这个年轻人特意来请教他，还为他的族群送上重礼，不应该受到欺骗，这个说法又实在太矛盾了。

在该族的传说中，那条古路在太阴河的尽头。可是，在另一个同样古老的族群内，传闻那条路却是在太阳河的尽头。

另一个族群为太阳族。

太阴河的尽头，太阳河的尽头，谁说得对？哪个为真？

“太阳族近乎灭绝了，只剩下小部分人，很难去他们那里探出究竟了。”老人说道。

因为，以太阳为族群之名一事，诸多族群曾起过纷争，比如金乌，比如太阳神藤族，曾有多个强势族群都与太阳有关。

他们互相厮杀，最后这里最原始的太阳族落败了，近乎灭族。

石昊一阵无语，连族群之名都需要去战斗才能获得吗？

“想要弄清究竟，你或许要到太阴河的尽头去看看。那里有沉棺，可能有我族的一些传说中的名宿沉眠与闭关。”老人说道。他说的太阴河的尽头，是指这条大河的尽头。

“但是，那里有危机。”老人面露异样的神色，最后叮嘱道。

石昊点头，谢过老人之后，径直离去了。

石昊没有立刻前往这条大河的尽头，老人的告诫值得重视，那里很危险，或许有许多莫测的诡异之事。

石昊来到了太阳族，结果发现正如了解的那样，这里很破败，只有一些很小的部落，人口少得可怜。而且，这块区域缺少高手，根本算不上什么顶级大教。

这里也有一条河，名为太阳河。

“一条岩浆河。”石昊讶异地道。但是，他从其中感受到了丝丝缕缕的太阳精气，这跟一般的岩浆不同。

“在过去，这条太阳河长达百万里，滚滚而涌，太阳精气沸腾。可惜一战过后，这里被毁了，太阳河都近乎干涸了。”一位老妪叹息道。

这是石昊在这里了解到的情况。随后，他经过多方打探，并未发现什么有价值的线索。

石昊离开了太阳族，再次进入太阴族的栖居地，并且来到了河的尽头。

“扑通”一声，石昊一个猛子就扎了进去，黑色浪涛澎湃，河中出现一个漩涡，将石昊吞没了。

“这么冷！”此时，无畏狮子被放了出来。它不禁打了个冷战，因为，石昊又坐在了它的身上。

这让无畏狮子很无奈，很明显，在有危险的地方，它绝对是要露头的，因为它要帮石昊探路。

这里的太阴之力极其浓郁，水如同墨汁一般。大河的尽头如同一个深渊，所有河水都坠落下来，进入地下，滚滚而涌。

无畏狮子载着石昊，一路下潜。每当它以为到底时，就又会发现一个漆黑的巨洞。

这个地方仿佛一个无底洞，深渊之下还有深渊，每一次的入口都会变小一些，漆黑得仿佛要将人的灵魂都吞进去。

“第十七层了，难道还真是十八层地狱？”无畏狮子吃惊地道。

这种格局同古僧一脉的相近，若是人为设计的话，这里多半有什么了不得的秘密。

古僧一脉曾布置过十八层地狱，故此，无畏狮子对“十八”这个数字非常敏感。

“僧曰，我不入地狱，谁入地狱？”无畏狮子自语道，琢磨着那些典籍中的话。

“这么有觉悟，要不你下去？”石昊止步了。

无畏狮子不禁有些鄙视石昊，心想：这是古僧一脉的经文，我只是随口一提而已。

到了这里之后，石昊没有动，止住了脚步。接着，他接连取出一件件空间法器，而后将它们开启，直接用力扔进第十八层深渊。

“这是诅咒！”无畏狮子吃惊地道，而后战栗不已。因为，它感觉到了，这种诅咒之力太可怕了，它才触及一点，神魂都不稳了。

当即，无畏狮子疾速倒退，这太恐怖了！

石昊也没有停留，快速逃避。

“轰”的一声，两人冲出水面，快速遁向天际尽头。

“你在做什么？！”无畏狮子怒吼道。

“放心，你死不了，才这么一点而已，可以熬过去。”石昊说道。这是他从仙坟带回来的最恐怖的诅咒之力。

“轰隆！”

下一刻，太阴河的尽头一下子沸腾了，冲出了许多道身影。

“啊——”

有的人大叫着，怒发冲冠；有的人身上遭到重创，惨不忍睹；还有的人在那里挣扎着。

无畏狮子看得头皮发麻，这就是那种诅咒之力，实在太可怕了。

“不，啊——”

许多人都在嘶吼，痛得受不了。

诅咒之力蔓延，强大如这些人也都抵挡不了。

“这都是什么人？”无畏狮子吃惊地道。因为它感觉到了，这些人若是没有受损的话，都十分强大，在他们当中，遁一境的高手居多。

要知道，这里可是三千道州，这个层次的修士极其少见。

“九天上的家族真是阴魂不散啊！我都离开了，要去下界了，你们还不依不饶，追到了这里。”石昊道。

“荒，你好狠的心！”有人大叫道。原本他血气滚滚，十分强大，可现在却遭受重创，几乎要毁灭了。

“你们这些人若非过于歹毒，准备在这里伏击我，何至于此？”石昊平淡地说道。

“荒，便是如此，你以为你逃得了吗？”

就在此时，不远处又出现了几道身影，一个个露出了真身，这些是没有进入太阴河的强者。

“你居然又露面了。我倒也明白了，你不过是一条走狗而已，你身后的主子这次终于现身了。”石昊的脸当即就沉了下来。

因为，他在远处见到了一个人，那是个老熟人，也是一个大仇人——元青！

石昊进入九天时，被贬为奴隶，送进太初古矿去采石，就是此人所为。后来，这个人更是多次针对他，要害他的性命。

“老东西，你与你身后的人终于出现了。”石昊冷着脸说道。

第1446章 元凶

WANMEI SHIJIE

对于石昊来说，元青称得上是大仇人。

石昊所经历的许多磨难都跟元青有关，他刚一进入九天，就被元青镇压，若非有人干预，当场可能就遭了毒手。

后来，石昊被元青送进太初古矿，从而被王家压制，强行收为仆从。

可以说，若是没有元青，就不会有后面一系列的事。

再后来，元青还派出子孙去天神书院针对石昊。

值得庆幸的是，天神书院严厉惩戒了对方，元青之子被废，其孙亦在仙古战场中被石昊击灭。

多年过去，元青比以前更年轻了，黑发披散，十分浓密，双眼炯炯有神，盯着石昊。

石昊并不认识其他人，但那几人都很强，给人十分危险的感觉，或许是因为他们身上有让人忌惮的东西。

“小孽畜，你真是命大，在边荒都没有战死，而今还一路突飞猛进，真是留你不得啊！”这时，元青开口了。

听到这番言语，石昊眼中寒光闪烁。

边荒大战，元青从来就没有露过面，未曾去帝关增援，没有尽一份力，现在居然以这种语气开口。

石昊在边荒奋战，舍生忘死，到头来回归后，此人便跳了出来，想要行不轨之事。

“你这伪至尊，来此徒增笑料，原本是半吊子的修为，如今有了一点长进，就想来送死吗?!”石昊寒声说道。

在至尊不出的年代，遁一境的修士就会被一些人私下尊为至尊，但是，谁都知道他们不是真正意义上的至尊，这只是一种称呼而已。

至于元青，他当年还差一线进入遁一境。现在，他终于突破了那道关卡，成了遁一境的修士，带着他身后的人来到这里，要阻击石昊。

“你这是在找死！”石昊进一步说道。他有这样的底气，他这么年轻就达到了遁一境，若是给他时间的话，一路横扫各方敌手不是问题。

“小辈，你现在再自负又能如何？我等根本就不会给你机会！你的一生就此完了，达到至尊境，那是痴心妄想！”元青很直接地道。

元青带人来就是要阻击石昊，不给他蜕变的机会，不让他成为至尊。

事实上，元青他们之所以匆匆离开九天，快速赶来，不顾后果，就是因为内心怕了。

石昊在边荒对战中的表现和战绩，实在让不少人心中发凉。

在他们看来，石昊的潜力太大了，他要是成为至尊，绝对可以横扫九天十地。到了那个时候，谁能阻挡他？

石昊一旦要清算，一些族群注定要覆灭，哪怕他们动用仙器，拿出长生世家的所有底蕴，也还是无法与石昊抗衡。

“我等在边荒拼死，你等战战兢兢，在后方苟活，享受安定。一旦大战落幕，便一个个都跳了出来，对我等挥动屠刀。面对异域大军时，你们的胆子呢？你们的气魄呢？你们的威风呢？真是怪事，现在却凶狂了，如同那秃尾巴狗一般，窝里横！”

石昊说的话很难听，因为他心中实在有一股怒火，不得不爆发。这群人卑劣无耻，实在当诛！

“啊——”

远处，一些人依旧在惨叫，在痛苦地挣扎。

那些都是藏在太阴河尽头中了诅咒的生灵，其中有人形的，也有其他生灵，此时全都惨不忍睹。

早先藏在河底的强者有九成都殒命了，只有个别人熬了过来，但是丢了半条命。

仙坟的诅咒就是这么霸道，无法化解，只能靠自己硬扛。

尤其是，这一次是石昊从仙坟内部带出的诅咒，这就更加不一般了，动辄覆灭一方的生灵。

埋伏在河中之人损失了九成！

但是，元青身后的那几人都很从容。

“有点意思。”其中一人开口道。他的语气很平淡，根本就没有太在意，好像一切尽在他的掌握之中。

这个人背着双手，向前走来。他身穿月白色长袍，长发垂落到腰际，有点仙风道骨的味道，可是眼中却带着冷意。

此人看起来三十几岁的样子，但可以料想，这绝不可能是一个真正的壮年男子，而是活过漫长岁月的前辈修士。

“呵呵——”这时，有一个女子也笑了。她穿着一袭鹅黄色的长裙，面容姣好，笑容中带着一丝嘲讽和蔑视。

这个女子也很强，绝对是遁一境后期的高手，同样对石昊有些轻慢。

“装什么大尾巴狼！”石昊很直接，丝毫不给对方留情面。

那几人的神色顿时一僵，虽然知道石昊天不怕地不怕，但是石昊这么不讲究，上来就呵斥他们，还是让他们有些不爽。

“你可知道，我们代表了怎样的一股力量？”身穿月白色长袍的男子冷冷地问道。

“不就是长生世家嘛！还是那种没有担当，在大战时不敢赴死的长生世家。”石昊说道。

石昊想都不用想，敢对他动手的，肯定是长生世家的人。

那几人的脸色瞬间变得阴沉起来。

“我一直在想，边荒大战时有人通敌，甘做内奸，究竟是哪一族，现在我明白了。”石昊说道。

“闭嘴，我们与你是私仇，同那些无关！”身穿鹅黄色长裙的女子呵斥道，打断了石昊的话。

“是吗？我怎么觉得，就是你们！”石昊说道，盯着那几人。

“胡言乱语！”那名男子冷冷地道。

“堵住他，莫要让他逃走！”另一人说道。

元青在一旁笑了，虽然他年岁不小了，却很张扬，仔细看笑容也很冷，因为终于要除掉石昊了。

这几年，石昊成了元青的心病。

元青当年针对石昊，没有成功除掉他，反而不断听到他突破的消息，这让元青着实坐不住了。

“小孽畜，今日终于等到了你的死期！”元青冷笑道。

有些人就是这样，分明是自己有错在先，结果到头来却认为是别人负他，还要变本加厉地针对。

“真是可惜了，想你们的先祖何等英勇，到了你们这一辈却是这么不堪。”石昊说道。他没有理会元青，而是看向另外几人。

石昊知道，自始至终元青都只能算是一条走狗，如今对他来说根本算不了什么，即便是遁一境的强者又怎样？

“你确定了我等的身份？”那名身穿鹅黄色长裙的女子笑道。

“不就是风祖的后人吗？你不觉得有愧于祖先吗？”石昊冷冷地道，言语中带着轻蔑。

对面有一两人面带愠色，释放出怒气，双眼寒光闪烁，冷漠地看着石昊。

“我都不需要细想，就知道是尔等！”石昊漠然说道。

通过一些线索，石昊了解到元青听命于长生世家风族，而风族之所以针对他，就是想压制他的“气焰”。

石昊通过一些途径，知晓了一些旧事。

风族的某位老祖曾经针对石族，对压制罪血后裔起到了十分重要的作用，他态度鲜明，下令惩处石族等。

关于罪血后裔这个定罪是怎么来的，在帝关时，石昊有了进一步的了解。这其中有残仙的身影，如仙殿等，此外，还有九天上的势力，如风族的某位祖上。

“你们这样做，就不觉得愧对你们的始祖吗？当年仙古一战，那位风祖可是铁骨铮铮，立下了不朽功勋！身为他的后人，你们这么卑劣，向异域投诚，不觉得可耻吗?!”石昊喝问道。

“我再说一遍，这只是私人恩怨，跟其他无关，别给我们乱安罪名！”对面，有人冷冷地说道。

石昊笑了笑，没有在这个问题上深究，因为他的确没有证据，只是猜测而已。

当初，在帝关时，有人投靠异域，还曾在天兽森林跟异域的修士一同追击他，到头来也没有暴露身份。

不过，据石昊判断，那人肯定来自某个长生世家。如果不是王家、金家，还能是哪个家族？

此外，石昊当年跟风族的一些嫡系交过手，也了解过该族的态度，故此现在怀疑他们就是那伙人。

“还记得风行天，我族修出三道仙气的最强传人吗？我族连完美无瑕的种子都为他准备好了，结果却被你先行击灭！”那名身穿鹅黄色长裙的女子此时面孔有些扭曲。

“你是他什么人？”石昊问道。他自然记得风行天，风行天精通黑暗古天功，还有十字神道，当年曾跟他激烈地大战，最后在仙古战场被他击灭了。

“我是他的祖姑姑，名为风百灵！”女子答道。她一袭鹅黄色长裙飘舞，带着无尽的怒气，跟之前的气质不同了。

很显然，风百灵之前一直在忍着，现在到了最后时刻，要除掉石昊了。

“我的侄孙风钊，他的死也一定跟你有关！”身穿月白色长袍的男子冷冷地说道。他名为风锵，实力非常强大。

“风钊的殒命与我无关，他死于古皇蝶手中。”石昊很平静地说道。

当日，在那片古战场中，石昊他们发现了一个洞府。那里有一只皇蝶的尸体，它散发出不朽仙光，将风钊斩灭了。

当日，风钊曾说过，哪怕灭掉九天那些修出三道仙气的年轻修士，也无所谓，只要他风族无恙。他根本就不管日后异域攻来时，是否还有人抵挡，不在意会有怎样的后果。

在那时，石昊就知道了风族的态度，他们哪怕不投敌，也多半会如那些生命禁区般置身事外。

“风钊很强，被封为风侯，想来他的死对你们来说是一个巨大的打击。不过，死在皇蝶的仙光之下，他也不冤。”石昊道。

“今日既然都说开了，也算是让你做了一个明白鬼，你也可以上路了。”风百灵说道。

“要活的，忘了吗？老祖要见他。”另一人说道。

“就凭你们？”石昊哈哈大笑起来。别说是他们，就是至尊来了，他也不见得一定会败。

“既然敢来，就有击毙你的手段。”风锵冷冷地说道。

“差不多了吧，大阵已经激活了。”风百灵说道。

就在这一刻，群山万壑都在蒸腾瑞霞，发出炽盛的光芒，要封天锁地。

“真奢侈，真浪费啊！”石昊漫不经心地说道。

第1447章 破界

WANMEI SHIJIE

布下这样的大阵，笼罩了方圆不知道多少里的高山大壑，连太阴河都被笼罩在内。而且，布置大阵肯定需要各种天材地宝，一般的法阵困不住石昊。

“奢侈吗？长生世家的底蕴远超你的想象，这么一点布阵材料算得了什么。”风百灵淡淡地说道。

元青亦露出蔑视的神色，他虽然不是风族人，但跟风族来往密切，他冷冷地对石昊说道：“孤陋寡闻。你插翅难逃，死定了！”

这几年来，元青寝食难安，因为石昊成了他的一块心病。石昊强势崛起，到最后边荒一战时修为都赶上了他，让他怎能不恐惧？

故此，当风族要对石昊动手时，元青第一个跳了出来，甘愿当先锋，在前引路。只要一天不除掉石昊，他就坐卧不安，内心惶然。

“走狗，一边待着去，这里没有你说话的份！”石昊冷冷地说道。他没有看元青，而是在扫视四野，默默打量，寻找突破的机会。

“小崽子，你死定了！”元青恨恨地说道。分明是他要除掉石昊，数次对石昊下毒手，到头来反倒他像是被害者一般，眼中流露出怨毒之意。

有些人就是如此，天性使然。

“荒，我奉劝你，识时务的话，就自缚手脚，随我等去九天，拜见我家老祖，如此还可以放你一条生路。”风锵说道。他带着笑意，说话时不紧不慢，因为他彻底放松了，大阵布好后，一切尽在掌握中，不怕石昊逃走。

“你家老祖算什么，有朝一日，他会匍匐着来拜见我！”石昊早就恼了，故此言语相当不客气。

“小贼，你今日插翅难逃，死定了！”风百灵喝道，一身鹅黄色的长裙猎猎作响。同时，她满头秀发飘舞了起来，姣好的面容上带着冷酷，誓要将眼前的少年除掉，为风行天报仇。

石昊斜睨一眼，背后当真就出现了一对翅膀，算是插上翅了。

“你……”风百灵气结，盯着石昊。

“哧！”

石昊拍动金色的鲲鹏翅，同时冲向他们几人。

这一刻，罡风大作，割裂了天穹，威力极其惊人。

这几人变了脸色，全都结印，准备出击。

可是，石昊突然脊背发寒，腾起一股凉气。他预感到不妙，第一时间改变方向，“哧”的一声撕开虚空，就这么遁向天际。

“嗯？”这几人都是一惊。

但是，他们并不焦急，因为四野都是大阵，笼罩了这里，将天地都覆盖了，根本就不怕石昊逃走。

他们身上有什么？除非至尊亲临，不然怎么会威胁到我？石昊心中暗想。

当然，石昊知道，这几人既然敢到近前直面他，肯定是有底气的。

“小子，你走不了！”元青在后面呼喝，跟着风锵几人一同追击石昊。

此时，四野轰隆隆作响，所有山川都在发光，大阵复苏，化成大道纹路，纵横交织，遮盖了苍宇。

一时间，这个地方成为生命绝地，谁敢硬闯，便要遭受阻击。

石昊弹指，飞出一道光，落在那大阵的纹路间，顿时引发一声巨响。那里混沌之气炸开，骨文密密麻麻。

“都说了，你就是折断翅膀也走不了！”风百灵冷笑道。

石昊拍动鲲鹏翅，在这里盘旋，一会儿到了东面，一会儿又到了下方，快如闪电。但是他的活动范围有限，十方皆被封锁了。

“锵！”突然间，风百灵抬起洁白如玉的右臂，释放出惊人的气势。她的那条手臂在发光，其中蕴含着一个神秘的符号，威力十足。

同一时间，石昊微微一笑，手中出现一枚神符。神符发出最为绚烂的光雨，将他包裹，而后他径直从这里消失了。

“破界符！”元青大叫道。他面如土色，气得直跺脚，既害怕，又震惊，还有一种遗憾，居然让对方逃走了。

“这怎么可能？一般的破界符都无法破开这座大阵。”风锵难以置信地说道。

“染了至尊精血的破界符，这是孟天正活着的时候为他炼制的！”风百灵咬牙道。

至尊的精血太珍贵了，那是一身血气的精华，就是至尊自己炼器都只滴落少许，舍不得用。

石昊手中的破界符显然不是凡品，仔细思量，也只有孟天正舍得为他炼制。虽然只是一枚，但是可以破开界壁，徜徉天地间，一般的法阵根本就无法阻拦他。

“追啊！”一群人大叫道。

当初，孟天正知道石昊想回下界，也想帮他，故此，就有了这枚破界符。

不过，他们都知道，即便有这枚符，石昊也不能回到下界去，强行破开界壁的话，肯定要遭到天意的反噬。那样的话，石昊很有可能陨落。

这枚破界符是留给石昊防身用的。它的使用次数是有限的，用一次就少一次，若非被困在绝境中，石昊绝不会乱用。

风百灵有点发愣，她不久前还在说，石昊插翅难逃，结果他真的就拍动着一对翅膀遁走了。

一群人大吼着，一起追出了大阵。

现在看来，真的太浪费了，用了那么多天材地宝才布置了一座绝世大阵，结果却没有用上，石昊就这么从容地逃了出去。

“他走不远！”风锵说道。

因为破界符再逆天，面对这绝世大阵，也会被限制，哪怕挣脱出法阵所笼罩的区域，落地之处也不会太远。

他们冲出大阵，以神念扫视这片大荒，仔细地搜索。

“在那个方向！”有人说道。因为那里的虚空炸开，波动剧烈，有人横跨而出。

在数千里外，响起了爆鸣声。

破界符被阻，虽然挣脱出古阵，但是因此而带来的声势惊人至极。

果然，那片天宇在龟裂，在爆炸，有混沌之气扩散，石昊从里面跌落了出来。他哈哈大笑，不管怎样说，他离开了绝阵。

石昊虽然在笑，但眼神有点冷，带着寒意。这么逃走不是他的风格，他只是为了摆脱有限的空间范围，不被束缚而已。他需要还击，不能白白浪费一次破界符的使用机会。

“小子，纳命来吧！”风百灵喝道。她再次抬起右臂，向着石昊斩去。

一枚古符浮现，从风百灵的手臂中钻出，在虚空中幻灭，如同一朵绽放的不灭道莲，银光大盛，十分璀璨。

那枚古符真的很像古莲，它一瓣一瓣地展开，最后露出莲台，里面竟盘坐着一个小人。这个小人仙风道骨，小脸红扑扑的，满头白发如雪，浑身散发着仙气，十分惊人。

“嗯？”石昊吃了一惊。

小人大吼一声，居然飞天而起，化成一道流光，向着石昊扑了过来。

至尊的气息恐怖无边，压盖天地，让这里发出大道轰鸣声。

石昊掉头就走，这居然是一名至尊！

这超出了石昊的预料，居然有至尊下界，来专门针对他，这绝对是一场大祸！可是，至尊怎么会化成符号，躲在风百灵的手臂中？

“今日，你走不了，谁来都救不了你！”后面，几人喝道。

那个小人在变大，红扑扑的脸上露出敌意，不再纯真，满头银发飞舞。小人探出一只手，向着石昊抓去。

“至尊的手段？”石昊的身上冒起仙气，速度一下子快了数倍不止。

“怎么会这么快？”后面的人很震惊。

至尊出世，要除掉石昊，会失败吗？他们不敢相信，若是至尊追丢石昊的话，那就真的不敢想象了！

“你们祈祷这个所谓至尊能除掉我吧，不然的话，你们一会儿就都死定了！”石昊冷冷地道。

第1448章 消失无踪

WANMEI SHIJIE

这真的是一位至尊，实力不会有假。尽管石昊修为惊世，傲视年轻一代，但面对这种老怪物还是不敌，唯有逃走，不然的话，他必死无疑。

毕竟，他才初入遁一境，跟这种恐怖级的存在相比，差了一个大境界。

关键是，至尊境不同于其他境界，能站在这个境界的人，有几人可以被他人逆天伐上？站在这一领域的，都是傲视古今的天纵奇才。

比他们境界低的修士，想要跟他们对决，除非掌握有仙道法阵，不然的话，就是动用仙器都不一定有用。

因为，至尊可以避过仙器，而后择机击灭对手。

当然，掌握仙道法阵的人还要将阵纹刻在体内，不然的话，效果也不够。

在过去，有真实战绩显示，非至尊者联手攻击这等存在，只能走这一步路，在身体内刻上仙阵。可这样做的话，也要付出很大的代价。

仙道法阵，别说拥有，一般人连见都没有见过，那种东西一般只会出现在长生世家。而且，并不是每一个长生世家都能拥有仙道法阵。

石昊疾速遁走，而他身后的那个身影速度越来越快，逐步接近了他。

"轰隆！"

石昊振翅，雷电与鲲鹏翅纠缠在一起，脚下亦是使出缩地成寸神通，他在提速。这种风驰电掣般的行进速度，让人很震惊。

"可跟至尊比速度？"

远方，风百灵、元青等人都愣住了。

谁都知道，至尊在人道领域中已经是不可比拟的存在了，无论是攻击力还是速度等，都是天下最强一列。

眼下，一个遁一境的小子怎么会这么快，居然能跟至尊比速度？

"老祖显化，居然还奈何不了他？"风锵跟活见鬼一般，难以置信。

那可是至尊出手，竟然无法第一时间击灭石昊，反而让他逃了。

"轰隆！"

天地摇动，那个小人的身躯早已放大，仙风道骨，银发垂落。他的大手探出时，遮盖了天宇，规则之力浩荡，禁锢苍穹。

最糟糕的事情发生了，至尊发威，天地倾覆。

在人道领域中，没有人可以抵抗他们。

“至尊无敌，谁与相抗！”风百灵激动不已。因为，她知道，这才算是真正的至尊威势，荒哪怕速度再快也抵挡不了。

的确，天宇上，有星斗坠落下来。至尊一怒，天崩地裂，岩浆汹涌。

唯一值得庆幸的是，石昊闯进了毗邻这块大地的无人区，不然的话，整整一州可能都要跟着沉陷。

到那个时候，无数生灵皆灭。

“哧！”

此时，石昊没有选择，只能动用破界符，不然的话，他就要被禁锢在那片天地中了，只能被除掉。

作为一个遁一境的修士，石昊无论如何也对抗不了至尊。

“嗖”的一声，石昊从这里消失了。

破界符，这是唯一的变数。

“哎呀，可惜，只差一点！”

后方，风百灵、元青等人都跟了下来，动用天眼通。虽然隔着无尽遥远的距离，但他们还是看到了情况。

“唉，这是老祖的无上神通化成的一枚符号，这样动用之后，威力会锐减啊！”风百灵蹙眉道。她道出了究竟，这是老祖以无上神通凝聚而成的一枚符，并将之封在了她的手臂中。

前方，那道身影并未止步，追击了下去。那是至尊显化，虽然不是真身，但此时具备无敌的威势。

而这一次，石昊早已消失无踪了。

半个时辰后，石昊无声地出现，站在一座山体上，看着远处的风百灵等人。他潜行匿迹，要接近并追击几人。

“太可恨了，为了对付我们，连至尊都出动了，让我去反杀两个！”无畏狮子开口道。它刚才被吓坏了，至尊出手，让人绝望，它唯恐被击灭，现在憋了一肚子火。

“啊！”

下一刻，一人一兽低吼，全力以赴，想要除掉那几人。

“黑暗召唤！”风百灵很警觉，疾速喊道，吟诵一段古老的经文。

该族得到了黑暗古天功，当年风行天便曾施展过其中记载的魔拳，威力十足，现在风百灵则在动用里面的召唤术。

下一刻，那名至尊出现了，他虽然是神通显化而成，但是威力恐怖。

石昊一叹，再次遁走，带着无畏狮子，又一次动用了破界符。

“咦，他的战力在变弱。”石昊敏锐地发现了这一点。

“不妙，这个小子警觉了。我等没有将他除掉，而他身上有破界符，我等的处境堪忧。”元青的脸色变了。

果然，在接下来的两个时辰里，石昊数次现身，不断被追击，但最后都成功遁走了。可每次等双方平静下来以后，他还会回来挑衅。

到了后来，石昊确定那个由神符化形而出的风族老祖不行了，难以完全显露至尊的威势。

“我还以为是你族的老东西亲自下场，原来不过是烙印。既然这样，那我就送你们上路！”

石昊再次冲了回来，神色冷酷。

“轰隆！”

突然，风锵的身前，又有一个大道符号释放。随后，一道身影从其中飞出，也是银发披散，实力绝世。

两枚符！

“为了拿下我，你族的老东西还真是下了本钱，为何不亲自来呢？”石昊怒道，不得不遁走。

“走！”

同一时间，风锵、元青等人也在疾速遁向天边，因为他们知道麻烦大了。他们无法击灭石昊，每次都让他逃掉，现在看来他们可能有危险了。

因为，只要石昊撑着，到头来总会熬过去，毕竟风族老祖的形体是以符文显化而成的，终究会越来越虚弱。

“砰！”石昊被绝世拳风扫中，身体险些垮掉，这是他修道有成后少有的危机。

“我必除掉尔等！”石昊怒吼道。

随后，石昊开始了又一次逃亡，总算熬到那道身影开始变得虚淡，才停下来。

最后，“倏”的一声，石昊横跨长空，追了过去。

“这个小道友还真是非凡，连至尊级的烙印显化，都没有拿下他，当真是天纵奇才！”

远方，一条大河畔，有几名老者在眺望。他们都是太阴族的名宿，其中一人正是石昊曾经请教过的那个老人。

“在提到太阴河尽头时，我就已经告知了他那里有危险。我族不负他，这一次没有与他结下仇怨。”那名老者说道。

其他几人点头，太阴族与世无争，不愿意卷入这样的争斗之中。随后，他们消失了。

现在，轮到元青几人不安了。因为两枚符都释放了，且有至尊级的身影飞出，可是都没能成功击灭石昊。

而今，两枚符失去了威力，石昊追过来了。

元青几人动用祭坛，想要横跨虚空，结果石昊直接使用破界符追了进来，阻挡了他们的前路。

“轰隆”一声，虚空炸开，这些人翻滚着，从天穹上坠落下来。

这也就是他们，若是其他人，肯定会在虚空乱流中殒命。

“荒，休得张狂！”风锵心中窝火，因为这一战打得太憋屈了。

他们可是带着至尊级的力量而来的，最终却奈何不了荒，这让他们觉得毫无颜面。

石昊披头散发，冷冷地看着元青几人，一句话也不说，气势如同骇浪般席卷此地。

“我等在边荒激战，你们就在后方搞破坏，今日还想除掉我，饶你们不得！”石昊冷冷地道。他心中有一股怒焰，仿佛要焚烧九重天。

石昊很难想象，九天上的长生世家竟堕落到这种地步，同时，他觉得他们极有可能同异域勾结，残害己方的人。

“成王败寇，我们真的大意了，没有想到孟天正会为你炼制那等大道宝符。”风锵说道。

“纳命来吧！”石昊冲了过去，骑坐着无畏狮子，如同战神一般，威风凛凛，金光璀璨。当然，他也在防备着，避免对方还有神符，召唤出至尊级的力量。

显然，石昊想多了，哪怕是至尊想显化自己的无敌神威，并凝聚成符号而赐予他人，也极其困难。

风锵也很凶狂，他施展黑暗魔拳，带动着罡风，跟石昊大战。

风锵是一名遁一境后期的修士，在族中赫赫有名，是少数高手之一。可是，他遇到了石昊，真正和石昊打起来之后，便被全面压制了。

“啊——”风锵大吼起来。这才刚开始，时间不长，他就险些被石昊击灭，浑身剧颤。

这一战没有什么悬念，“噗”的一声，仅仅数招而已，风锵就被石昊的闪电拳头轰得趴下了。

“还有尔等！”石昊呵斥道。他迅速冲了过去，跟风百灵等人大战，同时攻击所有人。

风百灵等人很焦急，刚才他们有人想驰援，也有人想遁走，结果都被场域封锁了。

石昊的强势超越了他们的想象，他举手投足之间都有莫名的大势，那种大势跟着他共鸣，使得大道符文如同涟漪般在他附近汹涌。正是这种力量，禁锢了这片长空。

“十字神道！”风百灵大吼一声。她在虚空中劈出两道痕迹，那痕迹纵横交织，形成十字金色印记，向着石昊冲击而来。

“轰隆！”石昊简单而粗暴，一拳而已，就将那十字金色印记击碎了。

这一战让石昊很惊讶，风百灵很强，而且不是一般的强，一开始就挡住了他的拳头带起的罡风。

没过多久，“噗”的一声，风百灵的拳头被石昊击中了。

下一刻，石昊更是生擒了风百灵，而后将她除掉了。

“还有你这条走狗。”石昊霍地回头，看到了元青。

“小道友，且慢动手，有话好说，我告诉你一个天大的秘密！”元青喊道。

“噗！”下一刻，元青惨叫起来，因为石昊捏剑诀，斩中了元青的手臂。

“谁是你的道友？今日，新账旧账一起算！”

第1449章 了结因果

WANMEI SHIJIE

石昊斩中了元青的右臂，同时对他表示鄙夷，这个人根本没有一点骨气，看起来雄姿不凡，其实不过如此。

当年，这个人是何等迫人，第一次见面，抬手就要镇压石昊，摆出至尊的姿态。可如今被石昊制服之后，他却摆出低姿态，没有一点骨气。

这种人居然也曾呼风唤雨，在一方称霸，或许他也只敢针对比自身修为低的生灵吧。恃强凌弱，不可取也。

元青的面孔有些扭曲，但是他忍住了，没有发作。此时，他看向石昊，再次开口，表示万事皆可以商量。

“你也好意思乞求活命，你当年将我发配到太初古矿时，可曾想过会有今日？”石昊漠然地看着元青。

元青的面孔略微发青，但很快又平静了下来，他真的没有想到有朝一日会是这样的情景。

当年，在元青看来，荒那个小修士一只手就可以捏死，怎料到这么快就会威胁到他？

荒才多大？只有二十几岁，可到如今就已经是遁一境的修士了，成了令人忌惮的后起强者。

元青的心中很不平静，充满了悔意，他倒不是后悔跟石昊结怨，而是后悔当年为何没有不计后果地将石昊击灭。

昔日，元青接到风族的命令，“敲打”罪血后裔，怎么也没有想到这个荒会崛起，而且还在如此短的时间成长到这一步。

元青暗自一叹，要怪只能怪当日另一位强者的警告，导致他没敢对荒下毒手，不然的话，也就不会有今天这一幕了。

到了这一步，元青还是没有悔改，只是在遗憾当年没有抓住机会除掉石昊。

“还不服是吗？我看你眼底深处尽是不甘，还有怨毒，可是在后悔没有早对我下手？”石昊说道。

元青心惊肉跳，连这都能看得出来，对方的神觉太敏锐了吧。

“我猜的，只是诈你一下而已，想不到你真的在‘后悔’。”石昊的声音变冷了。

“怎么会呢？小道友。你想多了，我没有那种心思。”元青解释道。

“咔嚓！”

元青的左臂受伤了。他闷哼一声，踉跄着倒退，整个身子都在摇动，险些一头栽倒在地上，面色苍白如雪。

不是元青不想激战，而是因为他已经推算过，他没有一点机会，只要出手，必死无疑。

“道友，我错了。可否给我一个机会，为你解释一些事？”元青说道。

“你不过是一条走狗，所接触的层面能高到哪里去，你了解至尊级的人物吗？知道他们的秘密吗？还是说你知晓仙道秘闻？”石昊冷笑道，不为所动。

元青的脸色难看，他真的很想活下来，不想步风族几人的后尘。

面对这种轻蔑，但凡有骨气的人肯定都要反抗，但是元青却低头了，甚至心甘情愿地向石昊服软。

元青不得不忍气吞声，因为他想保住性命，虽然知道机会可能不大，但是他不想放弃。

“道友，你可知道，你如今很危险啊！”元青开口说道，吸引石昊的注意力。

石昊看着元青，一句话也不说，十分漠然。

元青忽然觉得自己太憋屈了，有那么一刻，他真想翻脸，痛快地大骂与诅咒石昊一顿，就算被斩灭也无所谓了，但他还是忍住了。

元青道：“这三千道州可不只仙殿有一位残仙，最起码还有一两位，一旦你被他们锁定，那后果将极其糟糕。”

“你知道他们？”石昊终于开口了。因为，他早已听闻，三千道州最起码有两位残仙，除了仙殿的那位外，另外的就显得很神秘了。

“你若发誓放我离去，我便相告，知无不言。”元青说道。

石昊笑了，那笑容很冷，也很残酷，他再次抬起了手。

“你若是逼我，我是不会说的。另外，你若想搜我的元神印记，也是徒劳无功的！”元青大叫道。他倒退几步，怕石昊突然发难。

“噗！”石昊的指端飞出一道剑光用以回应，根本就不接受这种要求。他很果断，也很冷酷，当场击中了元青的身躯。

“啊——”元青惨叫起来。

“直接说吧，我会给你个痛快。”石昊说道。

“轰隆！”

元青怒啸，震动虚空。他浑身燃烧，释放潜能，就连元神都在发光，想跟石昊拼命。

可惜，元青低估了石昊的实力，石昊体外的神环释放出万道霞光，将这里覆盖了。

元青发现自己不能动了，他所谓玉石俱焚失败了。

“凭你也敢大言不惭说了解残仙，就是长生世家都不见得知晓残仙的情况！”石昊冷冷地说道。

“我知道，有一位残仙的兵器是古钺！”元青说道。

“还有呢？”石昊问道。他听闻过这件事，而且也见到过那古钺，那古钺确实是残缺的。

当年，三千道州天才争霸，石昊从仙古遗迹活着出来时，许多人围堵他，后来柳神出现，在那里大打出手。

最后，一张法旨从天降落，还有一柄残缺的古钺带着仙光与混沌之气降临，在虚空中刻字，请柳神手下留情。

现在想来，那古钺的主人肯定是一位残仙。

石昊一叹，想到这些，他不禁回忆起柳神，它在哪里？自己何年才能与它再相见？

柳神走的路很艰难，它曾毁灭，也曾自斩，可以说是起起落落。它从仙古祭灵成为一株重新发芽的柳树，这期间经历了太多的磨难。

这些都是石昊从后来的事情中逐一了解到的。

柳神毁灭过，化成种子，重新强大起来，可后来又自斩了。不知道为何，随后它又经历了恐怖的上苍雷霆劈斩。

可以说，这一世的柳神算不上仙古的祭灵了。因为，它一而再地从头开始，被斩掉的不仅是修为，还有记忆。

不过，只要柳神登临绝巅，超越或比肩从前，就一定能记起昔日的所有事。它从强大到虚弱，又起起落落，并最后回归，可谓是九死一生。

石昊相信，如今柳神多半已经彻底地恢复了。因为上一次他跟三藏还有神冥误入仙域又回归时，在路上见到了柳神留下的痕迹，那足以说明一切。

那个堤坝，那片浪涛声，预示了很多。那里是柳神的归宿，它正是因为足够强大了，才去了那里。

石昊一阵失神，此时恢复了过来，道："你不过是知道一件兵器而已，要你何用！"

石昊抬手间，就要再次斩向元青。

关于这些，石昊都根本不需要问元青，因为秦长生比元青了解得更多，石昊已经知道了一些秘闻。

"别，我可以告诉你一个大秘密！"元青大叫道，"太初古矿，就是那里，或许有通向另一个世界的路！"

石昊闻言，没有再出手。

通向另一个世界的路，连向哪里？

石昊想起了守护者的后代，当年他曾跑到太初古矿，想要寻找守护者的祖先的秘密，结果惹出了黑色血液。

太初古矿跟仙坟一样吗？很多年后，会有盖世生灵从那里回归吗？

"说得具体一点！"石昊喝道。

"我……"元青极其紧张，竟有些张口结舌。

"你也仅知道这些吧，要你何用！"石昊冷冷地说道，而后再也不迟疑。

"不要啊！"元青大叫道。

石昊轻轻一叹，了结了一段因果。

第1450章 得悉古路

WANMEI SHIJIE

风族来的强者，一个都未能走脱。

风吹过，这片天地都静了下来。

石昊一叹，自己在这片区域徘徊，既去了太阴族，又去了太阳族，究竟哪里才是回家的路？

太阴长河的尽头，太阳河的尽头，到底哪一个为真？

“嗯？”突然，石昊心中一动。

“或许，都为真！”石昊这般说道。

太阴太阳，阳之极尽为阴，阴之极尽为阳，太阴河的尽头与太阳河的尽头是否交汇在一起呢？

石昊心中震动，觉得这极有可能。这一刻，他心中激动，仿佛看到了回故乡的路，找到了希望。

只是，这样的地方在哪里？

依照两族所说，它在虚空中，在宇宙中，亘古长存，那样的河不是地上的太阴与太阳水泽，而是天地永恒不灭的规则所化的。

石昊想破头，也想不出那样的地方在哪里。他叹息一声，很无奈，最后一路走了下去。

这里毗邻无人区，石昊想到了仙古遗地就在那片无人区中。

当年，三千道州天才争霸结束后，仙古遗地出世，跟三千道州对接，连在一起，就位于广袤的无人区中。

昔日，在那片古地中发生了很多事，石昊斩灭堕神子，除掉黑暗神子，大战各路天才，强势崛起。

而且，那些仙古遗族中有不少人跟石昊结下了善缘，石昊曾为他们化解诅咒。而在石昊离开时，被教主阻击之际，那些人庇护了他。

若是在过去，石昊想进入无人区，肯定要冒着巨大的风险，而现在，他可以轻松地跨过。

隔着还有一段距离时，石昊就感受到了一种莫名的气息，那是仙古遗地特有的道韵，宛若跨越时间长河而来一般。

这片古地的道则相对来说还算完整，是一片得天独厚的修炼之地。当石昊深入仙古遗地，顿时引发了震动，不少族群的人赶来跟他相见。

“哈哈——”八臂魂族的族长来了。

接着，丽人族、岩魔族等族的高层都到了。再次见到石昊，他们充满了惊喜，眼神火热无比。

“小兄弟，你终于来了，盼星星盼月亮，总算把你给盼来了！”

这些人太热情了，一个个都大笑着，将石昊围住。他们的眼神十分炽热，让石昊浑身不自在。

这不光是因为石昊与他们有交情，更是因为石昊来了之后，可以帮助他们化解诅咒之力。

仙古遗民都身中神秘的诅咒，个个都活不长，那种苦痛伴随他们一生，唯有雷劫液可解。

想得到雷劫液，一般的天劫根本不行，非得最强的几种天劫才能诞生这种液体。

在这三千道州，有几人可以渡那种劫？

石昊当年帮他们化解过神秘的诅咒，有部分人因此而解脱，现在他又来了，自然令他们兴奋而激动。要知道，各族的人口可不是少数，他们非常需要雷劫液。

“放心吧，如今我的修为不可同日而语，我渡劫所产生的雷劫液，一滴就足以救活很多生灵。”石昊道。

听到这句话，众人无比欣慰，如众星捧月一般将石昊护在中央。

“小兄弟，看你心不在焉的，是否遇到了什么麻烦？”有人问道。

因为石昊被请到他们的净土中之后，面对各种山珍海味时，总是走神，这令他们很诧异。

他们可是知道，在过去，这个少年对美食十分热衷。而现在，面对满满一桌的美味，他居然会走神，甚至是无动于衷，这也太稀奇了。

“我在想回家的路……”石昊并未隐瞒，如实说来。他觉得这些族群是仙古遗民，或许会了解一些秘密。

石昊虽然有所期盼，但是没有想到，这群人真的知道一些秘密，给了他一个天大的惊喜。

“太阴河与太阳河的尽头，那不是传说中的虚空十字河的所在地吗？”有人说道，带着狐疑。

“没错，肯定就是那个地方！”另一位老者点头道。

“你们……知道?!”石昊震惊不已。

“祖辈的手札上有记载，确实有这么一个地方。”八臂魂族的族长说道。

石昊不由得愣住了，不久前他还在发愁，不知道去哪里寻找，没想到现在居然有了眉目，可能要知道那条路在哪里了。

这真是一个惊喜!

这群人没有去过那个地方，因为他们一直生活在仙古遗地，等于与世隔绝，至于那条路，也根本不在这里。

很快，就有人找来了古书，他们逐字逐句地为石昊解释，为他分析那条路在何方。

“阴阳交汇之地。”

“虚空中的两条河。”

“太阴太阳碰撞之处！”

天地间，有太阳与太阴，两者相互对立，但是也能相互转化，那处地方就在阴阳诞生之地。

可以说，世间万物都可以用阴阳来阐释。所谓太阴与太阳代表了对立，更代表着两大法则，真要能弄明白的话，大道可期。

最后，又有一族人马找来几部玉石书，上面记载得更为详细，有确切的地址。

“在生命禁区中！”当最终确定了具体的地址后，在场的人都倒吸了一口凉气。就连石昊也是一阵惊悚，那种地方绝对不可踏足，不然的话，会将自己葬送掉。

怎么会如此?石昊一阵发呆。

在仙古年间就存在的禁区，那绝对可怕，岁月久远，时间漫长，至于那里的存在，想都不用想，肯定早已是不朽级别的了。

“小友，你还是放弃吧。就是在仙古年间，那些禁区也是不能踏足的，他们持中立态度，一旦惹怒了他们，会有大麻烦。”有人叹道。

“那个时候，他们就如此威风吗?”石昊被这一消息震动了。

“是的。有的禁区存在的岁月很漫长，贯穿整部古史，甚至比我们了解的历史都长。”一个人点头道，神色复杂。

石昊一阵沉默，麻烦大了，自己要怎么回到家乡呢?

“咦，看这地图，那生命禁区就在三千道州内？”忽然，石昊讶然，他注意到那玉石书上写着就在三千道州间。可是，他从未听说过三千道州有生命禁区。

据石昊了解，自古长存的几个禁区都在九天上，远离凡尘，一般的人别说误闯进去，就是想找到都很难。

“这片大地上没有禁区吗？”这些仙古遗民也很吃惊。

“十字阴阳地不存于世间了吗？”他们不太相信这个消息。

“没有听说过。最起码，在书中所记载的这块区域中，应该没有什么绝地吧。”石昊也不太确定。

一群人不解，议论纷纷。

石昊趁机详细地了解了一下，最后确定了精准的位置。接下来，他在这里逗留，取出了一些雷劫液，这些雷劫液都是他以前渡劫所留的。

并且，为了帮助这些与他有交情的族群，石昊还在无人区中渡劫，抗击雷海和闪电汪洋，以获得雷劫液。

遁一境的天劫自然极其恐怖，石昊九死一生，这才渡过，他所收取的雷劫液自然是价值惊人。

一滴雷劫液而已，就足以化解无数人身上的诅咒。

石昊把九成雷劫液送给了这些人，剩下的一些他服食了下去，这让他的修为不仅恢复到了巅峰状态，而且还有所突破与精进。

最后，石昊向这些仙古遗民告辞。他要去十字阴阳地，去那片禁区外看个究竟，看看那条路现在是否还存在。同时，他也想确定所谓十字阴阳地到底是怎么回事，如今还是禁区吗？为何三千道州没有记载，无人提及？

石昊骑坐着无畏狮子，这一次是通过祭坛离去的。他们横跨亿万里虚空，到了某一州，而后径直赶向十字阴阳地。

很快，石昊就靠近了目的地。

第1451章 十字阴阳地

WANMEI SHIJIE

这个地方很偏僻，也很荒凉，放眼望去，乱石横陈，断山成片，杂草丛生。

跟一般的名山大川不同，在这里，感受不到灵秀，也没有天地精气溢出，有的只是荒芜。

石昊知道，这多半就是目的地，凭着他强大的直觉，他感受到了太阴与太阳两种气息。

"就是这里？"无畏狮子瞪着铜铃般的大眼，有些难以置信。它驮着石昊，向前走去，进入这片荒草丛生的偏僻之地。

"有古怪，我有些不安。"起初，无畏狮子还不在意，但是随着不断深入，它满身的金色兽毛都竖起来了。

石昊也警觉了起来，难道说，真的有一片生命禁区不成？

断山成片，在过去都曾巍峨而雄伟，只是不知道为何都折断了，神木、灵草等一株都没有，只有杂草和藤蔓。

这个地方很安静，没有走兽，也没有飞鸟，甚至连蚊虫都见不到。

最后，石昊深入数千里，看到了焦黑的山体。这个地方明显与众不同，断山像是被灼烧过，又迅速冷却了。

还算开阔的土地上漆黑一片，那是焚烧过的痕迹，像是一片荒地被点燃，杂草化作了黑色的劫灰。

"太阳精气！"

石昊感觉到了，这块区域有浓郁的太阳精气，这里之所以被焚烧，肯定是因为太阳之力。

当石昊再次向前走时，他又有了不同的体验，空气冰寒刺骨，犹若地狱深渊在开启。

前方有一个湖泊，但是干涸了，一缕缕太阴之气缭绕着，呈雾状，黑得有些瘆人。

太阴之气，这不会有错！

无畏狮子驮着石昊，灵巧地在这里奔行，撑开神光，守护自身。

不久后，成片的断山不见了，石昊进入了一片视野十分开阔的古老土地。

在这块区域，没有巨山，也没有古树，地面上有一层黑色的灰烬，积得很厚，足有数尺，天知道当年都焚烧过什么。

这灰烬仿佛葬着无数秘密，令人心中不安。

“当！”

无畏狮子不小心从灰烬中踢出了金属颤音，结果发现是一根黄金骨，十分坚硬。

“神祇的骨骼！”无畏狮子倒吸了一口凉气，因为它能感受到这骨头的主人生前很强大，不会弱于它。

“这是……”石昊跳下狮背，在这片灰烬之地行走时，也发现了一些残骨等，其中最差的都是天神境的生灵所遗留的骨头。

“别告诉我，这黑色的灰烬是焚烧诸神所剩下的！”无畏狮子打了个冷战。

放眼望去，这片地方太大了，而这数尺厚的灰烬，历经了漫长的岁月都还在，没有被雨水等冲散，肯定相当非凡。

“神灵的骨灰！”无畏狮子心中发毛。因为，它已经确定了，这里的灰烬是神的骨灰。

“无数强者的尸体被焚成了灰烬！”石昊震撼地道。

当年这里死了多少人啊！

石昊动用大法，想扬起这片黑色的灰烬，却发现它很沉重，如同金砂一般。

断壁残垣！

在这灰烬下，竟有废墟，这片废墟十分宏大，也很古老。他现在确定了，这里就是十字阴阳地，是昔日的生命禁区。

因为，他看到了一块石碑上有那样的文字记载，虽然文字残缺了，但可以猜测出其中的大意。

“当年的生命禁区，居然被毁掉了，是何人所为？”石昊站在原地，有些发愣。

当年，这里发生过怎样的战斗？

“给我挖地三千丈，无论如何也要将这块禁区给我挖出来！”石昊吩咐无畏狮子，这是一个免费的劳动力。

无畏狮子眼皮直跳，相当生气，但是没敢发作。它竟然已经渐渐适应了遵从命令，最后咬着牙照做了。

灰烬很多，带着魔性的力量，无畏狮子动用大法力将之清理，终于发现了不少端倪。

宫阙成片，楼宇众多，但是都化作了废墟，瓦砾都快磨灭了，也不知道被葬下多长时间了。

第1452章 覆灭的生命禁区

WANMEI SHIJIE

虚空中，太阴河与太阳河交叉着，形成一个巨大的“十”字，壮观而惊人。

一条漆黑如墨，一条金黄璀璨；一条阴气重重，一条神圣炽烈；一个如同来自地狱，一个犹若发源于神国。

这是两条完全不同的河，它们都被大道符文笼罩着，蕴含着恐怖的力量，发出海啸般的声音，震耳欲聋。

这不是过去所看到的太阴河与太阳河，因为昔日所见都是不纯净的，都只是凡河，而眼前的这两条是根源，是祖河。

地上也有两条河，在那灰烬之下，那是如何形成的？

仔细推演，那真的是投影！

天地间，有真正的太阴河与太阳河，横亘于宇宙中。它们向哪个地方投影，哪里就会有太阴之气与太阳精气凝聚，最后跟凡河混在一起，形成水泽。

灰烬下的两条河已经算是很纯净的了，但是同天穹上的两条相比，却什么都算不上。

“轰隆！”

石昊破开涟漪般的大道符文，到了虚空中，靠近了两条河。

无畏狮子浑身的兽毛都竖立着，因为这里太恐怖了，那释放出来的气息等让它忍不住战栗。

太阴与太阳，这是天地间最本源的两种规则，或许也可以称为两种元素。

大道演化阴阳，对立而互补，便是五行元素等都源自阴阳二气，因为这里是根。

在这太阴与太阳长河前，生灵自然会悸动，有无尽的感触，但凡修炼者到了这里，灵魂都要颤抖。

石昊慢慢平静下来，渐渐地适应了这里的波动。

无畏狮子也不是一般的生灵，它低吼一声之后，终于安静了很多，神魂不再发抖，跟着石昊一步一步地靠近。

换一个视角，他们看着两条交叉的河，又觉得它们宁静而完美，平和而安然。

早先雷鸣般的声音在这一刻竟然消失了，那是一幅静美的画面，是世间最安谧之地。

怎么会如此?

这就是大道！它变幻无穷，不可捉摸。

可以说，太阴河和太阳河是这天地间大道有形的体现，是最能说明规则与秩序的载体。

太阴与太阳之气代表了阴阳，可以称为规则中的母体，是超凡的力量。

现在，一人一兽有幸来到这里，当心中平静后，整个世界也都仿佛跟着安静了，他们在这里竟得到了不少好处。

最起码，他们对阴阳的理解一下子加深了。

这影响了他们自身的路，石昊发出一声惊叹，体内隆隆作响，肉身中那些开启的门光芒大盛，绚烂夺目。

“咔嚓！”

直到远处发出一声轻响，两大强者才苏醒，从这种体悟中回过神来。

在十字河附近，还有一些残破的建筑，刚才有一块石碑龟裂，惊醒了他们。

这是虚空中，没有土地，只有两条河，它们是大道的一部分，也算是某种有形的化身。

可是，当年却有生灵曾栖居在这里，将这里化成自家之地。

这是何其可怕的事！

这里曾为一个生命禁区，俯瞰九天十地。至于那灰烬下的废墟，显然也是该族所留，但是可以料想，这里才是根基重地。

毫无疑问，有资格居住在这里的一定是核心成员，是最强的生灵。只是，他们早已覆灭了。而这种可怕的事，远胜过有族群可以在这里栖居的这个事实。

究竟是怎样的一股力量可以将生命禁区推翻，并将之铲除？看样子，当年那一战十分惨烈，不然的话，地上怎会有那样的灰烬？

要知道，那灰烬可是诸神被焚烧形成的！

门在哪里？石昊在寻找大门。他走在这片废墟中，很谨慎，因为这是生命禁区的中心地，不知是什么缘由而覆灭了。

很快，石昊打了个冷战，而后无畏狮子颤抖起来，这里令人感到很压抑。

显然，这里不可能有生命了，当年的人与事都被埋葬了。可是，禁地生灵留下的痕迹依旧令人心悸，尤其是这里，毕竟这是核心人物的坐关地。

残破的建筑物可以一眼望遍，什么都没有留下，只有巨石、铜柱等，可是依旧让人寒毛竖立。

不朽者栖居的地方有他们散发的气场，多年过去，还没有散尽。

可以说，若非石昊与无畏狮子足够强，根本就走不到这里，而是会被压迫得瘫倒在地上。

可以想象，如果这里没有破灭，即便无人防守，世间也没有几人可以走到这里。

“门在哪儿？”无畏狮子也在找。它避开了废墟，踏在虚空中，在两条大河前徘徊。

就这样，他们找了很久，可是一点线索都没有，始终没有什么发现。

“太阴河太阳河的尽头有一条古路通向下界，可是，在哪里呢？”石昊自语道。这是他了解到的线索，如今他来了，可就是找不到门路。

“轰隆！”

突然，石昊开始演化鲲鹏法，背后两只翅膀浮现，轻轻扇动，随后太阴与太阳之力弥漫，碰撞出了混沌之气。

“是了，应该是在那里！”石昊突然醒悟了。

门最可能在什么地方？肯定是太阴河与太阳河的交汇处！

十字交叉地有混沌之气腾起，扩散开来。石昊到了近前，感受到了前所未有的压迫感，十分小心谨慎。

石昊投进去一件法器，使其没入河的交汇处，那里只冒出一些水花，结果法器就被吞没了。

无畏狮子看到这一幕，不禁开始向后退。这是古路吗？真要跳进去的话，必死无疑啊！

“不对！”石昊蹙眉，再次演化阴阳大道。这一次，他不仅要施展鲲鹏法，还要施展雷帝神通。

提到雷电，一般的人都认为那代表了毁灭，是上苍的惩罚，可是其中也蕴含着雷劫液这样的勃勃生机。

阴阳，生死，这是对立的，也是平和而真实的。

石昊通体发光，布满无数斑纹，一会儿为鲲，一会儿为大鹏，一会儿又成为雷电的化身。

“轰！”天地都仿佛炸开了。

“嗷——”无畏狮子全身的毛都奓开了，像是刺猬一般，根根竖立着。它大叫一声，快速地向远处逃遁。

因为，就在这一刻，太阴河与太阳河动了，改变了轨迹，一起从天空中垂落而下。它们依旧交叉着，但是却改道了，而它们的交汇点，正是石昊那里。

无畏狮子简直不敢相信自己的眼睛，这是幻觉还是真实的？荒这是要沐浴太阴与太阳长河，归入大道中吗？

无畏狮子看出来了，那两条河大有讲究，是符文化成的，也是两种本源之力凝聚而成的。

“轰隆！”

不过，糟糕的结局没有出现，两条河的交汇处出现了一扇门。那扇门很神秘，也很诡异，冒出混沌之气，而石昊就站在门外。

此时，门已经打开了，隐约可以看到里面有一条古路，那条路由灰褐色的石头铺成，通向远方的未知处。

找到了，就是这里！石昊心中激动，这一定就是他可以回到故乡的路！

石昊没有料到需要以这种方式开启古路，必须精通阴阳大道，跟两条河产生共鸣，才能开启这条神秘的古路。

同时，他也有疑问，为何在太阴与太阳河的交汇处有这么一条古路？这是什么年代所留？是何人布置的？再有，下界真的那么重要吗？竟然值得开凿出这样一条古路，保持贯通？

第1453章 通向下界的古路

WANMEI SHIJIE

真的找到了，就是这样的一条路，存在于覆灭的生命禁区中！

石昊欣喜而激动，他的一番努力总算没有白费，他终于找到了回到故土的那条神秘古路。

远处，无畏狮子惊疑不定，真的被荒成功寻到了路？

“你过来。”石昊向无畏狮子招手。

无畏狮子很谨慎，站在两条大河近前，感受着大道的压迫力，不敢进入水中。

“你可敢走上那条古路？”石昊问道。

无畏狮子摇头，虽然见到了那条古路，但它还是不放心，万一进去了有危险怎么办？

同时，无畏狮子内心深处有种期盼，希望石昊进去，若是石昊发生意外的话，那么它就自由了。

“哧！”

一道神虹飞来，如同铁链一般，将无畏狮子捆得结结实实并将它带到了那扇古门前。

石昊是遁一境的修士，而无畏狮子还没有达到这一境界，与之相比差了一大截，轻易地就被禁锢了。

“你！”无畏狮子低声嘶吼，没有料到石昊这么强，站在两条河的交汇处都能将它擒进来。

事实上，两条河的交叉之地没有危险，虽然被混沌之气笼罩着，但是很平静，那扇古门仿佛可以守护这里。

“进去吧。”石昊一推门，而后将无畏狮子送了进去。

一刹那而已，无畏狮子就被一股莫名的力量镇压，仿佛全身都要碎了。

“啊——”无畏狮子惨叫起来。

在那门中，看不到什么莫大的危机，但是有一股无形的场域压制生灵，让他们承受着超越极限的力量。

就是无畏狮子也承受不住，所以它一进来，就要粉身碎骨了。

这不是什么法阵压制的，也不是神通宝术要毁灭它，只是一股神秘而强大的场域，以力压之。

石昊一把将无畏狮子扯了出来，因为它身上还有他布下的秩序锁链，再晚一步的话，估计它真的就要殒命在里面了。

“荒，我跟你拼了！”无畏狮子大叫着，但是起不来，瘫倒在了那里。

“好了，有难同当，我只是想跟你同甘共苦而已。”石昊说道。

“同甘共苦？你怎么不进去？”无畏狮子气极了，真的想咬人。

“我这就进去！”石昊放下无畏狮子，真的迈步了。他先是推开那扇古门，而后踏上了后方灰褐色的石阶路。

仅这一瞬间而已，石昊就如遭雷击，体内的骨骼噼啪作响，遭受了巨大的冲击，身体要垮掉了。

强大如石昊，居然也在此遭袭了，情况十分危险。

“噗！”

石昊吐出一口血，感觉到像是有颗大星砸在了他的后背上。

接着，石昊的胸口、额骨、后脑甚至全身上下，都像是在被巨大的星体轰砸，承受着无上的威压。

这是极境压制，攻击他的力量比他现在的最强力量还要强一点。

石昊明白了，这扇门很恐怖，无论是无畏狮子还是他，抑或是其他人来此，所遭受的都将是超越自身所能承受的威压。

到了石昊这个层次，绝对算是超越极境的人了，因为他每一个境界都如此完美无瑕，不然何以傲视同代，横扫异域的帝族年轻人？

可是，在这里石昊却吃了大亏。这也是一种极境压制，只是超越了他目前的忍受限度。

此时此刻，石昊体内的骨头“嘎嘣嘎嘣”不断作响。

好恐怖的力量！

石昊十分震惊，难怪无畏狮子一进来就差点被毁掉。

还好，他挺住了。

不久后，石昊虽然又吐了几口血，但是再没有恶化。他向前迈步，结果发现这条路很艰难，整体都是如此。

最后，石昊站在那里，默默感悟了很久才退回来。

无畏狮子有些失望，这家伙难道真是天生的仙体吗，居然能硬扛下来？

它还希望石昊发生意外呢，若是石昊殒命在里面，那么它从此将恢复自由身，海阔天空。

“我想，除了我之外，这个世间很难再有人承受得了这样的打击吧。”石昊自语道。

而后，石昊神色一变，将无畏狮子收进一个空间法器中，道：“得罪了。”

说罢，石昊带着法器，再次进入门中。他要做试验，看一看带着父母进去，是否会有危险。

此时，无畏狮子的脸有点发绿，怒道：“小子，我和你没完！”

值得庆幸的是，它并没有受到什么影响。石昊将法器收进体内后，承受了外界的所有压力，因此压力并未传到体内的空间法器中。

“没有危险，这样我便放心了。”石昊说道，放出了无畏狮子。

而后，一人一兽一起跃出了混沌地。大河继续交叉，回到了原来的位置。

“大功告成，走！”

石昊等无畏狮子彻底恢复之后，骑坐在它的身上，离开这片虚空，进入下方的大地。

随着他们离开，大穹上的两条河消失了，那些大道符文都不见了。

接着，石昊又走出了灰烬之地，一路疾驰，就此远去了。

既然找到了回家的路，石昊不想在三千道州久留，耽搁下去。他准备处理一些事情之后，便去接父母，一起赶往下界。

“真遗憾，至尊殿堂的人还有遗址找不到。”石昊叹息道。回到三千道州后，他一直在留心至尊殿堂的事，还曾问过秦长生，结果一无所获。

“算了，日后若是再入三千道州，再仔细追寻吧。”石昊轻叹道。至尊殿堂一脉，现在都寻不到了，就是他当年那位便宜师父齐道临都失踪了。

一路上，石昊风驰电掣，回到了秦族。

石昊回来之后，发现秦族的许多人看向他时，眼神都是怪怪的，脸上带着敬畏之色。

“哥，你回来了！”秦昊第一时间赶来，眼神火热。

“怎么了？”石昊问道。

“哥哥，你连至尊都无惧了吗？外界现在都传开了，风族想除掉你，结果反被你击灭了，连至尊级强者都出手了，不能奈何你。”秦昊说道。

石昊愕然，他跟风锵、元青等人激战的事已经传开了？

石子陵、秦怡宁也赶来了，他们都如释重负，长出了一口气，因为实在是担心坏了。石昊跟至尊交手，令他们担忧无比，他们唯恐石昊发生危险，都快有心病了。

很快，秦长生也来了，向石昊道出了事实。

现在三千道州的很多股势力都听闻了此事，一个个都震惊不已，非常不安。尤其是，曾经联合起来想要针对石昊的那些人，一个个都坐卧不安。

“有消息称，九天上的风族老祖想下来除掉你！”秦长生说道。

风族老祖的两枚符文烙印都没能成功除掉石昊，引发了轩然大波，让风族十分被动，据闻那位至尊都想亲自下界对付石昊了。

关键时刻，仙院和圣院的至尊堵在了风族的门口，挡住了那位至尊，使他不能下界。

石昊心中大惊，风族的老祖居然想亲自出手了！

故此，当消息走漏，有人从九天上下来，带来这个消息时，三千道州的不少势力都震动不已。

“看，送来稀珍礼品的人越来越多了。”秦长生笑道。

在一些房舍中，稀珍宝料等堆积成山，都是一些大教为缓和关系而忍痛割爱送过来的。

“孩子，你这次有收获吗？是否找到了那条古路？”石子陵问道。

“已经寻到了，我们可以回去了！”石昊说道。

听到这样的话，在场的人都震惊了。

“走，我们回家！就在今日，就在此时，回到下界去！”石子陵激动地说道。

“好，我们立刻就走，踏上那条古路！”石昊点头道。如今他终于可以回下界去了。

第1454章 突兀的人生大事

WANMEI SHIJIE

石子陵十分激动，他离开下界很多年了，今日终于可以回去了。

不过，很快石子陵又神色一变，因为十五爷还在仙坟，不能跟着他们一起走。这让他很遗憾，甚至想留下来。

“祖父出关，最起码需要几年。我们先回去，既然找到了那条古路，将来肯定还有机会往来。”石昊说道。

石子陵点了点头，也只能如此了。他也知道，长子在上界多待一天，就会多一分危险，因为“惦记”长子的人绝不少，而且个个都是大人物。

若非仙院和圣院的两大强者相阻，九天上的至尊就会来三千道州除掉石昊。

“可惜啊，冥土、天国这些地方都没去，还没有跟他们算账呢。”石昊很遗憾地道。

“孩子，先不要计较了，还是赶紧回下界吧，只要人平安便好！”秦怡宁说道。长子能从边荒活着回来太不容易了，她不想再发生什么意外。

石昊点了点头，暂时放下了这一切，因为，他知道三千道州还有残仙，那是他还不能俯视的存在。

石子陵、秦怡宁第一时间离去，开始收拾东西，准备踏上归程。对此，秦长生并不阻拦，任他们自己做决定。

让人惊讶的是，秦昊一动不动，还站在那里，没有要离开的意思。

石昊心中一动，看向秦昊，并询问他为何不去收拾。

“哥哥，我想留下。有你照看父亲、母亲，我很放心，我要留在上界继续修行。”秦昊开口道。他表明心意，想留在上界继续修行，因为下界灵气匮乏，大道规则不全，并不适合修道。

石昊闻言，轻轻一叹，点了点头，明白了秦昊的心意。

秦昊所说的确是一个问题，若论修道环境，下界八域无论如何也没有办法跟上界三千道州相提并论。

石昊皱着眉头，道：“一会儿，你向父亲和母亲道别，好好说一下吧，他们多半舍不得你。”

“哥哥，这样去下界，你的修为……”秦昊担忧地道。

秦昊的担忧是发自真心的，到了现在，他的兄长已经成长到了不可思议的高度，未来的成就不可限量，可能会打破这一纪元的所有纪录。如果兄长就这么去下界，等于自缚手脚，对自身的修行没有好处，甚至会止步不前。

石昊仔细想了想，道：“或许有影响，但也不见得一定会阻我的路。”

仔细思忖了片刻，石昊抬起头道：“对我来说，也许是一种不可缺少的磨砺。”

离开三千道州，前往下界“牢笼”，不仅是躲避仇敌，也算是一种另类修行。

不可否认，石昊选择回去，除了思念故土，主要是为了避祸，要避开风族、王家、金家以及残仙等，免得被他们加害。此外，他此番去下界，还想在极端的环境中磨砺真身。

石昊有这种自信，因为，他的路与众不同，以身为种，到头来所要开启的是自身宝藏，对大天地的依赖较少。

事实上，以身为种是一条最艰难的路。而之所以有这部大法，就是因为，有人觉得，如果天地变了，规则更迭，修士可能会处境堪忧。

石昊这一次去下界，算是一种锤炼，他要到下界磨砺己身，看一看在环境恶劣的天地中，如何生存与突破，变得强大起来。

“什么？孩子，你要留在上界？!”秦怡宁知晓秦昊的决定之后，眼眶当下就红了。她很伤感，也很意外，没想到次子要留下，并非一家人一起回到故土去。

“修行有什么好？只要你们平安，一家人在一起就好了。我们远离纷争，不需要在上界冒险。”秦怡宁劝说道，眼中带着泪花。

秦昊帮她擦泪，道：“娘，我想变强，不想平淡地过一生。我知道哥哥也不会，他去下界也只是暂时蛰伏，早晚还会回来。而我呢，就在上界修炼，等他，将来我们会再聚的！”

“你这孩子，说什么呢。”石子陵看着秦昊，自然也很希望次子回去。

“我们是修士，既然走上了这条路，便要一路走到底。唯有站在巅峰，成为最强者，才能超脱，才能俯瞰六合八荒，才能无拘无束。天地间，早晚有一天还会大乱，短暂的平静不过是表象，我与哥哥现在就是要抓住这段不知何时会结束的宁静岁月来修行，快速崛起，以应付将来的变局！”秦昊很坚定地道。

石子陵夫妇张了张嘴，不知道说什么好了。

石昊也很意外，没想到自己的弟弟竟说出这样一番话来，果然成熟了不少。

“你自己保重！”石昊脱下长生战衣，还给了弟弟。

而后，石昊想了想，对秦昊道：“你随我来。”

石昊要将一些保命手段、秘术等传授给秦昊，这是他历经血与火的洗礼，拿命换回来的秘法与经验。

就这样，石昊多停留了两日，教秦昊秘法，传授他经验。

秦长生很乐意看到这一切，他将很多心血都放在了秦昊身上，也希望秦昊留下。

这两日，陆续有门派登门，送上重礼，而且礼物比以前的更贵重。

很显然，石昊一战打出了威风，连至尊烙印都没有办法将他击灭。可以想象，日后他一定会崛起，早晚会成为至尊。

当然，灵界一战也是主要原因，连仙殿都吃了大亏，遭遇了不可预测的事。诸教皆受到震动，心有惧意。

“太棒了，这么多灵药，每人一天吃一株都要吃好久！”

“这些兵器都是珍品，每一件都有来头，我喜欢那杆方天画戟！”

被石昊从边荒带回来的孩子们，一个个都兴奋无比，这些天，他们负责整理各教送来的礼物。

无畏狮子也在督办此事，将成堆的珍品分门别类地放进不同的空间法器中。

在此期间，陆续有人登门，来的都是大人物，皆为各教的高层。甚至有一教之主，还有一族的太上长老，他们在各自的族群中都是一言九鼎的人物，如今来到不老山，只为了见石昊。

这些人有的是为了请罪，有的是为了拉拢关系。众人都知道石昊是一条潜龙，早晚要一飞冲天。

“小道友，不愧为人中之龙，将来的成就不可限量啊！”大殿中，有人恭维道。

这两日，石昊传授秦昊秘法，没有怎么见客，但对一些大教的来人还是要慎重对待的，最后他不得不出面相见。

“贤侄，可否有道侣？小女年方二八，艳绝天下……”大殿中，一位掌教开口道。他来自一个岁月悠久的古老道统，居然就这么直接拉拢石昊。

“还没有！”秦怡宁也在场。她更为直接，眼睛都亮了，因为她想石昊早点成家，留下子嗣。

两个儿子都不是省油的灯，这些年来着实让她担惊受怕。

石子陵闻言，也是心头一动，点了点头。两个孩子志向高远，都想“击天”，他也希望早些抱上孙儿，以后就随便长子与次子折腾去吧。

“哈哈，太好了！小女绿竹今日也来了，可以让孩子们先认识一下。”玉华教的教主说道。说罢，他还真的召唤来一个绿衣少女，这少女婀娜挺秀，明媚动人，的确是一个难得的美人。

石昊一阵无语，他先看向秦昊，又看向父母，道：“这女子与我弟弟年岁相仿，可以与他成亲，照料他。留他一个人在上界，我们都不放心！”

“我一心向道，暂时无尘心。”秦昊急忙摇头道。

“孩子脸皮薄。”秦怡宁笑了笑，而后狠狠地瞪了兄弟两人几眼，接着又将那少女拉到近前，热情得不得了。

而后，秦怡宁很霸气，也很坚决，对兄弟二人暗中传音，要求两人必须一人娶一个，不然的话她不答应。

“你想留在上界，就必须得满足父母的心愿！”石昊看向秦昊，传音道。他不好跟父母抗争，只好压制秦昊。

其实，石子陵与秦怡宁希望石昊先成婚，有自己的子嗣。但是，他们也知道，长子身上有很多故事，比如恩师孟天正才离世，火族的红颜知己火灵儿失陷异域，因此他们也不太好逼他。

不过，当另外一些人登门拜访时，秦怡宁改变了主意。

“天人族，他们竟然来了，还带来了一个姑娘?!”

“是，应该是那个名叫云曦的少女！”有人答道。

“天人族想同我们缓和关系吗？我明白他们的意思，让那个叫云曦的孩子留下，他们可以走了！”秦怡宁说道。她心中有一股怨气，因为，她知道当年长子就是为了护送那个叫云曦的女子去天之城，结果却被恩将仇报。

秦怡宁对天人族上下没有一点好感，今日打算替长子先收点债。

第1455章 各方示好

WANMEI SHIJIE

得知天人族来了的消息，许多人都露出异样的神色，关于该族与石昊的恩怨，不少人都听闻过。

石昊觉得很意外，他才去该族“带走”飞仙石，结果对方就找上门来了，这是为了缓和关系吗？他估计对方多半想讨要这块仙石。

石昊不可能将飞仙石退回去，这块石头于他来说很重要，它能够与虚空仙金碑共鸣，形成无上经文。若非最近他一直在寻找回到下界的路，早就开始研究飞仙石了。

“天人族的长老渴望一见。”有人再次禀告道。

早先，秦怡宁带着火气，想赶天人族的使者离开，只留下云曦，结果天人族的强者没有答应，还是要求见面。

“好吧，有请他们。”秦怡宁说道。她也知道，对方忌惮的是她的长子石昊，怕他将来一旦成长起来，跟天人族来个大清算。

秦怡宁之所以生气，有些失态，是因为心疼长子。当年长子一片善意，结果好心被人当成驴肝肺，险些被害死。

秦怡宁想借这个机会出口气，为长子讨债。

天人族的长老进来了，看到殿宇中有其他大教的重要人物，甚至还有教主，他大吃一惊。

早先天人族的长老还觉得他算是放低了姿态呢，被人拒绝相见他都没有离去，已经算是给不老山面子了，现在看来，他的行为只能算是“理智”。

能成为使者，自然能说会道，天人族的这位长老很客气，没有提过去的旧事，只是很委婉地表示他们愿意做出一些补偿。

“什么补偿？”石子陵冷冷地问道。他也憋了一口气，觉得该族当年实在过于刻薄。

这名长老暗中传音，称愿意将飞仙石借给石昊，让石昊日后再归还。

对此，石子陵漠然相对。石昊则笑了笑，什么都没有说，因为，飞仙石在他手中，如何取舍并不在天人族，而是看他的意愿。

天人族的长老一叹，他知道，这块飞仙石多半是要不回来了，只能寄希望于云曦了。

天人族的长老张了张嘴，最后硬着头皮，提及当年之事，表明天人族过于鲁莽，不该责难石昊。并且，他谨慎地表达，云曦当年跟石昊志趣相投，本是知己，现如今天人族愿意送云曦跟石昊一同到下界去。

大殿中，还有其他大教的使者，甚至有教主。这些话本应私下说的，但是秦怡宁不给天人族的使者机会，只在这种场合接见他，所以他只能在这里提及此事。

大殿中，许多人露出异样的神色，不少人直接低声议论起来，让天人族的强者脸皮发烫。

天人族是大族，哪怕现在没落了，毕竟威名也摆在那里，太古前他们可是在三千道州称皇啊！

天人族即便无法跟当年相比，可依旧有名望，有底蕴，今日居然低声下气，让人大为震惊。

这时，一个紫衣少女走进殿宇中，她一头紫色长发自然垂落，肌肤雪白，眼睛很大，亭亭玉立，有沉鱼落雁之姿、闭月羞花之貌。

这种美毋庸多言，令一些长老级的人物都露出异样的神色，心神一震。要知道，这些人可是活了无数年的“老妖怪”，早已尘心稳固。

云曦脸色绯红，很尴尬，同时带着恼色。这样来到秦族，在殿中这般见面，让她觉得很丢人。

对于族中的安排，云曦十分抗拒。在过去，她跟石昊交情莫逆，可是现在被族人这样推出来，根本不算平等的交往。想到他们过去的关系，再看到如今的处境，她有口难开。

“云曦，你坐。”石昊请云曦入座，不想看到她被人盯着，感到难堪。

石昊觉得天人族太势利了，居然做出这种事，他们根本就没有考虑过云曦的感受。换位思考，若是他，也会觉得难为情。

“长老，我不是货物，我是一个有血有肉有灵魂的天人！”云曦没有当众说出，而是在暗中传音。她虽然在抗争，但是也不想让别人听到，看天人族的笑话。

但是，在场的可都是高手，有些人可以截取传音，最起码那些教主，还有太上长老可以做到，因为云曦的修为还不够强大。

石昊自然也听到了。

天人族的长老看到一些人脸上露出异样的神色，顿时明白了怎么一回事，当下脸一沉。他也有些生气，因为今日天人族一再丢脸。

“我对这个孩子还算喜欢，让她留下吧。你可以离开了。”秦怡宁虽然修为无法跟天人族的长老相比，但是自己的长子足以威慑他们，故此说话相当有底气。这并不是仗势欺人，而是她觉得天人族都做了那种事，她也没有必要尊敬他们。

气氛顿时有些尴尬，毕竟天人族是曾经在三千道州称皇的大族，还是很有影响力的，故此，一些人出面打圆场。

不久后，又一些大族赶来相见。

因为，他们都知道，石昊说不定什么时候就走了，难得他在不老山露面，所以都纷纷赶来化解矛盾。

这其中有一些仇敌，还有一些素不相识的人，他们都只是为了和石昊搞好关系。

让人惊讶的是，魔葬园居然也有人来了。他们没有送礼物，态度一般，不像是要化解什么矛盾，来这里探听情况倒是不假。

接着，冥土有人到了，他们倒还算客气，还送上了一份礼物。

天国也有人赶到，送的礼物一般，态度略显漠然，显然也只是想了解情况。

这些人的到来，让很多人震惊不已。这最起码表明，几大族群短时间内不愿看到与荒的关系继续恶化。

在一些人看来，石昊的崛起不可阻挡！

他们觉得，这些人当年跟石昊的仇怨很大，一般来说难以化解，可看样子私下里多半会达成什么协议。

虽然那几族看起来不是多么热情，但还是惊动了更多的道统，结果又引得一批人到访。

“西方教多摩驾到。”有人禀告道。

人们得知此事之后，都是心中一震。那可是西方教的一位强者，地位尊贵，十分了得，存活的岁月久远。

多摩到了，他披着残破的绸缎，那绸缎是赤红色，上面镶嵌着金线，古老而珍贵。

这应该是上一纪元的古物，属于古僧一脉的专有防护宝具——袈裟。

多摩也送上了一份礼物——一颗没有光泽的珠子，珠子呈淡黄色，略带黑色的斑纹。

这是一颗古僧舍利子，价值连城。

上一纪元古僧的遗物任何一件都是珍宝，更何况是古僧寂灭后所留下的最后的道骨，这更为珍贵。

“无论有多么大的仇，有这颗舍利子都可化解了。”暗中，无畏狮子忍不住吞口水，死死地盯着这颗舍利子。

西方教深不可测，唯有他们才能送出这种东西。

石昊没客气，直接收下了这份礼物。

接着，令各方吃惊的是，再次登门的人来自边荒，不仅有拓古驭龙的家族，还有卫家四凰的家族，这些可都是长生世家。

当然，拓古驭龙等年轻一代都没有出现，他们还在九天上游历，短时间内不可能过来。

连长生世家都有人来这里送行，这让三千道州的一些道统深感震惊，越发谨慎与小心了。

至此，他们明白了，荒在帝关的战绩比传闻中的还要辉煌，不然怎会如此?

随后，补天教有人来了。补天教是三千道州的道统，隶属于九天的补天道。他们送来一封书信，告知月婵与清漪准备融合归一，石昊若是有时间，可以等上一等，因为到时候她会来三千道州。

补天教的人不仅带来书信，也在言语上委婉地表达了他们的意愿，同秦怡宁交谈时很客气。

众人不禁大吃一惊，补天教何其强大，有九天上的补天道为靠山，可谓树大根深，背靠长生不朽的道统，他们的圣女从来不可能嫁人。可是现在看来，他们很明显松了口风。

“呵呵，真是可笑，一个将死之人而已，你们还去努力地与他化解仇怨，有必要吗？”就在此时，一阵冷笑声传来，就在秦族外。笑声震动长空，如惊涛骇浪般扩散。

第1456章 残仙法旨

WANMEI SHIJIE

所有人都是心中一震，来的是高手，也是了不得的人物。

一直有人认为，并非所有人都对荒服气，肯定会有人在荒离去前与其针锋相对，没想到这一幕真的出现了。

“天国！”

那是天国杀手的气息，此教的重要人物出行时常常这般显化，预示着杀戮和征伐。

当然，这种情况很少见，因为他们喜欢行走于黑暗中，在背后袭击。

唯有他们认为可以无所顾忌地除掉对手，才可能有重要人物这般出现，以示强横，用于立威。

“天国的道友，你这是何意，故意来我不老山搅闹吗？”秦长生开口道，并站了起来，望向殿宇外。

在秦族山门外，强大的神力波动着，都快冲进山门来了。

“秦道友，你想多了。我来此地并不是针对秦族，而是针对那个小孽障——石昊，与其他人无关！”虚空中，有冷冷的声音传来。

“这是在我秦族地盘，那个孩子是我族后人！”秦长生走出殿外。

石昊也站了起来，来到了殿外。

所有人都露出惊讶之色，早先天国的人就出现了，他们在殿宇中略显冷漠，果然不是为了化解恩怨，而是为了了解情况，现在则是要动手了。

只是，人们很疑惑，天国真的可以拿下荒吗？

许多人觉得，如果只是天国，那真的就太冒险了。除非天国的源头大有来历的传说为真，不然的话，这一次天国可能要踢铁板了。

“天国的副教主！”有人低语道，感应到了那股气息，知道是谁来了。

并非天国之主，只是一个副教主？一些人露出讶异之色，越发觉得有些古怪。

“不老山有气魄，我等不想与之为敌。只是，秦道友，你多半保不住他，这一次谁来了都没用。”那个声音继续说道。

秦长生沉下了脸，一个副教主而已，也敢对他这么说话。他大袖一展，“轰隆”一声，一道狂风吹向前去，并带着大片的闪电。

然而，那里无声无息，所有的风电都被吸收了。

“秦族的道友，何必动怒呢？”苍老的声音响起，那是另外一个人。

“何人？！”秦族的一些强者喝道。他们生出了一种压抑感，心中浮现出阴影。那种气息与波动太过惊人，让每一个人都很难受，心口如同压着一块巨石。

哪怕是石昊，也心头悸动，感觉不妙。

“呵呵——”那笑声很随意，十分苍老。

此时，一道身影浮现，被白色雾霭包裹着，神秘而强大。当他稍微释放威压时，整片秦族古地都在震动，山川都要崩开了。还好这里有守护大阵和惊世符文，不然的话，一切都将毁灭。

这是一位至尊，一个强大的生灵，他居然亲自现身，来到了秦族这里。

众人震惊不已，一阵头大，感觉大事不妙。

在那道身影的背后，出现了一座古殿，它长满了铜锈，恢宏而巍峨，很真实，也很恐怖。

许多人认出了那是何物，居然是仙殿！

不用多说，所有人都知道是谁来了，他就是仙殿之主，那位年岁最古老的存在，这一脉的至强者。

据说他实力强大，自古长存。可是近古以来他少有露面，一直躲在青铜仙殿中，因为寿元无几了。

没想到今日他居然出现了，走出了古殿。

而且，人们看出，那青铜仙殿是投影，不是实体，可是却散发着丝丝缕缕的仙道威压。

所有人都意识到，今日麻烦大了。

“道友驾临，真是看得起一个小辈啊！”秦长生叹道。

仙殿的这位存在不可揣度，若论独斗的话，目前在三千道州的人道领域中，可能无人可以压制他。

“你应该知道，我既现身，就不会空手而归。”仙殿的至尊说道。

秦长生抬头，仔细看着那团白雾，道：“可我不老山也不是任人践踏的地方。”

在场的人都安静了，关于这个层次的争斗，谁都不敢轻易涉足，一不小心就会被灭教。

人们知道，秦长生虽然不是至尊，但是有底气，因为这里有一宗至宝——五行山。

五行山的来历太不一般了，它不仅是仙道法器，还有难以想象的秘密。

传闻，五行山是在某一残破的古界中被发现的，在它上面，曾有无数的神魔遗骸。

相传，五行山为开天辟地之器。

当然，这些消息仅有个别人听闻过。

这种法器的数量不多，跟通常意义上的仙器不同，它是混沌中自然孕育而出的。它虽然不见得一定能压制仙器，但涉及一界的起源，甚至可以追溯到仙古之前。

五行山在那残破的宇宙中飘浮了无穷的岁月，后来被秦长生带了回来。此山若非疑似有封印，肯定比现在要强大。

“我知道你想借仙山之威解开五行山的封印，可是，这一次情况不同，荒他得罪了真仙！”仙殿的至尊冷冷地说道。

众人闻言，顿时感觉到了刺骨的寒意。

不少人都知道是怎么回事，仙殿有一位残仙，那是这一道统的真正源头，近来都在传残仙出了意外。

“荒，还不出来，速速接法旨！”就在此时，仙殿的至尊喝道。

“轰隆”一声，虚空炸开，秦族之外，天地崩裂，一张金色法旨带着仙气和无上的威压浮现出来。

哪怕有法阵守护，秦族内的人也承受不住，一个个都在瑟瑟发抖。

那法旨没有真正的法力，只有一股莫名的气势，结果就让无数人双腿发软，“扑通”跪倒在地上。

“轰隆！”

石昊的身体发光，他抽出大罗剑胎，护住自己的父母等人。

同一时间，秦族大殿深处发出了五道神光。神光洒落在秦族各处，抵挡住了那股威势，人们的战栗感消失了。

所有人都骇然不已，那是残仙的法旨，不用多想，绝对无疑。

残仙的法旨竟然这么强大，谁与争锋？现在看来，唯有五行山可与之抗衡，一般的人不是其对手。

“残仙在灵界时被我斩了一道烙印，现在也好意思让我接法旨？”石昊说道。

人们听到这番话，皆大为震惊。虽然他们对此事早有耳闻，也有猜测，但是得到证实之后，还是傻眼了。

荒真的这么逆天，在灵界斩过残仙的烙印吗？

在一些人看来，一定是灵界压制了残仙的等级，使得双方在同等级对战，结果残仙吃了大亏。

光雨点点，虚空中的那张法旨如同一轮金色的太阳般普照四方，神圣无比，上面还有古字。古字烙印在虚空中，发出轰鸣之音，其大意是让石昊去仙殿领罪。

石昊去了的话，还有命吗？结果无须多想。

“大胆小辈，你要抗旨不遵吗？！”仙殿的至尊喝道。

“我连残仙都敢斩，还怕他一张废纸吗？！”石昊彻底豁出去了，反正低头也没有好下场。

这样的话，震惊了每一个人。这真的是在跟残仙叫板啊！

第1457章 击至尊

WANMEI SHIJIE

“自寻死路！”仙殿的至尊只回了这么四个字。他缓缓探出一只手掌，向前抓去。

“轰！”

秦族内的大阵有感应，发出刺目的光芒，阻挡住了那只大手。

“那苟延残喘的仙道生灵，他自己怎么没来？是不是走不动路，真的要殒命了？”石昊冷笑道。他知道，仙殿那里有一口仙泉可以温养元神与肉身，不然的话，那个残仙早就殒命了。而这一次，残仙因意外而受创，更是无法离开那里。

“一再蔑视真仙，罪不可赦！”仙殿的至尊冷冷地说道。他的大手震动，突破了秦族的法阵的防御光幕。

“道友，你过界了！”秦长生开口道。

这一刻，秦族人殿深处的五色神光向外迸发而出，带着磅礴之气。

“不解封印，难挡我仙殿步伐！”仙殿的至尊喝道。他虽然这样说，但还是退后了一些，怕五行山突然解开封印，对他发起攻击。

“不管怎样说，今日无人能救你！”仙殿的至尊盯着石昊，又看向那五色神光。

“装什么大尾巴狼！”石昊呵斥道。

“今日哪怕是五行山解开封印，也改变不了现实！”仙殿的至尊口诵真经，想要召唤什么。

“刺啦！”

虚空裂开，一面大旗猎猎作响，从九天上坠落下来，出现在石昊的手中。他一下子愣住了，心中波澜起伏。

这是铁血战旗，曾在边荒大战时立功。

这是九天上的至宝，属于长生世家，而今突然出现，显然是有人送过来，借给他用的。

石昊仔细思索，觉得这多半是仙院和圣院的两位老者出的手。

石昊已经听闻，风族老祖要下界除掉他，正是那两位老人堵住了风族老者，现在，他们又来相助。

孟天正同他们交情莫逆，现在他们之所以帮石昊，一切都是看在孟天正的面子上。

石昊一叹，想到大长老，他就会不由得心痛，天妒英才啊！

“谁？”仙殿的至尊停了下来，冷冷地看向高空。

“哗啦！”

这个时候，石昊一展大旗，直接就冲了出去。这面大旗可匹敌完整的仙道法器，威力强绝无比。当初，在边荒时，这东西能挡不朽者。

大旗现在有旗杆了，是被至尊接上的，但杆子肯定不是仙道之兵。不过，有旗子就足够了！

“轰隆”一声，石昊摇动大旗，直接撕裂长空，向着仙殿的至尊扫去，威势刚猛，震慑四方。

所有人都愣住了，荒果然了不得，居然有九天上的家族相助！

那大旗的威力太强大了，粉碎苍穹，将仙殿的至尊抽得翻了一个跟头。

没错，那个大人物大意了，自以为大袖一展，便可以将石昊拿下。结果，那大旗拂动间，释放出无上仙威，虽然没有击中他，但依旧让他翻腾了出去。

地上，人们震惊不已，所幸五行山发光，守护秦族，不然的话，那种波动可能会毁掉这里，攻伐之气太可怕了。

“小辈，你敢辱我！”仙殿的至尊厉声道，再次出手。

人道巅峰级的存在抬手可抓下日月来，但是，面对这面大旗，他居然束手束脚，不敢真的与之碰撞。

“轰隆！”

石昊又发出一击，大旗横斩，如同天刀般截断了天空，令仙殿的至尊再次横移，一下子就到了域外。

仙殿的至尊的脸色很难看，仙道法器令他恼怒，不敢真的与之争锋。

“老东西，哪里走！”石昊大喝道，追了上去。

所有人都愣住了，荒敢追击仙殿的至尊？这简直就跟天方夜谭似的。

人们知道荒很厉害，但是，他毕竟还没有踏足那个领域，怎么能追击人道巅峰级的存在呢？

“你让我动了怒！”仙殿的至尊冷冷地说道。下一刻，他从原地消失了。

石昊心中一凛，“呼啦”一声，用大旗裹住了自己，防御全身上下。

果然，一只黑色拳头砸来，想要袭击石昊的后脑勺。

“轰隆隆！”

石昊快速旋转，旗面再次展开，粉碎天地。仙殿的至尊有所忌惮，再次退了出去，迅速消失了。

这面大旗浸染过仙王之血，与众不同，就是仙殿的至尊也对它有所忌惮，连跟它碰撞一下的勇气都没有。

“小辈，你以为你掌握仙器，我便奈何不了你吗？只有自身强大才有作用，外物都是虚的！”仙殿的至尊冷冷地道。他不见了，跟大天地融合在一起，仿佛化成了大宇宙。

“轰！”

石昊猛力一击，震碎了域外的长空。

“砰！”

突然，仙殿的至尊浮现出来，身子坠落，像是遭到了突然的攻击。

“谁?!”

仙殿的至尊惊怒不已，有人暗中对他动手。

石昊明白了，是送给他大旗的人，是至尊在暗中出手。

石昊手持大旗，向前扫去，全力以赴地攻击仙殿的至尊。

“砰！”

这一次，仙殿的至尊的身体又僵住了，因为，暗中有两股场域疾速而来，险些将他禁锢，定在长空中。

结果，大旗扫来时，仙殿的至尊退得慢了一些，再次直接被仙道罡风抽得翻了一个大跟头。

暗中有人出手，在针对他，是至尊在搅局！

可是，外人看不出，都以为是石昊所为，一个个都惊呆了。

在人们看来，哪怕石昊手持仙器，跟至尊决战，也是有败无胜，就像是孩童手持利器，多半伤不到大人。

可现在完全不是那么一回事，仙殿的至尊明显吃亏了。

“砰！”

当虚空涟漪剧烈地荡漾，仙殿的至尊再次被束缚，大旗扫来之际，他险些被击中。这一次，他狼狈地退出去了。

关键时刻，仙殿的至尊将那法旨召唤过来，挡住了大旗的一击。

“咔嚓！”

金色法旨碎裂，化成点点神光，非常刺目。

“你敢毁真仙法旨！”

“一张废纸，也就你将它当个宝，算得了什么！”

此时，仙殿的至尊感觉一阵恼火，有些憋屈，居然有至尊暗中针对他，令他十分被动。而且，他感觉到了，那两人若非忌惮残仙，可能就下死手了。

最后，仙殿的至尊怒了。他真的太狼狈了，在这里数次被大旗带动的罡风扫中，失去了作为至尊的威严。

古老的咒语声响起，跟天地尽头的一物呼应，共鸣了起来。

“轰！”

遥远之地，仙殿的根基所在——青铜仙殿离地飞起，击碎虚空，疾速而来，赶到了这里。

“不好，真正的青铜仙殿到了，这是仙器！”有人大声道。

所有人都一阵头大，这是要进行仙道大对抗吗？

此时，仙殿的至尊披头散发，衣衫破裂，面色铁青。若非伤了尊严，他不会这么快就召唤青铜仙殿。

凭仙殿至尊的身份，今日来擒荒，居然要动用这等神圣之物，并不是很光彩。

“是否欺人太甚了？”此时，秦长生开口道。他脸色难看，有些发怒了。

秦长生曾说过，秦族不怕事，哪怕面对残仙亦是如此，因为他知道残仙一般走不出栖居地。

“开！”

秦长生大吼一声，施展秘法，像是解开了某种封印。秦族大殿深处顿时光芒大盛，神圣的气息铺天盖地地释放而出。

石昊大吃一惊，秦长生真的能解开五行山的封印吗？

“轰！”

地面上，五色仙光冲霄，仙气弥漫，十分慑人，日月星辰仿佛都在战栗，太阳似乎都要坠落下来了，大宇宙不稳。

接着，五色仙光一闪，直接向着青铜仙殿扫去。

看到这一幕，石昊疯狂地挥动铁血战旗，针对仙殿的至尊。

这一刻，域外震动，星斗暗淡，一些大星当即炸开了。

“轰隆！”

这一次，又有两股力量冲着仙殿的至尊而去，又一次禁锢了他。

“砰”的一声，石昊扫中了仙殿的至尊。哪怕有铜殿阻挡，对方也吐出一口血，身子横飞了出去。

这一切发生得太快了，谁都没有想到，仙殿的至尊披头散发，居然被击飞了！

第1458章 压制仙殿

WANMEI SHIJIE

至尊来袭，可是荒却挡住了，并且导致仙殿的老者身子横飞。

自太古岁月至今，仙殿都是一个庞然大物，从未衰落过，一直鼎盛，俯视三千道州。

尤其是，当传出那里有残仙之后，谁人不怕？哪个敢不敬？便是九天上的长生皇朝都忌惮仙殿，不敢招惹仙殿。

可是就在今天，一个年轻人毫无顾忌地跟仙殿的至尊激战，舍生忘死，竟没有吃亏。

仙殿的老者露出真容，雾霭散开时，他白发如雪，脸上泛出不正常的红色，眼神冷厉。

刚才的对击让他气血翻腾。

“是哪位道友？既然来了，就放手一搏，过来一战！”仙殿的老者冷冷地说道，扫视四方。

暗中有两位至尊针对他，这令他的眼底深处阴冷无比。当世残仙为尊，谁与争锋？到现在还有人敢挑衅仙殿的威严吗？

不过，暗中并无人回应，两大至尊都没有跳出来。

“老匹夫，你不行了吧？”石昊说道。

“哈哈，老夫称雄的年代，你的祖上还不知道在哪里呢！”仙殿的至尊冷笑着回应道。

“不怕风大闪了舌头吗？便是残仙出世，他也不见得敢说比石族古老与久远！”石昊说道。

仙殿的至尊脸色一僵，的确如此，石族与众不同，是从上一纪元就延续下来的族群，有极大的来头。

可惜，这一族很多族人都折损在边荒了，不然的话，长生世家怎会少得了他们？当年他们可是封王的族群！

“怪只能怪你的祖上不明智，自取灭亡！”仙殿的至尊哈哈大笑道，带着嘲讽之意。

“轰！”域外，石昊挥动大旗，向前冲了过去，头发飞舞，眼神冷厉，真的动怒了。

边荒一战，封王之族立下赫赫战功，结果却受到不公平对待，石族反倒成了罪血后裔！

这幕后的判罚者就有仙殿，与残仙有莫大的关系。

石族背负着屈辱与悲愤度过了漫长的岁月，这对石族实在不公。尤其是，现在仙殿的至尊还这么说，石昊听了越发愤怒。

“老混账，不久前边荒大战，异域入侵，你在哪里？你不敢迎战，躲在后方，现在也有脸提及旧事？你算什么东西，敢辱我的祖上？相比起来，你们仙殿都是一些贪生怕死的小人，只会窝里横，在边荒大战落幕之后跳出来逞凶，有你们这样的道统，实在是三千道州的耻辱！”

石昊呵斥道，手中的大旗猎猎作响。狂风大作，将域外的一颗又一颗大星吹了起来，漫天的星斗摇颤。

在“噗噗”声中，一些大星龟裂、爆碎，威能恐怖至极。

“当！”

青铜仙殿发光，迎了上来，挡住了铁血战旗。两者间仙雾弥漫，神光迸发，像是有一片不朽之海在沸腾。

仙器碰撞，至尊参战，这样的战斗自然危险至极。

石昊陷入了危机之中，毕竟对方是一名至尊，而他才是遁一境的修士。

至尊是一群极其神秘的存在，他们的强大是毋庸置疑的，在人道领域中不可超越，因为只有到了这个境界的生灵，才有触摸仙道的可能。

望遍九天十地，古往今来有亿万修士，而今又有几名至尊？

至尊，都是在不同时期诞生的一代天骄！他们都是各自所处时代的天地主角！

这样的人物若是被人制住，那还怎么能称为至尊？

故此，当仙殿的至尊召唤来青铜殿宇后，石昊的处境一下子变得极其危险了。

“小辈，纳命来吧！”仙殿的至尊大喝道，以铜殿挡住大旗。紧接着，他探出一只大手向着石昊抓去，脸上露出狰狞的笑。

因为，仙殿的至尊发现暗处的两大至尊顾忌残仙出世，没有再出手，而且秦族的五行山剧烈地震动之后，此时居然安静了。

他知道，多半是仙殿根基的残仙发出意识，震慑了对方。

就在刚才，天地间产生了一股莫名的涟漪，吓住了不少大人物，那是残仙的意志在复苏！

或许，那位蛰伏的存在真的会出世！

当石昊处境堪忧时，天地一阵动荡，仙殿的至尊口中咯血。

仙殿的至尊寒毛竖立，十分惊悚，因为暗处的两大至尊再次出手，而且这次的出手跟以往不同，这是要不死不休，取他性命吗？

那两人要跟他决战！

“轰隆！”

两道光浮现，带着仙气和蒙蒙瑞彩斩了过来，让人避无可避，情况极其危险。

同一时间，天地震动，秦族领地深处的五行山居然飘浮而起，带着磅礴的威压到了域外，要镇压而下。

这可不是一般的仙器，它上面竟然浮现出一道身影，有一个生灵要出世！

同时，石昊一只手中的大旗缠绕上了青铜仙殿，另一只手中的大罗剑胎极其耀眼，向前劈去。

“你们敢！”

仙殿的至尊大叫道，变了脸色。他以为两位至尊和秦族的人怕了，忌惮残仙，谁能想到那不过是暴风雨前的宁静，他们真敢除掉他！

“砰！”

对方攻击得太快，哪怕仙殿的至尊躲避得及时，也还是中招了，那两大至尊的妙术让他避无可避。

在“轰隆”声中，仙殿的至尊身体在战栗。

当然，最大的威胁是那奇异的五行山，仿佛被解开了封印的真仙，十分恐怖。

“轰隆！”

关键时刻，仙殿的至尊为了躲避五行山，宁愿被两大至尊的秘术笼罩，身体剧震不止。

“哧！”

仙殿的至尊冲向青铜仙殿，要进入其中，躲避外界的轰击。

“老家伙，你还想躲进王八壳子？”石昊抖动铁血战旗，阻挡仙殿的至尊。

“轰！”

青铜仙殿荡开旗面，露出入口，仙殿的老者一语不发，就向里面遁去。

“当！”

这个时候，五行山一下子射出五道仙光，震得铜殿剧烈地颤抖，导致站在仙殿中的至尊身体跟着发抖。

“哧！”

同一时间，石昊手中的大罗剑胎射出一道剑光，那剑光竟斩开了仙殿的至尊的护体罡气。

“你……你们！”

仙殿的至尊霍地回头，怒视石昊，因为他知道，两位至尊在暗中加持神剑，重创了他。这伤太严重了，伤到了他的本源。

但是，事情并未结束，就在这一刻，仙殿的至尊感觉到了危机。他怒吼一声，体外符文闪烁，熊熊燃烧，躲避了大劫。

早先两位至尊发出的秘术缠住了他，一部分的真力没有消散，如附骨之疽，现在竟然爆发，化成神剑，斩向他的身躯。

“噗！”

仙殿的至尊护住了要害，可两条手臂还是被斩中了。

这太狼狈了，也太憋屈了，对一个至尊来说，这是不可忍受的耻辱！

“当！”

青铜仙殿之门闭合，将外人的视线隔绝了。

仙殿的至尊怒火冲天，他可是至尊，居然受此奇耻大辱，怎能忍受？

“古祖，你若可行，还请出世！”仙殿的至尊低语道。而后，他吟诵起一种古经来，召唤仙殿的根基之地。

那里有残仙，其真身在沉眠，但他有一道意志烙印是清醒的，能感受外界一切，不久前的法旨就是意志烙印传下的。

“咚！”

天地间像是有仙鼓声在回响，震动了三千道州，仿佛有成千上万的天兵在呼啸。

刹那间，三千道州的某一地仙光迸发，一股仙道气息铺天盖地，冲上了苍宇。

“残仙……出世了！”

这一刻，便是教主都在战栗，有人颤声说道。

第1459章 残仙出世

WANMEI SHIJIE

残仙出世，这太出人意料了，一道意志烙印冲霄，仙道光辉普照世间。

一般的生灵怎能料到这一纪元会有真仙?

就是一些巨头也是最近才听闻仙殿有残仙蛰伏，而且残仙一直在沉眠，直到今天，此事才被证实。

先是法旨出世，而后仙辉耀眼，铮铮之音如同天庭之鼓声响起。那是残仙在翻身，在复苏，震动了日月星斗。

此时，万灵战栗，众生悸动，仿佛天地的末日来了，整个纪元都将走向终点。

这就是仙道之威，对三千道州的很多生灵来说，他们根本没有料到此生可以见到仙人。

“轰隆！”

最后一震之后，那种压力消散了。

对于一般人来说，只有那么一刹那的恍惚，而后就恢复了正常，感觉像是有一座火山突兀地浮现在额头前，而后又消失了。

而对于最强大的修士来说，那种压迫感却激增了。他们知道，真的出大事了，残仙在行动，他要来秦族的领地。

“这不是威胁，也不是说说而已，残仙真的来了啊！”一位老教主大叫道。

没有比这更恐怖的事情了，真仙来袭，谁能抵抗?

当然，也有一部分人很高兴，那是敌视石昊的人。他们现在一下子兴奋了，内心波澜起伏，不少人握紧了拳头。

现在，一般的生灵都感应不到那股气息了，只有修为强大的人可以察觉到，有一个庞然大物在接近这里。

残仙出世，惊天动地!

但是，残仙隐藏了仙道气息，没有放任其溢出，因为他身体有恙，当年被打残了，任何仙道力量都不能随意浪费。同时，他也不想太招摇，惊扰三千道州的所有生灵。

到了残仙这个层次，感悟的是大道，结下的是因果，如果令三千道州的众生心中惶惧，多半会产生一些干扰天地秩序的变故。

而残仙的这种收敛，并不会避开秦长生、石昊等人，因为残仙对他们毫不避讳，就是冲着他们来的。

残仙一动，就会跨越数州之地，速度太快了，超出了人们的想象。

对此，至尊有感，巨头有感，石昊亦有感。那种气场很强，如同大宇宙出现的意志，从域外降临，横扫六合八荒，举世无敌！

“哈哈——”青铜殿宇中传来一阵笑声。这笑声有些冷，还有些刺耳，同时还有些癫狂。

那是仙殿的至尊，他虽然在铜殿内，但是能感应到残仙在靠近，就要到达此地了。

“怎么会如此？不是说残仙将死，根本无法从那沉眠地离开吗？他怎么出世了？”有人低语道。这是一位了解一些隐情的大人物。

不光是他，还有其他人，包括来自九天的两位至尊也都愕然，这太反常了，残仙怎能走出那片古地？

秦长生神情凝重，这的确超出了他的预料，万万没有想到会有这么可怕的后果。

得罪仙殿，就能惹出一位残仙，这是何其恐怖的事！日后谁敢招惹仙殿？谁敢与之相抗？

“你们都要死，一个都逃不了！”满是锈迹的铜殿中传来那名至尊冷冷的声音，他现在镇定了。因为，他知道，哪怕这个地方有不止一位至尊，也对付不了真仙。

今日，注定是他们仙殿的立威之日。

近了，一辆战车驶来，风驰电掣，撕开天宇，碾压时间，击穿空间，镇压世间万物，带着混沌之气，来到了这一州。

“轰隆！”

八匹天马踏天而行，全身生长着龙鳞，头上长着独角，背上则有一对翅膀，如同凤凰的羽翼般绚烂。

这是一群超凡的神兽，它们拉着一辆银色战车，到了近前。

天马的形态不一，有的似龙，有的若狮，有的就是马的模样，谁都知道这种生物的稀珍。

哪怕在古代，这种生灵都极少。据闻，真正的纯血天马，本就是至强者的专属坐骑，它们可以踏着星辰而行，速度极快。

甚至，有传闻称，在仙人生活的古界中，天马是必不可少的凶兽，是重要的代步生灵。

“了不得啊！仙殿的底蕴太深厚了，居然有八匹天马，从来没见他们显露过！”人们惊叹道，内心震撼。

“轰隆！”

随着八匹天马奔腾而来，天穹龟裂，磅礴的气息压向世间。秦族的山门外，来自各教的许多修士开始战栗起来。

这一刻，“扑通”声不绝于耳，不少人都瘫倒在了地上，承受不住这种威压。

而且，这还是在残仙收敛了气息的情况下。他盘坐在银色战车中，没有迸发仙光，不然的话，估计所有人都要瑟瑟发抖。

当八匹天马止步，蹄子定在虚空中时，这里崩塌了。

那种景象不可想象，八匹天马，有的青色鳞片密布，有的呈赤红色，如同翻腾的蛟龙，犹若展翅的真凰，威猛至极。

每一匹天马都昂然而立，如同大山一般，让人震撼，只能仰望。

“真仙的坐骑太恐怖了！”人们惊讶地道。因为，到现在为止，他们居然都没能看出那八匹天马的修为的深浅。

天马横空，俯视着万物生灵，一只蹄子就足以踏平山峰。它们眼神冷酷，如同绝代高手般傲世而立。

在天马的后面，银色的战车很大，也很古老，展示着昔日的辉煌战绩。这是经历过仙古大对决的战车，各种斑驳的痕迹，记录着它昔日被战火洗礼的经历。

石昊、秦长生等人都是心中一震，真仙能出世或许跟此车有关，它可以温养与守护真仙的残体和元神。

“当！”

青铜殿的门开了，仙殿的至尊走了出来，在虚空中对着战车叩拜，虔诚地行大礼。

“拜见老祖！”他颤声道。

“荒，还不过来。”银色战车中传来冷冷的声音，虽有些苍老，但十分慑人，让所有生灵都胆寒不已。这是残仙在开口，他在命令一个后世年轻人。

石昊一叹，没有料到竟有这种生灵出世，专门为他而来，这次他多半凶多吉少了。

“真仙降临，万灵叩拜，尔等胆大包天，敢不礼敬?!”仙殿的至尊喝道。

而后他盯住石昊，呵斥道：“过来跪拜！”

所有人都打了个冷战，有不少强者快速跪了下去，认真地行大礼，就是一些教主都低下头来，跟着跪拜。

这就是残仙的威势，哪怕不出手，也可以睥睨天下，威慑三千道州。

残仙没有说话，那辆银色的战车带着亘古不灭的气息，雾霭弥漫，笼罩了那片区域，让整片大乾坤都在轻微地战栗。

残仙的气场太强大了，哪怕收敛了仙气，还是让大道都抖动了起来，号令乾坤，震慑天地。

在此过程中，残仙没有说话，他盘坐在战车中，静静地等石昊过去跪拜。

第1460章 直面真仙

WANMEI SHIJIE

这一刻，天地间都寂静了，所有人大气都不敢出。地上密密麻麻的，也不知道跪下了多少生灵。

那些修士中没有一个是弱者，他们来自各教，属于不同的族群。可是，眼下他们都低着头，不敢望天，连看一眼天马的念头都不敢有。

八匹天马形体强健，如钢铁一般，定在半空中一动不动，也跟着残仙接受众人的朝拜。

石昊没有动，静静地站在那里，他遇到了莫大的危机，如何去抗争？

“不知死活，见真仙而不拜，这是灭族大罪！”仙殿的至尊喝道。

此时，谁敢多说什么，有几人敢出头？面对强大的残仙，很多人都是战战兢兢的，跪在地面上，不敢开口。

就是来自九天的两位至尊，都消失不见了。

那两人并不傻，他们知道，现在现身救石昊没有意义，只会将他们自己的性命都搭进去。唯有退回九天，他们才能避过这一劫。

他们曾听闻，三千道州的残仙在一般情况下不会离开此地，始终保持沉眠。一是因为他身体残缺，不便远行，二是因为九天上有生命禁区震慑着他。

对于残仙来说，若无意外的话，在身体养好之前，他一辈子都不会去九天。

“灭族之罪，凭什么？我为何要拜？”石昊开口道。他的态度很冷淡，也很镇定。

所有人闻言，都心中一震，荒还真是胆大包天，那可是残仙啊，他居然以这种口气顶撞对方。

“你真是吃了仙人胆，面对一位盖世高手也敢这么说话。”仙殿的至尊的声音很冷，“举世皆知，见真仙要拜，那是先辈，是无上高手，也是曾守土卫国的前贤，有盖世大功绩。你狂妄无知，大胆无礼，是想逆天而行吗？!”

仙殿的至尊的一番话如同雷音一般，在天地间回响，他在威逼石昊。

“前贤，有大功绩？”石昊大笑起来，只是这笑声有些冷，也有些怅然，“有大功绩的前贤都死了，有的殒命在仙古前，有的战死在当世，埋骨于边荒！一个不敢出战的强者，我有什么理由敬他？”

“你知道自己在说什么吗?!”仙殿的至尊呵斥道，眼神如电光一般冰冷，他想压制石昊。

“我当然知道，难道我说的不是事实吗？”石昊昂着头，“真要是舍生忘死，去跟敌人大决战，现在就没有什么残仙了！”

“我曾听闻，仙古一战，鲲鹏受了重伤，并在这一纪元初遭人伏击，想必有残仙之功吧，或许残仙就是被鲲鹏所伤！”石昊真的豁出去了，什么都敢说，哪怕是当着残仙的面。

下方，许多人的脸色都白了。他们跪在地上，一动不敢动，心想，一个少年而已，竟敢这么揭残仙的短。

“守土卫国？我倒是听闻，残仙曾给有功强者的后裔定罪，当封王者逝去时，他便觉得自己可称霸世间了吗？

“这样的人，我敬他？当世边荒大战时，他在哪里？如今天下平定，便出来作威作福了，好一个真仙！这样的盖世强者，不提也罢，我宁愿去敬边荒那些默默无闻的老兵！”

石昊毫不留情，出言讽刺，让所有人都心惊肉跳。

众人不是不知道石昊胆大，可是，他当着真仙的面就这么奚落对方，还是让所有人都惊呆了，觉得他根本就是不要命了。

“住嘴！”仙殿的至尊向石昊喝道，怕他说得更多。

这种不计后果的话语，让仙殿的至尊都面色一阵发白。

不过，银色战车中的残仙并没有发怒，如同化石一般，仿佛一切都难以动摇他的本心。

“小辈，你懂什么！真仙俯瞰万古，谋划的是大局，所思所想岂是你一个小修士所能揣度的？莫要以你之心度仙之心！”仙殿的至尊喝道，想要化解这种局面，怕残仙发怒而牵连他。

“不必多说。”银色战车中，那个生灵阻止了仙殿的至尊，而后他对石昊传音道，“过来一见。”

残仙的声音依旧很平淡，但是带着不容置疑的强势，那是心灵上的震慑，让众生都要低头，神佛都要匍匐，不敢违抗。

石昊如遭雷击，虽然没有受到攻击，但是感觉自身的灵魂要炸开了。

“真要逼我吗？”石昊自语道。他不会退缩，豁出去了，准备动用一切手段，在这里拼命。

因为，眼下根本没有妥协的余地，石昊哪怕低头，也没有什么用，在真仙眼中，他如同婴儿般脆弱。

未达到仙境，在那等生灵看来，便如同蚁虫一般。

“孩子！”远处，秦怡宁带着哭腔，大声喊道。她内心惊惧，唯恐石昊被击灭，死在她的眼前。

“孩子，回来！”石子陵也喊道。他知道，面对真仙，哪怕自己的长子再厉害，也远不是其对手。

现在，他们所能期盼的便是石昊回来，哪怕是死，也要一家人死在一起。此时，他们身在秦族内，并未跪伏下去，因为有五行山守护着。

“还不过来跪下！”仙殿的至尊喝道。

“欺人太甚！”秦长生开口道。同一时间，他一拍胸口，一片赤霞腾起，刺目无比。

“嗯？”

不要说其他人，就是银色战车中的残仙都露出异样的神色，发出惊讶之音。

其他人则更为震惊。

那血璀璨无比，虽不多，却染红了苍宇，如同赤霞灼天。

仙之血！

许多人都意识到这不是凡血，而是仙道之血。它带着浓郁的仙气，还有强大的力量，在那里激荡。

许多人震撼不已，秦长生怎么能做到这一步？他有什么来历？

石昊瞳孔收缩，他明白了，那真的是仙血。仙血一直封印在秦长生的体内，现在被他释放了出来。

当年，秦长生得到仙骨，将之温养在体内，跟他融合为一体，造出了仙道真血，但是他无法驾驭此血，所以他有意封印此血，将其一直藏于体内。

现在，秦长生将仙之血洒落在五行山上，帮它解开了封印。

“轰！”

当仙血落在五行山上时，这个地方混沌之气弥漫，神魔哭嚎，影影绰绰，场面惊人至极。

在五行山上，出现了无数先天神魔。他们在恸哭，在哀号，像是在祭奠一个大世的离去，又像是在感恩可以复生。

一时间，天宇龟裂，乾坤动荡。

附近，所有的生灵都震惊不已，一个个的神魂都在瑟瑟发抖。

秦长生做了什么？那五行山为何变得如此恐怖？

第1461章 五行山灵

WANMEI SHIJIE

八匹天马都十分强健与高大，早先坚定如松，俯视着下方，可现在全都被惊得倒退了。

天马嘶吼，神魔哭嚎，威慑天地。

这个地方一片大乱，五行山造成的异象令每一位强者都战栗不止。

“咚！”

突然，那闪烁着五色光芒的仙山猛力一震，所有的先天神魔都消失了。那里雾霭散尽，只剩下了枯骨。

先天神祇之骨！

枯骨堆积成山，居然再次显露了出来，被巨大的五行山承载着。

仙之血被五行山吸收干净了，在那山体上，回响着一声叹息，而后出现了一个生灵。

那个生灵看着很模糊，但绝对是真实的，就盘坐在五行山上。

什么情况？人们顿时愣住了。

“道兄，何必咄咄逼人！”五行山上，那个生灵望向银色战车，竟说出这样一句话来。

所有修士都瞠目结舌，一个无法想象的强者出现了？

五行山上，仙雾缭绕，不朽之气弥漫，无须多想，这是一个盖世高手。

石昊也是一惊，这是五行山孕育的真灵吗？无论怎么看，这个真灵都比以前的器灵要强大很多。

秦长生真的可以解开其封印？

“你我之身，皆不在凡尘中，道友何需蹚浑水。”短暂的沉默过后，银色战车内传出了这样的话语。

这一次，人们都知道了，五行山上的生灵很不简单，让残仙都忌惮。不然的话，残仙根本无须多说，直接压制就是了。

秦长生的面色略微发白，倒也没有不好的事情在他身上发生，他向后退去，离开了中心战场。并且，他呼唤石昊，让石昊跟着一起离开。

“他走不了。”银色战车中，那个生灵开口道。他的声音依旧很平淡，但是表明了他不可违抗的意志——他就是要留下石昊！

“道友，这个人我要保！”五行山上，那个生灵开口道。

“我知道你在此，所以没有立刻诛他，但是，你这般阻我，是否要有个理由？”残仙竟说出这样一番话来。

“自有一番因果，但无法细说。”五行山上，那个生灵说道。

“想必你是无穷岁月以来第一次出世，跟他能有什么因果？”残仙的声音有些冷。

稍微一顿，残仙接着道：“或许，将来他跟我有一番大因果，需要早些做了断。”

“你这样做，是在断我的因果！”五行山上的生灵毫不退缩。

“道友执意如此，那真的很遗憾。不过我要提醒你，这不是我自身的事，还有其他道友涉及其中，你真要相阻吗？”银色战车中的声音越发冷了。

对石昊或者其他人，他可以是一副平淡的态度，但是对一个深不可测的恐怖生灵，他不能平静了。

还有其他生灵？依照常理判断，那肯定也是一位残仙，最起码也不会弱于他。

石昊心中一沉，最麻烦的事情发生了。他摩挲着一物，那是大长老送给他的，真的要将其浪费在这里吗？当年他在边荒都不曾动用，如今却要在三千道州动用吗？

“还有别人的意志？可我还是想阻！”五行山上，那个生灵并不退缩。

“道友，请三思！”就在此时，银色战车动了，缓缓向前。

八匹天马的蹄子很大，踩碎天穹，响声震耳欲聋。

此时，银色战车周围的混沌雾气散开，越发显得恐怖，令人敬畏。

“我虽有恙，但也不是怕事之仙，当年什么样的大战不曾经历过。”残仙继续道。

战车上有很多痕迹，代表了曾经的辉煌。

这一刻，石昊的瞳孔骤然收缩，他看到了战车的侧面，那里被人击穿了，留下了很明显的痕迹。同时，他感应到了熟悉的大道气息。

鲲鹏的抓痕！

没错，石昊可以确定那战车上的痕迹就是鲲鹏爪所留，当年肯定发生过激烈的厮杀与大战！

果然，这名残仙对重伤垂死的鲲鹏动过手，两者曾经交战过。

“既然如此，看来只能对决一场了。”五行山上的生灵说道，态度依旧不变。

“道友太执拗了！”银色战车摇动间，释放出恐怖的气息。

一阵诵经声响起，化作浪涛，绚烂而刺目，冲向一个方位，很快便得到了回应。

“哗啦啦！”

一张法旨飞来，带着恐怖的气息，并且伴着一件古朴的法器——古钺。这柄古钺有些残缺，但是透着极道威压，超越世间允许存在的终极力量。

混沌翻腾，古钺跟法旨一同沉浮，仿佛要重新开天辟地一般，震慑万灵。

此时此刻，没有得到五行山守护的人，无论修为多么强大，都瘫倒在地上，瑟瑟发抖。并且，天上的日月星斗也都在战栗，即将坠落而下。

石昊握紧拳头，不知道是该愤怒，还是该悲伤。这三千道州果然不止一位残仙，而今竟纷纷露面，显化在世间。当日，若是他们肯出世，去边荒参战，大长老孟天正就不会战死。

大长老死得太可惜了，真希望他有一天能复活再现，强势归来，横扫这些残仙。

“道友，你真的要一战吗？”那张法旨上有仙文亮起，发出耀眼的光芒，荡出声音来。

“若不战，便会坏了我的一桩大因果，你们是在逼我！”五行山上的生灵似乎有些怒了，声音极其低沉。

“我等也不想逼迫你，是不得已而为之。这样，你我各退一步，我留他一命，但还是得给他点惩罚，如何？”银色战车中的残仙开口道。他不愿意真的开战，因为影响太大了，仙道生灵争锋，动辄破灭星海，太过惨烈。以他此时的状态来说，他可能会丢掉性命。

当然，残仙这一边人数多，联手的话可以压制敌手，只是，代价太沉重。

“我若任你坏了他的道果，跟灭了他有什么区别？”五行山上的生灵冷冷地说道。

事情竟到了这一步，仙道生灵在对峙！

“这样吧，我仅轻轻一弹指而已，不会击灭他，而且道友你可以在一旁助他。若是他气运不强，接不下来，那么只能说是天地都要灭他！”银色战车中的残仙说道。

石昊的头发扬起，有些散乱，残仙当他是什么，任人宰割的对象吗？

第1462章 折仙咒

WANMEI SHIJIE

石昊握紧拳头，指节都捏得发白了，残仙实在是欺人太甚！

显然，残仙并没有将石昊放在眼里，在决定他的生死时，甚至都没有看他一眼，只是跟那五行山的生灵商量。

银色战车停在五行山前，帘子早已扬起，残仙对那山上的生灵很看重。

“这是我的底线，敢于顶撞并冒犯我，自然要付出代价，留他一条残命已经算是法外开恩了。”战车中传来残仙的声音。

远处，法旨发光，古钺轰鸣，代表着另一位残仙的意志。

“锵！”

就在此时，青铜殿缩小，化作拳头大，没入了银色战车中，浮现在残仙的手掌间。

气氛无比紧张，一言不合，可能就要大战。

因为，双方在对峙时，虽然一直不出手，但是都有自己的心理底线，若是都不退步，不肯妥协，那也就只能一战了。

“让我来看一看。”五行山上的生灵开口道。

八匹天马嘶鸣，巨大的蹄子踩碎虚空，拉着银色战车远去，到了天际尽头。

一条金光大道从五行山上贯通而来，将石昊接引了上去，载着他径直到了五行山上，来到那个生灵的近前。

石昊没有反抗，因为五行山的生灵是想保护他，跟残仙的态度完全不一样。

“咦！”

五行山上的生灵暗中吃了一惊，他睁开仙眼，一只手抓着石昊，有所感应，因为距离太近了，有些事瞒不住他这等人。

石昊的体内居然蛰伏着一团火！

尽管那团火分散开来，藏于石昊的血肉间，但还是被这个生灵发现了。

当这个级别的存在握住一个人道领域的修士手臂时，自然可以看得清楚，能洞悉其体内的一些秘密。

不过，五行山上的生灵只是暗自吃惊，并未表露出来，表面看起来很镇定。

五行山上的生灵暗中传音，跟石昊交流：“残仙忌惮我，他不会斩灭你，但想废掉你。”

石昊闻言后点头，表示明白。

“不过，也并非没有转机。你体内有一团火，我来助你，或许能让你避过这一劫。”那个生灵说道。

石昊一叹，真仙出手，岂是那么好躲过的？注定是一场生死劫难。

若是残仙一巴掌拍来，哪怕五行山的生灵帮他抵抗，他也有可能殒命。

五行山的生灵望向前方，看着残仙道：“即便我助他一臂之力，当你攻击时，他也承受不住，活不下来。”

“我说了，不会除掉他，保证留他性命。”银色战车中传来残仙的声音。

“好吧，我为他加持一层神圣光幕，接下来的就听天由命吧。”五行山上的生灵说道。

“轰隆！”

一层光幕笼罩在石昊的体外，如同一个璀璨神环，映照得他浑身晶莹，一片绚烂。

“记住你说的话，不得斩灭。”五行山的生灵最后告诫道。

“好，请放心。”残仙答应道。

在此过程中，石昊一句话也没有说，始终保持沉默，随后，他被送下了五行山。

实力不如人，他无话可说。残仙来袭，他体会到了自己的渺小，必须踏足仙道领域才行。可是，那谈何容易！

“呵呵——”残仙笑了，笑声很平淡，也很随和，但是石昊觉得相当刺耳。

此时，银色战车的帘子飘浮而起，从中探出一条银色的手臂，这是残仙第一次露出形体。

那是一条人类的手臂，残仙只是轻轻一弹指，便银光大盛，照亮域外，震撼世间。

只见一道银色流光向着石昊而去，要破入他的体内。

“锵！”

在石昊的体外，有护体光幕闪耀，那是五行山上的生灵布置下的，以守护石昊的肌体，使之不受侵蚀。

但是，很快，五行山上的生灵变了脸色，十分吃惊。

石昊的脸色也变了，这才刚开始而已，他体外的守护光幕就要被击穿了，五行山上的生灵所布置下的这一切失效了。

“轰隆！”下一刻，石昊体外的璀璨神环剧烈地跳动，发出更为刺目的光，那可是仙道之力，如今竟被侵蚀了。

不过，到头来那光幕也没有裂开，只是有一缕银光突破进去了。

一缕银光没入石昊的体内，让他剧震不已。

同一时间，五行山的生灵一阵发呆，而后震撼，连他都没有料到会是这样一个结果。

在五行山的生灵看来，有他的防御光幕，石昊应该可以抵挡住对方的手段，哪怕对方的攻击真的突破进去了，石昊体内也有秘密，或许可以与之对抗。

但是，现在五行山的生灵变了脸色，十分愤怒，还有焦虑和震惊。

“竟然是它，昔日的无解诅咒！”五行山上的生灵开口道。他的语气中带着一些无奈，这种诅咒太可怕了。

“折仙咒消失了那么久，居然还能再现于世间。”五行山上的生灵叹息道。他也没有一点办法了。

折仙咒是号称可将仙都折掉的诅咒。可以说，一旦中了折仙咒，就没有办法化解，十分危险。

修士中了此咒之后，一身道行都要被废掉，法力慢慢消失。此咒可以将一名真仙活活地废掉，使之最后化成凡人。

故此，提及这门诅咒，但凡了解者，莫不变色。

哪怕是在仙古年代，这种诅咒都让人胆寒。不过，折仙咒极少出现，在上一纪元都有人认为它失传了。

谁能料到，眼前的残仙居然可以施展折仙咒！

“你太狠毒了！”五行山上的生灵说道。他摇了摇头，化成一道光，瞬间消失在山体中，因为，他觉得这一切都结束了。

那种诅咒无视法力，无惧仙道符文，可以贯穿一切，这也是五行山的生灵为石昊加持的护体光幕瞬间失效的原因。在昔日，或许只有仙王能对抗这种诅咒，不然的话，一切防御都毫无意义。

“你还有一个月的时间，好好体会一下飞天遁地、身为修士的乐趣吧，日后再想俯瞰壮丽山河便有些麻烦了。”残仙开口道。

一切就这样结束了！

第1463章 从此再无荒

WANMEI SHIJIE

这个结果对于石昊来说，太残酷了！而这些话语又是如此平和，从一名残仙口中道出，这是一种赤裸裸的蔑视，更是一种无情的打击。

在场的所有人都愣住了，就这么结束了？

还以为有一场绝世大战，没想到才片刻而已，就这么落幕了。

荒，他怎么了？

很多人都吃惊地看着天空中，一阵不解。

对于很多人来说，他们根本就没有听到过折仙咒，不了解那是什么，也不知道那会造成怎样残忍与可怕的后果。

“折仙咒，古往今来，有机会吃这一击的人不多啊！”

不远处，跟古钺并列的法旨发光，一个又一个符文亮起，那是另一位残仙的声音。

“从此世间再无荒，他完了，此生尽毁，道基废掉，数月后将彻底沦为凡人！”仙殿的至尊哈哈大笑道。他的声音很大，如同雷声一般。他很畅快，残仙出世，谁与相抗？

“折仙咒，就是真仙中了都要沦为凡人，更何况是你！”

人们终于知道接下来将会发生什么了，荒被废掉了，从此将成为最平凡的人。

所有人都惊悚不已，而后一阵沉默，这绝对是残酷的惩罚，比灭了荒还要可怕。

谁不知道荒有天纵之资，二十几岁就是遁一境的修士，横扫当世，连老辈人物都没有多少人可以与他抗衡。

荒打破神话，改写了一个又一个纪录，再没有比他更年轻的遁一境修士了。

这么一个天纵奇才，不除掉他，而是废掉他的道行，让他在大世中沉沦，品味苦涩与折磨，这是何其残忍的事！

“不，孩子！”石子陵大吼道，眼睛都红了，冲了过来。

“我的孩子！”秦怡宁也冲上了高天，眼中满是泪水。

他们一下子抱住了石昊，内心焦躁，带着恐惧，还有无尽的愤懑。长子命途多舛，一生经历了太多的痛苦，最后怎么又落到这步田地？

“我与你拼了！”石子陵怒吼道，双目赤红，就要向前跟残仙拼命。

石昊一把拉住了石子陵，咬着下唇，道：“不要去！”

石昊简单到只用三个字，不愿多说，不想看到仙殿之人，只是用力地将指节捏白了。他可以去跟仙殿拼命，但绝不能让父母陷入危局，从而枉死。

“年轻人，你还是好自为之。世界那么大，由不得你张扬，总有些规矩需要遵守。”那发光的法旨上传来声音。而后，它跟古钺冲天而上，伴着仙雾，撕开大宇宙，就这么消失了。

那声音很平淡，但是石家人听着觉得极其刺耳，那是冷酷，也是无情的体现，更是蔑视。

分明是残仙来袭，主动下毒手，到头来却将石昊说得那么不堪，不知天高地厚，这怎能让石家人不愤怒？

只因那是残仙，高高在上，可以镇压与俯视一切，便能随便定下罪责。

但是，他们又能如何？

秦怡宁也想扑出去，却同样被石昊抱住了手臂，仙殿的残仙还在，这样冲上去无异于飞蛾扑火。

“年轻人，好自为之。”银色战车中的残仙竟也这样说道。由他这么重复，就更加显得刺耳，让人觉得这是莫大的讽刺。

“轰隆！”

当八匹天马昂头、人立而起时，长空崩碎，域外的群星都在颤动。

残仙准备回归仙殿，在临去前，他盯住了石昊手中的大罗剑胎，还有那飘浮在一旁的铁血战旗。

一道仙光飞来，就要将这两件宝物夺走。

“轰！”

下一刻，五行山的生灵从天而降，挡在中间，隔开了残仙与石昊，并发出洪大的声音。

“我们早有约定，你只能发出一击，还不够吗？！”

“呵呵——”八匹天马拉着银色战车隆隆而去，踩着苍穹，化成雷电，撕开乾坤，从这里消失了。

“天纵奇才，如今沦为了废物！”仙殿的至尊哈哈大笑道。他也转身，就这么走了。

“欺人太甚，你们欺人太甚！”秦怡宁哭了，为长子感到伤心不已，这样的结局让她难以接受。

“轰！”

残仙离去之后，这个地方开始沸腾了。人们简直不敢相信，荒居然被废掉了！

“哧！”

五行山发光，径直落向秦族深处，就此隐去。

“唉！”

秦长生来了，他叹息一声，看着石昊，神色复杂。他没有料到竟会这么落幕。

“哥哥！”秦昊叫道，扶着石昊。

“天啊！真的发生了，世间再无荒，他被残仙废掉了道行，就此沦为凡俗，再也不是那个天纵奇才了。”

“太惊人了，那可是荒啊！他打破了各种纪录，创造了这一纪元修炼史上的神话，结果落得这么一个凄惨的下场！”

“他刚从边荒回归，在那里击败异域的诸多帝族强者，横扫一切对手，战绩辉煌，谁能料到会这么凄惨。”

这里炸窝了，人声嘈杂。

人们议论纷纷，主要是这件事太惊人了。

有些人为石昊感到可悲，这才下战场没多久，结果就被自己这一界的人废掉了。

他在边荒大战，立下赫赫战功。但凡参战的人，去过帝关的族群，都在传他的好，可是，眼下他却是英雄末路，落到了这一步。

不少人愤怒，为他打抱不平，他们虽然惧怕残仙，但是内心在呐喊“老天不公”。

“残仙，他都不敢去边荒参战，有什么理由让人敬他，太可恶了！”有人低语道。

这时，同伴扯了扯他衣袖，提醒他不要乱说话，毕竟荒可是前车之鉴，站错队伍，说错话，可能就会有大祸。

一些人非常同情石昊，这种结局对他太残忍了，很不公平。

当然，也有人笑了，感到很畅快，也很高兴。

比如魔葵园、天国、冥土的人，看到这个结果，一个个都露出了淡淡的笑意，这等于除去了他们的心头之患。

“哈哈，荒，你终于废掉了，你也有今天！”终于，有人大笑出声，忍不住在这里大声喊了出来。

“从此再无荒，只有一个沦为凡俗的人族！”这些都是曾经带着重礼来这里拜访，想接近石昊的各族修士。

“父亲……我们就这么走了？”一个绿衣少女问道，有些迟疑。

“自然。你难道还想留下，以为我说跟石族联姻是真的？就凭他，如今已成废人，再也威胁不到我等了！”一位教主说道。

第1464章 嘴脸

WANMEI SHIJIE

许多人都望了过来，因为这位教主很不留情面，虽然声音不大，但还是被一些人听到了。

石昊抬头，也看向了那个方向，那是一个中年人，他目光炯炯，看起来气质不凡。

石昊对那个中年人有印象，他是玉华教的教主，最开始时就来示好，表明想跟石族联姻。

也正是因为玉华教的教主打头，后面还有一些道统效仿此举，许多人都笑着说要跟石族联姻。

在中年人的旁边，有一个绿衣少女，她清丽脱俗，的确非常靓丽。石昊还记得，她名为绿竹，气质称得上出众。

“走了，孩子。当初我还有些担心，怕他丧心病狂去教中找麻烦，现在不用担心了。”玉华教的教主说道。他的声音依旧不大，但还是可以让一些人听到，并未背着人，而石昊一家人也听得真切。

石昊明白，此人带有敌意。

事实上，若不是担心石昊会出手，许多道统是不会来不老山的。这也说明，正是因为那些人跟石昊有过冲突，或是在灵界伏击过他，或是在现实中曾经针对他，所以才来给他赔罪。

现在，发生了这种意外，他们的心态自然变了。

比如玉华教主，不久前他还在秦族的大殿中一脸笑容，非常随和，跟石子陵和秦怡宁攀谈，提议结亲。结果，现在他直接就翻脸了，因为石昊被废了，而且他想到了不久前自己那样赔笑，想跟石族联姻，显得过于谦卑了。

堂堂一教之主居然曾想以嫁女来化解危机，现在想来，他心中极其不舒服。

“呵呵，真是出乎意料的结局啊！天意如此。”有人笑道。他没怎么掩饰，而后扬长而去。

“我们走。”玉华教的教主也带上他的女儿绿竹，驾驭宝具，冲上了高天。

此时，这个地方一片嘈杂。石昊被废掉，将沦落为凡俗，这是天大的事件，自然让这里无法平静。

有人惋惜，对石昊这个天才的遭遇感到遗憾。

有人冷笑，那是曾经跟石昊对立的道统，他们很乐意见到这一幕。

有人漠然，事不关己，只是在默默地注视着这一切。

“走了，一个废物有什么可看的。”还有人相当刻薄，当着石昊一家人的面，直接说出难听的话。

“还是少说两句吧，人家都这样了，天纵奇才啊，结果一身道行被斩，很可怜的。”一个女子说道。不过，这绝非同情，因为她带着冷笑。这绝对是讽刺，而且带着恶意。

“我还有一些东西没带走，遗落在秦族了。”就在此时，一位长老级的人物开口道。他目光闪烁，看向石昊一家人。

此时，秦怡宁快咬破了红唇，眼中含着泪，长子的遭遇太可悲了，让她十分难受，而这群人还落井下石，让她的心情更不好了。

“道兄，你将什么遗落在秦族了？”有人会意，微微一笑，这般配合地问道。

“我将一些珍贵的神料遗忘在秦族的大殿中了。”那人说道。显然，他是在说那些送出的珍贵礼品。有些道统来秦族，是为缓和同石昊的关系，自然都送上了重礼。

听这人这样一说，所有人都明白了，他是想索回那些天材地宝。

“我想起来了，我也有东西忘在那里了。”

“不错，走得太匆忙，有些东西都忘记带走了。”

…………

一些人纷纷开口，索要那些珍贵的礼品，嘴脸变得很快。

“不错，我们也遗忘了一些东西。”原本都已经带着女儿冲上高天的玉华教教主竟也开口了，并要掉头而回。

就在此时，秦长生走出山门，发出重重的一声冷哼。

这个地方一下子安静了一些，不再那么吵闹。

一些人对秦长生有些忌惮，哪怕都知道石昊被废了，也不敢强攻不老山，刚才很多人不过是过过嘴瘾而已。

此时，秦长生冷哼一声，表达出不满，他们不可能不在乎，许多人心中打鼓。

“不退给我们就算了，就送给身废的石族子弟吧。”有人说道，最后关头还在逞口舌之利。

当然，这既是打击石昊，也算是为他自己找台阶下。

不少人纷纷腾空而起，准备离去。

“残仙说过，我还有一个月才会被废，你们忘了吗？”这个时候，石昊突然开口了，声音冷漠，目光如冷电一般扫向所有人。

“仙殿的至尊说了，三千道州有规则，不允许你乱来！”有人开口道。

但是，更多人的脸色都变了，他们都一阵心虚，因为他们真的险些忘记石昊还有一个月可以“折腾”了。

“轰！”

石昊探出右手，拍出一股剧烈的罡风，仿佛要击灭一片星域。

“你……不要乱来！”有人吓得说话都结巴了。

谁都没有料到，石昊都落到这步田地了，居然还敢这么出手。

“你，还有你，还有你们……”石昊用手一个一个地指，“限你们三日内送上十倍于早先的重礼，不然的话你们明白，我会登门拜访！”

石昊很冷漠，抬手指向不久前幸灾乐祸的那些人。

这些人的脸当即就僵住了，还要一个月以后才会被废掉？

许多人身上不禁冒出冷汗，因为，刚才他们真的疏忽了，以为石昊现在就已经被废掉了。小部分人暗中自责，恨自己为什么嘴欠。但凡没有开口的人，都没有被点到名。

玉华教的教主一脸懊悔之色，十分不忿，因为他也被点名了，要求献上一份更为惊人的重礼。

最终，人渐渐地散去了。他们心情不同，有些人带着羞恼和愤懑，有些人在暗中大笑。

这里的一切都落幕了。

与此同时，石昊被废的消息传了出去，如一股飓风般席卷了三千道州。

第1465章 不弃

WANMEI SHIJIE

“小友，你……唉！”

仙院的至尊来了，圣院的老怪物也到了，两大强者都无比遗憾，带着愤怒，却也无可奈何。

“不怪两位前辈。”石昊说道。因为，出手的是残仙，两大至尊如果不回归九天，多半也要遭毒手。

两大至尊都不是迂腐之人，可终究觉得对石昊有些愧疚。

最后，两大至尊离开了，带着铁血战旗回到了九天之上。

秦族之地渐渐安静了下来。

“走吧，云曦，我们也该离开了。”天人族的长老说道。虽然他还算镇定，早先没有急着跳出来讽刺石昊，但是现在忍不住了，他嘴角微翘，带着笑意。

现在荒都废了，还有什么可担心的？再也不用顾忌他日后登临绝巅，称霸人间了。

天人族的长老笑了，在这种情况下，他不用再低声下气了，准备带走云曦。可是，出乎他的意料的是，云曦居然不愿意离开。

“你这是做什么？他已经被废了，不用担心了，日后请老祖出面亲自跟秦长生交涉，要回飞仙石就是了，不用你留下。”天人族的长老说道。

“我必须要留下！”云曦说道。

“你……魔怔了吗？他都已经废掉了！”天人族的长老有些发蒙。在此之前，他带着云曦来秦族时，她百般抗拒，根本不愿意来这里，就是在秦族的大殿中还当面拒绝呢。可是现在，她怎么又要留下来？

天人族的长老真的搞不懂了。

“在此之前，荒高高在上，大势已成，崛起于大世中，不可阻挡。而你们却要我跟在他的身边，亲近他，这让我觉得羞耻。”云曦开口道。

“那还是我们天人族吗？竟需要这样低三下四，那是一种耻辱，不配尊为天人，不配用这两个字。

“而今，他身体出了问题，我倒是愿意留下来。因为，我本就负了他，当年他一路激战，护我数十万里，赶到族中，结果却被那样对待。

“自今日后，哪怕他沦为凡人，道行尽失，我也会跟他一同去下界，去照顾他。”云曦说道。她很平静，并不是一时冲动。

天人族的长老当即就变了脸色，道：“你疯了，这是要干什么?!”

“我有愧于他，要去弥补！”云曦的态度很坚定。

“在他辉煌时，我只会远远看着，不想同你们一样献殷勤；在他虚弱时，我想走近他，他需要人照料！”云曦说完，向秦族走去。

秦族内，石昊被一群人拥簇着，他们想检查石昊的身体，但是被他拒绝了。

包括父母，还有弟弟，石昊也不愿意让他们碰，他道：“这种诅咒之力在我的体内，你们若探察，我怕会发生意外。”

这个时候，云曦来了，出乎所有人的预料。

石昊的母亲秦怡宁呆呆出神，没有想到天人族的这个姑娘会去而复返。

“石昊，你不要沮丧，不要焦虑，总会有办法的……”云曦说道。

“姑娘，你这是……”石子陵开口道。

“我愿意照料他，跟他一起回下界。”云曦很平静地说道，并来到了石昊的身边。

“这……”一群人发呆。

“何必呢？过不了多久，我就跟一个凡人没有什么区别了。你随我同去下界，完全不合适。”石昊摇头道。

“我想跟你一起回石村，做一个凡人也很好，最起码，安宁平静，不会有这些纷乱。”云曦说道。

相对来说，云曦比过去大方与直白得多，敢说敢为，如果是数年前，她绝对说不出这些话。

“你是修士，跟我回去真的很不方便，不太合适。而我确实想做凡人了，安安稳稳，过几年清净的生活。”石昊说到这里，竟然笑了。

秦怡宁、石子陵等人都愣住了，看石昊的样子，他根本不是强颜欢笑，而是真的很平静。

这孩子的神经得有多么粗大才能如此？他真的不伤心，不沮丧吗？为何看不出一点的焦躁与忧虑？早先他当着残仙还有各教修士的面时，还很严肃，现在居然是这个样子。

“孩子，你如果心中发堵，想哭就哭出来吧，别硬撑着。”秦怡宁含泪说道，怕长子心中忧苦，伤到身体。

“我真的不是强颜欢笑，我现在心境很平和。”石昊说道，亲手为秦怡宁擦泪。

此时，云曦上前，为石昊递上一块手帕，站在他的身边。

“哥哥不会有事的，我相信他早晚有一天还会回来，横击残仙，击灭所有长生强者中的对头。”秦昊开口道。

随后，秦昊进一步补充道：“如果哥哥真的没有了战意，愿意在下界隐居，我也会出手，早晚会灭掉那群人！”

听到这些话，石昊不禁一怔，拍了拍秦昊的肩膀，没有说什么。

石子陵和秦怡宁眼圈发红，心中酸苦，抱住了两个孩子。

不久后，云曦熬了一些药汤，为石昊送来，并跟在他身边，表示要悉心照料他。

“我还没有被废，还有一个月的时间呢。”石昊道。

…………

三天后，有一些门派送来了重礼，他们虽然心中恼怒，但终究还是没有冒险，害怕石昊出手。

但是，也有一些道统没有将石昊看在眼里，因为他们暗中托关系，对仙殿礼敬有加，请他们出面保护。

“呵呵，荒已经废了，不足为惧。我族真仙出手镇压了他，给了他足够的教训，他应该知进退了。”仙殿的至尊说道，给他们吃了一颗定心丸。

那些人放心了，并且很不客气，将秦族那些去催账的人赶走了。

然而，第四天，石昊动身，竟然出手了！

当一个规模不算小的门派被石昊轰开，横扫进去时，各方大震动，许多人的面色当即就变得惨白了。

这一日，石昊横扫了此教。接着，他又赶向另一地，接连出手，将数个门派掀翻。

消息传出，四方震动，许多人惊惧不已。

“误会了，我等愿意去献上天材地宝！”

一些人当即就慌了，如同火烧屁股一般地赶到秦族，送上一堆稀珍宝贝。当然，也有一些人逃走了，并联络了仙殿的人，想请他们出手。

“荒，你还没有长记性吗？忘记被真仙教训的事了吗？”这是仙殿传出的话。

“那就让残仙再走出来一趟好了！”这是石昊的回应。

各方都愣住了，他疯了吗？

很快，人们想明白了，或许荒觉得时日无多，就是要最后疯狂一把！

这样一个疯子，他们怎么惹得起？

许多人都后悔了，干吗要跟荒对着干？忍他一个月就行了，等他真正废掉多好。

“荒，你这是在自寻死路！”仙殿的至尊出面，发出这样的大喝声。但是，到了最后，他没敢出击，因为他怀疑这是石昊故意引诱他出去，要联合九天上的那两名至尊对付他。

就这样，仙殿无人走出，让那些道统更加惶恐了。

结果，但凡被要求进贡十倍天材地宝的门派，全都赶忙行动，去送上重礼。

玉华教同样如此，那位教主的脸色一阵青一阵白，后悔不迭。

“仙殿的人不是要再出来镇压我吗？我等着呢！”石昊叫板道。因为，他知道，残仙不肯再出世了，能出来一次就很勉强了，付出了极大的代价，如今肯定躲在那口仙泉中，不敢出动。

至于仙殿的至尊，也被石昊摸清了心思，对方肯定是在担心他联合仙院与圣院的两位强者除掉自己。

就这样，无人出面跟石昊对战，许多门派不得不硬着头皮，再去秦族的不老山。

“父亲，我们该走了，回家！”

十日后，石昊开口了，他将要踏上归程！

第1466章 准备

WANMEI SHIJIE

“回家！”石子陵重重地点头道。他心中酸苦，看着长子，难以平静。

长子有天纵之资，号称这一纪元最年轻与强大的遁一境修士，不断打破纪录，创造神话，结果却落得这么一个下场。

在夫妇二人看来，长子的际遇太凄惨了，他原本可以改写历史，成为无敌的存在，俯瞰九天十地，高高在上，结果却被人废掉了。

“回家，我们回去，再也不回来了！”秦怡宁一边流泪，一边道。

虽然最近的这些天，外界都在传石昊的威名，他一路横扫多个门派，让各方低头，莫敢不从，但是，秦怡宁还是很伤心，因为她知道，那是长子最后的灿烂与辉煌，一月之期很快就会过去。

“哥哥，我在三千道州等你归来！”秦昊说道。

后方，秦长生发出一声叹息，道行被斩，修为被废，不久后石昊就会沦为凡人，而那将是永久性的，他此生都不能再修行了，还如何回来？

“会回来的，一定会回来，我们要为大哥哥报仇！”

一群孩子，足有数百人，都在大喊着。

那是从边荒跟着石昊而来的少年们，他们中有男有女，最大的不过十几岁，小的才刚学会走路，一个个都眼睛通红，很伤心。

同时，他们也憋着一股劲，要崛起，要回来为石昊复仇。

“不知道这么多年过去，八域究竟怎样了。”石昊轻语道。

上一次，虽然石昊进入了虚神界，但是来去太匆匆。他都还没来得及去详细了解，便有人截他后路，想把他封死，他不得不快速离开。

石昊看向秦长生，想从他那里了解一下如今的下界到底如何了。

石昊知道，三千道州的一些顶级大教有特别的手段，可以沟通下界，洞悉个中究竟。

秦长生摇了摇头，苦笑道：“如今不同了，根本无法将人送下去。”

随后，秦长生沉吟片刻，道：“你随我来。”

秦族的最深处，一座古老的石山前有一块区域，这里混沌之气翻腾，很朦胧，也很神秘。

这是一片不稳定的空间，在剧烈地动荡着。

“这是我寻到的一块奇异的空间节点，若是在正常的年代，可以通过这里将法力传到下界去，但如今很难做到了。”秦长生说道。

石昊深感惊异，这里如同一块水晶壁，它充满裂痕，仔细凝视，仿佛可以看到水晶壁后面的世界。

“法力投影？”石昊问道。

“对，当年可以进行法力投影，但现在不行了。”秦长生说道。

石昊仔细观察，这果然是一处空间节点，虽然不太稳固，但是无法被击穿。

“若是强行冲击，会遭遇反噬，天意如刀，斩人元魂，极为恐怖。”秦长生说道。

石昊点头，他也早已知道，时至今日已不能违逆大界规则而进入下界八域，否则会被冥冥中的规则惩罚。不然的话，当年所谓七神下界，也不至于那么艰难。

石昊点了点头，连秦长生这等人物都无法沟通下界了，这也算是好事，证明上界很难干预下界八域了。

不久后，秦族的库房全部大开，晶莹璀璨，神光冲霄。

这都是最近各教修士送来的天材地宝，有神兵法器，有绝世神骨，还有阵旗道台，更有稀珍药草等。

别说其他人，就是石昊的眼睛也有些发直，道：“这么多？”

“这你难道还不能预料到吗？”秦长生笑道。

“哈哈……好！”石昊大笑道。

最近，石昊并未焦躁，也没有忧虑，情绪始终都跟往昔一样平静。虽然其他人都在为他感到伤感、遗憾，但是他自己没有深陷那种挫败中。

一箱又一箱，都是神料，这就是石昊最近的收获。事实上，石昊得到的东西远比这还要多，还有一些是药田，被收在了空间法器中。比如，无畏狮子身上就有几件特别的法器，是专门为了收那些神草药田用的。

“走了。”

石昊一叹，将所有东西都带上了巨大的战船。那数百名孩子早已站在上方，一个个小脸红扑扑的，很激动。

孩子们脸上有泪水，也有笑容，要去一个崭新的世界了，他们要在那里崛起，修成强大的神通，回来为大哥哥复仇。

“你真的要去？”石昊看向一个紫衣少女，正是云曦。

云曦亭亭玉立，衣袂飘舞间，紫气氤氲，宛若要乘风而去的仙子一般。

不得不说，云曦真的很美丽，不愧为天人族最耀眼的明珠。她的秀发光滑柔顺，肤色莹白，瓜子脸上写满了坚毅，一双如黑水晶般的眸子仿佛带着雾霭。

云曦用力地点头，执意要跟着石昊去下界。

“孩子，到我这里来。”秦怡宁开口道。她最近虽然伤感，但是此时难得地露出了笑容，拉着云曦，像是对待一个满意的儿媳一样，那种目光让云曦十分尴尬。

石昊回头，看向了无畏狮子，露出复杂的神色。

“你……想做什么？”无畏狮子非常敏锐，预感到有些危险。它不禁倒退，满身的金色毛发都快竖了起来。

这几天，无畏狮子心中很兴奋，因为石昊被废掉了。在它看来，时机到了，或许自己可以脱困了！

一个月的期限，对纯血的无畏狮子而言非常短暂，它可以静静地等待，耐心地熬过去。

真要到了那一天，它便可以跟石昊好好地算一笔旧账了！

“你是不是很高兴，等着我废掉呢？”石昊问道。

“没有。你怎么能这样想？现在我们是一根绳上的蚂蚱，早已是一损俱损，一荣俱荣，是利益共同体！”无畏狮子义正词严地道。

“我觉得这不是你的真心话，你是不是想着等到了下界之后，将我斩掉？”石昊看着它。

当这些话一出口，很多人的脸色都变了，包括石子陵、云曦等人。因为这非常有可能成为事实，早先他们真的疏忽了，险些忘记这个大患。

“我看不如先将你击灭，然后我们再动身。”石昊说道。

“锵！”

秦昊很直接，手中提着一柄银色的战矛，直接就抵在了无畏狮子的眉心上，想替自己的哥哥动手。

无畏狮子瞳孔收缩，寒毛竖立，它很紧张，不是因为秦昊的敌意，而是因为石昊的决定。

“荒，你不能这么做。我跟你一路走来，可没有害你之心，还帮你出战了很多次！”无畏狮子恳切地道。

“看在你跟随我有一段时间了，我倒是也不愿意真的除掉你。但是，这样带你到下界去，太危险了，你或许会成为祸胎。”石昊说道。

人们听到这番话后，都暗中一叹，看来荒真的被废掉了，不会有奇迹发生了，他不像是在伪装，不然的话，怎会说出这样的话?

“无妨，我这里有一件神物，可以解决这个问题。”秦长生开口道。他张开手，在其手心有一张很陈旧的卷轴。当卷轴打开后，法力弥漫，规则交织，散发出丝丝缕缕的金色雾气。

第1467章 踏上归程

WANMEI SHIJIE

“这是什么？”石昊问道。

“主仆契约，来自上一纪元的古物，应该是大人物所书写，是我从遗迹中发现的。”秦长生说道。

无畏狮子的脸色当即就变了，它忍不住倒退。这东西对它来说危害太大了，因为它听闻过，一旦签下契约，将被彻底奴役。

石昊接过去看了又看，了解了怎么用后，直接将之激活，没有丝毫犹豫。一刹那，神光爆发，炽盛无比，将他与无畏狮子笼罩在内。

“嗷——”无畏狮子大叫，不断嘶吼，剧烈挣扎。

当一切平静下来时，石昊细细体悟，点了点头，平静而满意。

无畏狮子则在低吼，愤怒不已，这个契约太不公平了。石昊一旦有恙，若是死去，它就会跟着死掉；而它若是出了问题，却对石昊没有任何影响。

这张契约上有对它的诸般限制，它必须听命于石昊，不然的话，便会遭劫。

“与其说是一张契约，不如说是当年一位仙道大人物留下的法旨，刻下了极为强大的、不可逆的规则。”秦长生解释道。

即便无畏狮子很恼怒，但它也没有办法，最后不得不垂头丧气地跟在石昊的后面。

“既然你不愿意跟着我，要不就留在三千道州吧，我不束缚你。”石昊说道。

“不行！”无畏狮子拒绝道。因为，它现在真的跟石昊绑在了一起，如果石昊死在下界，它也得亡，故此它要留在石昊身边，确保他活得好好的。

此外，留在上界的话，它肯定如同过街老鼠一般，人人喊打，一是因为它来自异域，二是因为石昊结仇太多，等他离开后，估计各方会有大反弹。

无畏狮子可不想成为活靶子，遭人攻击。思来想去，它觉得必须跟在石昊的身边。

同时，无畏狮子也认为这个人族很不一般，或许将来真的能有什么转机，使其恢复一身的道行。

最后，战船横空，带着强大的神道气息，载着堆积如山的天材地宝，还有石子陵夫妇与那些孩子，向着远方而去。

秦长生、秦昊一路相送。

无畏狮子翻了个白眼，很不待见秦长生。

说起来，秦长生这一次等于送给了石昊一个大礼，那契约法旨等于为石昊带来了一个强大而可靠的打手。

尤其是在石昊出了问题的情况下，无畏狮子这样的存在就更加显得珍贵了。

十字阴阳地，依旧是那么荒凉。这是昔日的生命禁区，可是而今却这么寂静。

他们到了，战船驶入古地中。

今日不太宁静，因为消息传出后，许多人都知道石昊要离开了，要回下界。

各教得悉，纷纷上路，可谓八方云动！

石昊没有隐瞒自己的行踪，也不需要隐瞒，因为，尽管那条古路存在于世间，但不是每一个人都能闯下去的。

就是石昊自己，也是承受了生死考验，才能抵挡住那扇门内的规则之力。目前来说，只有他才能走上这条路。

“这里曾为一处生命禁区？”就是秦长生也不禁慨叹。

即便是最伟大的传承也有衰败的一天，这里可曾为一处生命禁区，栖居着无上人物啊！当年连异域入侵时，他们都可以独自为一界，不受外界权柄更迭的纷扰。

所谓生命禁区，便是不能踏足之地，其他生命体都得远离。

而现在，这里灰烬满地，所有山体都残缺了，不知道发生了怎样的战斗，导致一个生命禁区彻底覆灭。

“这些灰烬都是神魔被焚烧后所留的！”石昊介绍道。

这一刻，不仅秦长生变了脸色，就是远处一路跟随下来的其他各教修士也都是面色发白，深感胆寒。

灰烬满地，亿万年过去，它都没有被雨水、山洪等冲散，还留在这里。并且，在灰烬中偶尔可以看到一些金色的骨头、紫色的指甲、黑色的牙齿等。

这愈发令人心惊肉跳！

这遗迹中的残破遗骸是属于禁区的强者，还是属于外来者？

石昊站在这里，开始演化大法，释放阴阳二气，展现出最强的力量。

这一刻，不仅地上出现了两条河，一阴一阳，天空中也出现了异象。虚空裂开，一条黑色的大河滔滔而涌，一条金色的大河炽盛无比，奔腾咆哮，并且它们交叉在一起。

在大河畔，还有残破建筑物等。

真正的生命禁区的遗迹！

看到这一幕，众人不禁倒吸一口凉气，果然是真的，这里是曾经的“禁忌”生活过的地方。

石昊亲自驾驭战船，向着天空而去，逐渐靠近太阴与太阳长河。

“父亲，母亲！”

最后关头，秦昊冲了上来，他眼中落泪，真情流露，抱着父母低声哭泣，而后又抱了抱石昊。

“孩子，你真的不跟我们一起走吗？”秦怡宁也在哭，舍不得秦昊。

“我不走，我要在这里变强，我会崛起。若是你们无法回来，我就去接你们。”秦昊发誓道。最后，他擦了一把泪水，从战船上飞了下去。

地上，也不知道有多少人在望着。许多大教都知道了今日之事，来此观看。

“可惜了荒，被斩了修为，落得这么一个下场。”

“唉，荒自我放逐，被残仙逼到了这一步，曾在边荒立下赫赫战功，结果却这么落幕了。”

有一些人轻语道，怕惹怒仙殿等势力。

当然，还有一部分人很冷漠，比如天国、冥土、仙殿等势力，他们巴不得石昊早点废掉，这样离开也好。

石昊站在船头，驾驭战船冲上虚空，进入那片废墟，来到滚滚长河前。他最后回头，看了一眼那些人，而后大袖一展，收起战船，只剩下他一个人立身在苍穹下。

“轰隆！”阴阳二气爆发，两条河的交汇处出现了一扇门，石昊迅速冲了进去，站在门中。

“走了，就这样离开了！”

“从此世间再无荒！”

有些人在感叹着。

还有许多生灵默默地看着虚空中的生命禁区遗地。

第1468章 回八域

WANMEI SHIJIE

荒进去了，就消失在那扇门的背后！

地面上尽是嘈杂声和议论声，非常纷乱。

原来真的有这样一条古路。许多人又是吃惊，又是怀疑，荒在最后关头还这么逆天，寻到了一条神秘通道。

有人眼中迸发出火热的光芒，盯着天穹的长河，看着那扇门，它到现在还没有关上呢。

太阴河中黑雾翻腾，如同魔域般，太阳河中金色的太阳之精沸腾，绚烂而神圣，灼烤得苍穹都要熔化了。

“我曾听闻，下界八域十分神秘，十凶中有大部分都曾在那里出没，有天大的秘密！”

“不错，一直都有传言，八域牢笼隐藏着惊人的东西。”

一些人眼神火热，盯着那扇门。

“机会难得，有人想走这条路去下界看一看吗？”忽然，有人低语道。

早有人蠢蠢欲动，他们想到了一些传说，欲趁此机会下界。他们怀疑石昊之所以从九天回来，急匆匆地下界，就是有某种目的。不然的话，那里一片荒凉，凭他的天纵之资，他怎么会为自己画地为牢呢？

在人们看来，石昊之所以崛起，能有现在这种成就，多半是因为在下界得到过什么，那里有非常惊人的秘密。

当然，这只是一部分人的联想，故此他们想冒险去下界。

而当一些大教的高层有这些念头后，事情就更简单了，他们直接派出部分忠于该道统的弟子，让他们去闯上一闯。

不管弟子们是否有收获，去下界走一遭对该教应该都没有坏处。

结果，一些年轻人和前辈名宿纷纷腾空，唯恐落后，冲向太阴河和太阳河的交叉处。

到现在，那里的一扇门都还若隐若现，没有消失呢。

“啊——”

当惨叫声传出来时，所有人的心一下子都提了起来。

接着，人们从头凉到脚，一股刺骨的寒意让所有人都变了脸色。

一些人面色苍白，看到前方的那一幕之后，忍不住大叫出声。

方才，一群人争先恐后，结果足有数十人齐头并进，冲了进去。可是，只有一个人发出惨叫，其他人连声音都没来得及发出就殒命了。

所有人都看到了，那群人冲进去之后，直接就形神俱灭了。

这不是一两个人，而是一群人，数十名高手刹那间丢了性命！

在他们的后面，还有上百人，一个个吓得生生止步，而后疾速倒退，那场面太恐怖了！

“为什么会如此？”一些人大叫道，充满了不解。

在不久之前，许多人看到石昊平静而从容地迈步，就那么轻盈地走了进去，什么事情都没有，可轮到他们时，一群人全被灭了！

“哧！”

地面上，一位教主祭出法器，想试探那扇门内到底有多么可怕。

“咔嚓！”

结果，那位教主的法器飞进去后当场化成了齑粉，一件强大的宝具就这么轻易地被毁了。

全场鸦雀无声，所有人惊惧不已，深感不安，一个个不由自主地倒退。

至于天空中那些靠近门的人，则更是战栗不止，脸上苍白如雪，全都掉头就跑。

对他们来说，那扇门仿佛通向地狱，吞噬神魂，不可接近。

还有人不信邪，动用各种手段尝试，结果都失败了。

这一次，人们沉默了，荒到底有多强？刚才的情况是有目共睹的，他从容地走了进去，丝毫不受影响。结果轮到他们时，谁贸然闯入，便会殒命。

这种差距太大了！

在“隆隆”声中，两条长河翻腾，混沌雾消失了，那扇门也彻底不见了。

不仅如此，虚空中的两条长河还有那片废墟也跟着变得模糊，最后消失不见了。

人们明白了，这条路跟他们没有关系，根本就走不通。这是只属于荒的路，唯有他无惧那种毁灭性的力量。

数日后，仙殿的至尊来了，终于让此地天穹上的太阴河与太阳河显化，也让那扇门浮现了出来。

只是那扇门很模糊，不清晰，他在门前站立了很久，没有进去。

当这个消息传出去之后，所有人都知道了，那条路果然只有荒可以走，连仙殿的至尊都不敢走，可见有多恐怖。

石昊踏进这条路之后，并不像人们想象的那么轻松，不过他之前进来过一次，有了经验，故此很平静。

哪怕如此，石昊也感到很吃力，一步一步地向前走去。他走出了一段距离后，甚至嘴角都溢血了。

数十里路后，道路依旧漫长，看不到尽头。

石阶路在虚空中蜿蜒，不知通向何地，真的是通向下界吗？

周围迷蒙无比，混沌弥漫，隐约间还有嘶吼声传来，宛若古兽在咆哮一般。

石昊仔细聆听，那不是真正的古兽发出的声音，应该是不同的规则碰撞形成的轰鸣声，远处有一些秩序在交织。

那种规则之力对现在的石昊来说都是无解的，他不可能去冒险，因为他离不开这条路。

随着不断前行，沿途看到的规则、秩序等更多了，如同铁条般在虚空中交织着，非常刺目。

石昊谨慎地前行，越发觉得这条路不一般，脚下的石阶很真实，不像是规则所化。

似曾相识的感觉！

当日，石昊跟三藏、神冥两位黄金葬士从仙域出来后，寻找归途时，曾误入一片雷电深渊，看到一条铺在虚空中的鹅卵石小路。

八域，真的是一片牢笼吗？

石昊擦了一把嘴角的血，虽然他负伤了，但他还是在努力地思索，心中有各种念头。

一路走来，石昊都快忘记了时间。

这条路向低处而去，如同真的从天穹上向地面延伸。

一日，两日，或许三日过去了，石昊已经分不清了。

在这条路上，石昊的感知仿佛变得迟钝了很多。时光流转，空间错位，一切都是那么难以辨清，十分诡异。

这条路上始终有一种恐怖的力量在压制石昊，换作其他人，早就没命了。

石昊一路坚持，虽然身受重伤，但是始终屹立不倒，一步一步地前行。

这里有神秘的场域，给人以莫大的压力。

石昊想要提速都不行，每次抬腿时，都如同被一颗又一颗大星砸中，阻力巨大。

“轰！”

终于，石昊看到了希望的曙光。

不知道走了多少里路，过去了几日之后，他眺望到了石阶路的尽头，那是一块陆地。

石昊忍不住咳嗽了一声，终于走出这条古路了。

刹那间，一股苍凉之气扑面而来，有些熟悉。这应该是八域，他曾经生活过的下界。

咦，不对！

石昊心中悸动，有些难以置信，因为他闻到了一股沁人心脾的馨香，宛若要霞举飞升一般。

这肯定不是一般的大药，哪怕是神药，对目前身在遁一境的石昊都没有那么大的吸引力，那么答案就只有一个了——长生药。

石昊愣住了，下界怎么可能会有这种药？要知道，他当年想养活一种神药都不可能，下界的灵气极其稀薄。

可是，这种芬芳与药效，分明就是属于长生药的！

石昊很激动，这才到下界，就遇到了长生药，他这是到了哪块区域？

路的尽头很空旷，这是一片大戈壁，缺少生机，在这种地方会有药香扑鼻，那绝对算是一桩异事。

那种香气有时浓郁，有时清淡，不断变化。

石昊加快脚步，向前走去，穿过了这片大戈壁。

“嗯？”结果，他才翻过一片沙丘，就看到了前方的部分景象。

沙漠中有一片非常古老的药园子，远处还有丘陵，这出现得太突然了。

石昊的前路被截断了。一块石碑立于前方，上面有几个大字，那是长生者刻写的文字。

一处生命禁区？

石昊愕然，脸色当时就僵住了。

下界还有生命禁区？

他有些难以置信，所谓生命禁区，应该在九天之上才对，怎么会在灵气最稀薄的八域？

要知道，这里可算是牢笼，谁愿意自投囚牢？

第1469章 生命禁区

WANMEI SHIJIE

苦寒之地，被视为牢笼的下界八域，竟藏着一处生命禁区？

石昊的肌体顿时绷紧了，这不是什么遗迹，这里完好无损，看样子应该真的栖居着禁忌般的古老存在。

那个级别的人连面对异域的入侵时，都可以从容不迫，自成一界，不理会世上纷争。

石昊去过阴阳十字地，但那里只是废墟，如今早已不是真正的生命禁区。

现在，他回到了下界，竟有幸遇到了生命禁区。或者，不能称之为有幸，以不幸来形容更为贴切。

传闻，到了这种地方，一向是有进无出，就是天纵奇才也得殒命。

石昊轻轻一叹，好不容易回到下界，就遇上了这种事，他还真是命途多舛。

前方，生命禁区截断了这片大戈壁，而后方则是那条路——通向三千道州的石阶路。

石昊现在只有两个选择，要么前进，要么沿着石阶再次回到三千道州。

可是，当石昊回头的刹那，他的脸色有些僵，那条路呢，怎么不见了？

身后空空荡荡的，虚空中哪里还有什么天梯？那条通向上界的路，那条非常长的石阶古径已经无影无踪了。

石昊一阵头大，那条路怎么没有了？日后他如何去三千道州？

石昊马上收心，意识到危机来了，哪里还顾得上考虑日后，现在就有麻烦了。他没有选择，只有一条路可走。

天色昏暗，见不到太阳，但也不是黑暗笼罩，如同幽静的傍晚。

石昊迈步向前走去，既然没有办法选择，那就前行。

“嗖！”

石昊的袍袖中金光跳动，蛮兽气息浮现，无畏狮子被他放了出来，出现在这块寂静的土地上。

无畏狮子一阵茫然，打量着周围的一切，惊讶地道：“这里就是下界？”

无畏狮子有些难以置信，因为它已经闻到那令它骨头都发酥的长生药的香味，顿时觉得毛孔舒畅，要羽化登仙了一般。

石昊没跟无畏狮子客气，直接坐在它的背上，命令它向前走。

“生命禁区？”无畏狮子惊叫道。它看到了那块碑，上面有几个字，清清楚楚地警示着，此地不可踏足，为生命禁地。

可惜，最开始的两个字无畏狮子不认识，那是禁区之名。

“我就知道，一旦遇上危机，我肯定要冲在最前面。”无畏狮子不满地道。

石昊正在琢磨这两个字的含义，没有理会它，他觉得，那似乎更像是两个特殊的符号，而非通常的仙文。

禁区之主是自负的，为了给自己所居之地命名，很有可能自创符号，而非采用世间常有的名字。

“晚辈石昊，路经贵土，打扰了。”石昊开口道。不管怎样说，他要从这里路过，怎么也要向此地主人打个招呼。

“轰隆！”

石昊的话音一落，禁区中突然出现了惊人的变化。药田发光，芬芳愈发扑鼻，许多老药居然在移动，在奔逃。

难道都是神药？

虽然隔着很远，但石昊还是心中一惊，一株长生药，再加上多株神药，这个地方太吸引人了。

一道又一道光柱冲起，快速刺破了苍穹，如同撑天支柱般抵住天宇，声势浩大，非常惊人。

但是，这么多绚烂的神光之柱也没能让周围彻底变得璀璨，反而黑暗了，只有近前这片区域有光芒流转。

就如同一下子步入了深夜，点燃了一些灯盏。

“何人扰禁区安宁？”一个声音响起，这般发问。

石昊才来这里，就有人回应了，打破了此地的沉寂。

“晚辈石昊，无意冒犯，路经此地，只想回家……”石昊解释道。他就是再自负，也不可能跟生命禁区的生灵叫板，努力以很平和的话语说明自己为何靠近此地。

“我等曾立下神碑，擅闯沉眠地者——死。规矩就是规矩，容不得亵渎。”

禁区的深处传出的那个声音依旧很平静，没有喜怒哀乐，但是在石昊听来如同炸雷般，这个生灵太强势了吧？他才靠近这里，不曾冒犯，这就惹下了杀身大祸？

在石昊看来，禁区内的存在未免太霸道了。

无畏狮子全身的兽毛根根炸立，它感觉十分惊悚，得罪了禁区之主还怎么活下去？

“神碑在哪里？我怎么没有看到？”石昊没有慌乱，反而这般问道。

敢跟禁区生灵争辩的人极少，无畏狮子当场就出了一身冷汗，这是嫌死得不够快吗？

短暂的沉默过后，禁区深处发出叹息声，道：“还真的是没有了。岁月啊，真是太无情了！”

话音刚落，就在石昊的前方，地上有些碎石“哗啦”一声，缓缓飘浮而起，重组在一起，形成了一块石碑。

这石碑一看就是古物，存在的岁月相当久远，不可能属于这一纪元，上面有恐怖的神通所留下的痕迹。

石昊不禁变了脸色，他刚才仿佛体会到了时间倒流的感觉，那块碑像是从时间长河中浮现出来的一样。

“虽说此碑已倒，但规矩就是规矩，不容更改。”那个生灵说道。他还是没有放弃除掉石昊与无畏狮子的心思。

“不过，我可以赦免你体内的那些人，他们倒也算是无辜，是被你带来的。”那个生灵话锋一转。

这一次，石昊没有争辩，能先送走父母与那些孩子就先送走，不能让他们跟着在这里涉险。

“轰隆”一声，石昊的肉身发光，一艘战船从中飞出。战船逐渐放大，恢复了原貌。

无论是石昊的肉身还是他所开创的洞天，都可容纳此船，在闯阴阳十字地的那扇门时，他自然要将战船收进体内保护好。

此时，石子陵、秦怡宁以及那些孩子还不知道外界发生了什么。

“孩子，我们回到下界了？”秦怡宁问道。

“是的，已经到了。”石昊回答了一句，而后道，“你们先走，我遇到了一位前辈，还有些事，去荒域石国等我。”

石昊不敢说出真相，怕父母担心。

同时，禁区中神光铺展，出现了一条银色的通道，如同一挂瀑布，又若一条银河，横贯苍宇，向远方延伸。

这是一条路，通到禁区之外。

“这里是……”

石子陵与秦怡宁都不是凡人，他们闻到了药香，觉得那可能是仙药，都非常震惊。

“快走，不要等我，立刻去石国，去石村！”石昊叮嘱道。

两人露出忧色，想说什么，但看到石昊的神色后，不得不点头答应，迅速驾驭战船离去。

战船沿着银色的道路疾速远去，眨眼间就消失了。

在此过程中，无畏狮子眼巴巴地望着，而后又带着愤懑之色盯着石昊，它原本可以离去，可是石昊提前将它放了出来，算是一同闯了禁区。

“何人来扰？”

忽然，又有一个声音响起，很清晰，也是男子的声音，带着些许磁性，比刚才的声音要温和不少。

“一人一兽犯戒，闯入我们的天地间，理应击灭。”早先的声音开口道，很恭敬，认真地回应。

“童儿，你的凶性依旧那么足，这会影响你的大道之路。”那温和的声音响起，令人如沐春风。

石昊大吃一惊，早先的那个人就非常强大了，现在听起来，他好像只是一名书童？

无畏狮子也是一阵头大，深感震撼。因为，它觉得那书童肯定早已是不朽级的存在，实力高深莫测。

“咦，是从三千道州来的，有些意思，居然闯过了那条路。”就在此时，那充满磁性的男子声音再次响起。

“童儿，收起法阵，带他们过来。”男子说道。

他竟要见石昊！

第1470章 宇宙湖

WANMEI SHIJIE

“是！”那名疑似书童的男子开口道。

一刹那，石昊周围的那些通天的光柱全部消失了，没入土层。

在光束收敛时，地面“隆隆”颤抖，有的地方浮现出了裂痕。

无畏狮子眼睛发直，倒吸了一口凉气，忍不住打了个寒战，因为它看到泥土下埋着仙道真骨。

那仙道真骨是残缺不全的，可以想象，肯定是当年有那个级别的存在闯到这里，结果被击灭了！

很快，一座绿色的桥浮现出来，从远处的矮山延伸而来。

它的形状如同一座石拱桥，不过是木质的，而且桥上还带着枝条，长着晶莹欲滴的绿叶，宛若碧玉一般。

这座桥上有着旺盛如海般的生命气息，带着强大的神力波动。

神木！

不用多想，这座木桥一定是一株古老的神木炼制而成的。

拱桥的尽头是一片葱郁，桥体横过药田，一路上畅通无阻。

石昊相信，若非走这座桥，直接闯入的话，可能会瞬间被击灭，他已经见识了地面上的绝世法阵。

走下木桥，草木葱翠，空气清新，如同世外桃源一般。这里的天空亮了一些，但多少还是有些昏沉，如同蒙着一层雾。

在不远处，诸多矮山上都有恢宏的殿宇，有的是银色金属铸成的，有的是金黄色的，还有的是青铜铸成的。

这些殿宇散发着莫名恐怖的气息，令人的心神仿佛都要崩开了。

“噗！”

无畏狮子当场就吐了一口血，只因它望向某一座山上的银色古殿，便如同遭受了最可怕的天劫一般。

一座又一座殿宇都很古老，任何一座都仿佛可以镇压苍天。

“不要乱看，那些地方不是尔等可以窥视的。”疑似书童的男子冷冷地道。

石昊与无畏狮子顿时警醒，并且看向声源所在之处。

就在前方，几座茅草屋建在丘陵间的地势平坦处，不在山上，也不是那些恢宏的古殿，简单的茅草屋有种超然的韵味。

“闯过那条路，你们便可以不死。”就在这时，那温和的声音再次响起。声音的主人就在茅草屋那里，被雾气笼罩着。

“是！”书童点头道。

石昊心中一动，稍微松了一口气。

“想要见主上，你们还需要跨过这个小湖。”书童再次开口道。

在不远处，有一个晶莹若蓝宝石的小湖，正是此湖将石昊跟茅草屋隔开了。

石昊早已没有骑坐无畏狮子了，在这个地方他不可能骑乘战兽而行。

无畏狮子一阵头大，跟着石昊到了湖边。它没敢下去，因为它连那条古路都不是靠自己闯过来的。

石昊向前走去，脚掌落在了晶莹的湖面上，湖面顿时荡漾开阵阵涟漪。恍惚间，那里如同宇宙般，每落下一步，涟漪都漾出成片的星海。

后方，无畏狮子很震惊，感应到了恐怖的力量波动。此时，它看着石昊前行，略作犹豫后，也探出一只爪子，向着湖面按去。

“轰！”

下一刻，无畏狮子觉得剧痛无比，伸出去的那只爪子的皮毛当即脱落了。它闷哼一声，忍不住想大吼，快速倒退。

无畏狮子竭尽所能，修复这只受伤的爪子，可是任它如何发力，也不能复原。

此伤竟然不可痊愈！

无畏狮子十分惊惧，这是什么湖泊？怎么会如此恐怖？

无畏狮子向前望去，看到石昊走出去了十几丈远，心里终于平衡了一些。

因为，石昊也遭受了危机，起初他无恙，待走了十几丈之后，他的双脚也腐烂了，但是他没有停下！

湖泊晶莹，湛蓝清澈，唯有荡漾出涟漪时，才会显得恐怖。

在那涟漪扩散间，星海无数，大道气息弥漫，如同一片大宇宙在被开启，蕴含着不灭的气息。

石昊继续前进，他的小腿也受了伤。

此时，风雷大作，整个小湖都弥漫出规则之力。那是大道，是大宇宙在被开辟，星辰无数，环绕着石昊转动。

这里已经看不到湖泊了，有的只是星海，随着石昊迈步，仿佛是在开天辟地。

混沌之气弥漫，晶莹的光泽闪耀，石昊从双脚开始蜕变。

无畏狮子愣住了，这个家伙会殒命吗？

在此过程中，湖泊又出现了，所有星辰都化成了水滴，重新成为小湖，而那种恐怖的气息却更浓郁了。

石昊的身体发生了变化，如同不灭金身般，而且在此过程中，他的身体不断下沉，要没入湖中。

无畏狮子头大如斗，连荒都要殒命了，它肯定也没有好下场。

然而，出乎无畏狮子的预料，随着石昊的头顶都没入湖泊后，他又开始缓慢上升，再次向前走去。

当石昊走出去几十米后，他居然在逐渐地复原。

最后，石昊走过小湖，双脚踏在湖岸上，浑身晶莹，修长的躯体完好如初，甚至更加富有生命气息。

“宇宙湖，生死湖，唯有拥有天纵之资的人才能闯过。”茅草屋前，那名男子点评道。

石昊见到了那名男子，有些惊讶。男子很年轻，也很儒雅，可谓丰神如玉，不足三十岁的样子，最起码外表是如此。

此人一身白衣，洁白无瑕，脸上带着温和的笑，俊朗得无以复加，双目深邃，可以称得上绝世美男子。

“你闯过那条路，就已算是吾辈中人。走过这个湖，算是通过最后的考验，就可以见到我了。”白衣男子说道，脸上带着笑意。

若无意外，这就是禁区之主！

无须细想，禁区之主所说的吾辈中人，是在赞赏石昊，认为石昊日后的成就能接近他们，有那等潜力。

石昊觉得很虚幻，如同做梦一般，真是难以想象，他今日居然闯进了一个生命禁区，并见到了禁忌般的存在。

对于九天上的生命禁区，石昊早就知晓，但是一直都没有去过，因为知道进去的希望不大。

哪怕生命禁区有《不灭经》的后半部，石昊也无可奈何，不能前往。而就在今日，他竟在下界八域中见到了禁区之主。

“坐。童子上茶。”白衣男子说道。

就在茅草屋前，有一张茶几，而在茶几近前，还有两个树墩座位。白衣男子坐在其中一个座位上，请石昊坐另一个。

至于所谓童子，也很年轻，看起来年纪在二十岁上下，但从那双眸子可以看出，他已经活过了漫长的岁月。

除此之外，在白衣男子的后方还有一名女子，她美丽出尘，清新脱俗，如同仙女一般。

事实上，石昊有理由相信，她就是一名不朽的生灵，或为真仙。

白衣男子是这个生命禁区的主人，而那一男一女两人，都算是他的道童。

石昊稍微迟疑了一下，而后大大方方地坐了下来，既来之，则安之。

“很多年了，无穷光阴逝去，万古流转，久远到我都觉得自己要坐化了，才看到一个不错的年轻人来此。”白衣男子说道，轻轻一叹，像是颇为感慨。

但是，石昊觉得白衣男子的声音中仿佛带着刀剑之声，铿锵震耳，似乎要裂开苍宇，击灭大道，改天换地。

白衣男子的声音虽然听着很平和，可是让人的心神都在战栗，他言有所指。

此时，道童前来上茶，芬芳扑鼻，茶杯中有一只真凰在拍翅，鲜红而透亮，漾出香气，令人沉醉。

石昊相当吃惊，这是什么茶？难道比悟道仙茶还要非凡不成？

“山野粗茶，我亲手所种。”白衣男子像是看出了石昊在想什么，这样说道。

第1471章 第十人

WANMEI SHIJIE

禁区之主亲手栽种的茶？

石昊低头，仔细观察，杯中的茶叶鲜红，透出灿灿光泽，它真的在游动，甚至有振翅声，太像真凰了，如同活物一般。

“真不知道是何种仙茶，恐怕就是仙域也难求吧。”石昊轻声说道。

茶叶清香扑鼻，令人神清气爽，宛若最珍贵的稀世大药般，洗礼身与魂，相当神奇。

“仙域浩瀚，古茶树有不少，尤以一株悟道茶最为珍贵。我这只是一株普通的苦茶树所结的叶片，每年只是给它浇浇水而已。”白衣男子笑了笑，说道。

石昊一怔，看着杯中的茶，这只是凡茶，并非仙茶？他顿时醒悟，此茶之珍贵不在于品种，而在于栽种它的人不同。

被一位真仙照料的花草，哪怕它再平凡，到头来也会不凡。

而这位禁区之主，则更加深不可测，他所栽种的苦茶树，又怎会沦为凡尘间的普通古树呢？

再看此茶时，石昊发现它归于平淡了，杯中鲜红的叶片煞是美丽，却不再神秘。

他浅饮了一口，刹那间，口中发苦，舌头都麻了，这种苦味让人有些受不住，跟它的芬芳清香大相径庭。

石昊张着嘴巴，直吸冷气，此茶将他这个境界的生灵都苦成这个样子，可想而知此茶的威力。

这茶叶上绝对有规则之力，不然的话怎会如此？连他都觉得难受至极，恨不得一口吐出去。

“如何？”白衣男子问道，声音带着磁性。他双目深邃，面容俊朗，丰神如玉。

“苦！”石昊只有一个字。

“还有呢？”白衣男子又问道。

还有什么？石昊想扔下茶杯，除了苦之外，他真的品味不出什么，绝不可能昧着良心说馥郁芬芳。

忽然，石昊一阵惊异。因为，他舌头的麻与痛消失了，出现了一股很涩的感觉，还有些微酸，让他整个人都有些发僵。

“太涩了！”石昊忍不住说道。

随后，这种涩从舌头开始，向神魂蔓延，那滋味绝非享受。

石昊一阵无言，这位禁区之主是什么意思？招待客人就上了这么一种又苦又涩的茶，让人难以下咽。

这根本不是品茶，简直是在受罪，他很想一口吐出去。

但是，这里是生命禁区，他在品一位绝世人物的茶，那样做的话太过不敬，他做不出那样的事。

只是，这茶水也太特别了吧，既不能帮人悟道，又不能成为一种享受，要它何用？

“这种茶只有九个生灵喝过，平常的人想饮一滴都不行，因为他们没有那么大的福分。”白衣男子轻叹道。

他这么俊朗，外表看着不过三十岁，双眸深邃，气质超凡，有一种独特的魅力。

他立于尘世，如同凤临人间，俯瞰百鸟，超凡脱俗，令万禽膜拜。

从白衣男子身后的那个女道童就可以看出，她脸上露出仰慕之色，眸子中泛出异样的光芒。

石昊心中咕哝，还好自己也是男人，这位禁区之主便是风采绝世，对自己也没有什么影响。

“只有九人喝过，都是些什么样的人？”石昊问道。

“第一个自然是我自己。”白衣男子笑道。他如同一个阳光活泼的年轻人，不像是威严的禁区之主。

“其他人呢？”石昊问道。

“其他生灵都是年轻人，是各自时代的天骄，为各自时期的天纵奇才。”白衣男子回答道。

“从仙古纪元初到仙古纪元结束，共有八个年轻人饮过此茶，可惜啊！”白衣男子摇头道，十分怅然。他转头看向远方，像是在追忆着什么。

“可惜什么？”石昊问道。他算是初生牛犊不怕虎，就这么直接地询问。要知道，这可是禁区之主，威压天下，号令十方。

“可惜，他们都死了。”白衣男子说道。

石昊愕然，看着他，一句话也说不出了，这是什么意思，喝下此茶就要丢掉性命吗？

“为何……都殒命了？”他不得不问。

“因为他们喝下了这杯茶，所以都殒命了。”白衣男子平静地说道。

石昊相当无语，如果他是一个暴脾气，估计就大骂出口了，这是想害死他吗？

“请前辈明示！”石昊说道。因为他相信，禁区之主想要除掉他很容易，不必这么费力气。

“他们喝下此茶后，努力修行，最后都踏上了一条路，可由于种种原因，都殒命了。”白衣男子叹道。他更加怅然了，瞳孔中映照出诸天，其中有大宇宙被撕裂的景象，有漫天星斗炸开的景象，恐怖至极。

所幸白衣男子没有针对石昊，否则后果难以预料。

此时，天穹都在龟裂，诸多星海浮现，一些星斗随着白衣男子的眸光流转而震动，甚至在分裂、毁灭。

石昊不是不知道禁区之主强大，可是现在匆匆一瞥，见到这一幕，还是大为震惊。

最后，白衣男子的眸光暗淡了，瞳孔深处不再是古宇宙崩开的景象，而是出现了八名男女。

他们是逐一出现的，像是从不同的历史长河中走出的一样，这些画面在禁区之主的双目中映现，这是他在追忆吗？

“喝茶。”白衣男子说道。

石昊咬了咬牙，一口气将剩下的茶水都喝了下去。这一次茶水的味道更苦更涩，他都快失去味觉了。

接着，石昊愕然，因为，他发现近前出现了一道身影。这是一个男子，他身形高大，披头散发，非常强壮，如同一座铁塔般。

“他叫奥古，是我遇到的第一个年轻人，来自混沌族，在仙古初期横扫天下年轻高手。”白衣男子介绍道。

这个青年的皮肤呈淡金色，光泽流转，一看就是体修，身体极其强韧。

“我曾教他搏龙天功。”白衣男子说道。

石昊闻言，心中一惊，这是一桩古天功，闻其名就知道，肯定威能无穷。

“他成仙时，不听我的叮嘱，过早地走上了那条路，结果一去不回，殒命了。”白衣男子叹道。

石昊惊讶不已，成仙后都殒命了？！

紧接着，这个青年消失了，出现了第二道身影。这是一个女子，她一袭黄衣，非常美丽。

白衣男子看着这个黄裙少女，神色复杂，有追忆，有叹息，更有无尽的遗憾。

“她名为金珍，来自仙域的金乌一族，资质极佳。我认为她将来的成就会超越我，可惜，她也殒命了。”

白衣男子有些伤感，伸出手，想要去抚摸那黄衣少女的头发，结果她却如泡影般消失了。

随后，第三道身影出现了，这是一个少年，看起来很柔弱。

“他名为若风，是一个很柔弱的少年，我曾教他屠仙术。”白衣男子说道。

石昊的心不能平静了，无论那些人是否殒命了，都足以说明一件事，这个禁区之主太非凡了，一人传授一种大法，学究天人啊！

果然，接下来白衣男子介绍的生灵都是如此，全都学习过不同的大神通。

当最后一个人出现时，石昊的心神为之一动。这是一个女子，一轮青月浮现在她的脑后，将她衬托得如同不食人间烟火的仙子。

“她名为青月，来自人族。”白衣男子道。

“什么，她是青月仙子？！”石昊惊诧不已。

第1472章 等候一个纪元

WANMEI SHIJIE

“是，许多人称她为青月仙子。”白衣男子点头道。

这个女子丰姿绝世，脑后有一轮青月，映照六合八荒，若开天辟地时代的神祇，俯瞰天下，一颦一笑，动人不已。

青月仙子很平和，圣洁无瑕，这应该就是她生前的神态与气质，哪怕面对禁区之主也非常从容。

“她看着祥和宁静，其实很骄傲。”白衣男子笑了笑，随后目光又暗淡了，“她也在仙古末年殒命了。”

石昊心中波澜起伏，他真的被吓到了，对于早先的那些人，他不了解，也不知晓，没听说过。可是，对于最后一人，他岂能无闻，还曾见到过她遗留下的火种——那轮青月！

青月仙子传承下的火种，被清漪得到了！而那团火，那团符文，早已跟清漪融合在了一起。甚至，有人怀疑青月仙子跟清漪有某种关系，可能是她的转世。

石昊自然惊讶，在仙古时期名动天下的青月仙子，居然跟此人有关系？

“她是你的弟子？”石昊问道。

“算是吧，我传了她大法。”白衣男子点头道。

石昊默然，此人到底有多强，教了八个生灵，每个都是通天动地之辈。通过青月仙子就可以知道，其他人肯定都是超凡入圣的。

这位禁区之主太神秘了，绝对是一位盖世人物，听他这么说，他从仙古纪元初就开始传授弟子了。

奥古来自混沌族，是第一个走到这里的强者，诞生于仙古纪元之初。可以料想，这位禁区之主活得有多么久远。

“都死了。”白衣男子轻轻一叹。微风吹过，将他一身白衣都吹起，令他看起来有些萧索。

“我喝下此茶，那么……”石昊谨慎地开口道。他可不想莫名其妙地丢掉性命，喝下此茶的人都殒命了，实在是不祥。

“你是第九人，我等候了一个纪元，今日终于相见了。”禁区之主说道。

石昊一阵头大，道：“我不想步他们的后尘。”

白衣男子闻言，摇了摇头，道：“我不会逼你去走那条路，当年我还曾反对他们过早地前往那条路，结果还是有人提前上路，结果殒命了。”

究竟是什么样的一条路，居然让那些人如此迫切，不惜以身犯险？

“他们自知此生修为无法突破了，所以明知会失败，也要前往，唉！”白衣男子竟然这么叹道，“我知道，他们尊我为师，所以想为我而去一战。”

石昊不解，什么意思？禁区之主有大仇人吗？他自己为何不去？

白衣男子用手轻轻一拂，顿时天崩地裂，鬼哭狼嚎，宇宙被撕开了，而后浮现出一片幽静的景象。

“那里是……”

石昊震撼不已，内心难以宁静。因为，他曾经去过那个地方，看到过部分真相。

现在，白衣男子拂开虚空，再现了那里的景象。

一条堤坝横亘在那里，自古长存，隐约间，有浪涛起伏的声响从堤坝后面传来。

天色昏暗，迷雾重重。那个地方很神秘，一切都看不真切。

不过，石昊还是看到了，堤坝上有一道散发着仙道气息的身影，那是一位真仙，他殒命在了那里。

随着目光的移动，堤坝的远处同样垂挂着不朽级的生灵的尸骸。

石昊曾经去过那里！

当初，他跟三藏还有神冥从仙域出来后，寻找归路，曾见到一片雷电深渊，闯过去后一路前行，最后见到了一堵堤坝。

在那里，他还发现了柳神的踪迹。柳神也去了，进入了堤坝后的世界！

此外，还有一行浅浅的，不知道属于哪一个年代的脚印，似乎所有后来者都是沿着那行脚印追寻过去的。

白衣男子所说的路，就是那里，在堤坝的后方？

石昊怎能不惊讶？他早先也没有料到这一点。

突然，石昊的心神绷紧了，因为他在画面中见到了一个生灵。

那个生灵白衣胜雪，纤尘不染，超尘拔俗，站在堤坝上，最后迈步，踏了过去。

石昊很震惊，走过去的人还能活着回来吗？种种迹象表明，那是一条神秘的绝路，从未有人带出过有价值的消息。

“轰！”

很快，石昊听到了堤坝后狂暴的声音，像是骇浪在翻腾，又像是在大战，而后逐渐远去。

一天又一天，一年又一年。

那里时光碎片飞舞，看着那画面，不知道究竟过去了多久，是几个月，还是很多年？

直到有一天，一只手掌扒在堤坝上，打破了宁静。

接着，那只手用力地艰难地向上爬，要翻过堤坝。不久后，一颗头终于露了出来。

那个人披头散发，双目暗淡，他在艰难地挣扎，终于爬上了堤坝。

他身体踉跄，摇摇晃晃，几次跌倒，又几次重新站起来，向着远方逃去，终于离开了堤坝。

石昊认出来了，那是禁区之主。原本他白衣胜雪，现在却是浑身战衣破烂，失去了往昔的绝世风采。

画面如涟漪般向外扩散，最后全部消失了。

石昊回过神来，看着茅草屋前的禁区之主，强大如他，当年去堤坝那里，居然都是九死一生。

此后，禁区之主所教的弟子也都去过那里，大部分人都葬在那里了吗？

“喝过此茶的人，大部分都死在堤坝那里了。”白衣男子说道。

“那里究竟有什么？”石昊询问道。他真的非常震撼，强大如眼前的禁区之主都险些殒命。

“唉，当年他们也想知道，结果前往堤坝后，都殒命了。”白衣男子叹息道。

而后，他看向石昊，道：“你还想知道吗？你敢去那里吗？”

如果是其他地方，石昊或许还会犹豫，真的要考虑一番，但是，这个地方他没有什么迟疑的。他当即就点头，非常痛快地说敢去，一定要去！

不说其他，单是柳神进入堤坝后的世界一事，就让石昊不得不做出这种选择，反正他早晚都要过去。

前提是，他要变强，积累自身的道行。

“我要去那里，我敢去。但是，前辈，你应该教我天功宝术，将早先那些人所学到的东西都教给我！”石昊双目发光，这般说道。他对那些古天功真的很眼热，什么屠仙术、搏龙天功等，光听名字就知道很强大。

“仙古结束，我足足等候了一个纪元，才等到你。你是我辈中人，但是，这一次我不会再传下任何大法了。”白衣男子摇头道。

“为何？”

石昊急眼了，从第一代的奥古开始，到最后一代的青月仙子，哪个不曾继承白衣男子的某种天功大法？

每一个人所学的都不同，可见禁区之主多么逆天，掌握了很多秘法，学究天人。

“我曾教给他们绝世大法，令他们变强，可是到头来，他们都没有踏出自己的路，只是循着我走过的路前进。

“这样的路，就算他们追上了我，跟我齐头并进又能如何？不过是多了一个我，我要的是超越者。”白衣男子说道。

“那你要怎样做？”石昊询问道，心脏怦怦直跳。

“等了一个纪元，终于等到了一个合适的人。我会引领你，让你自己上路，成为一个真正无敌的存在！”白衣男子说道。

石昊心中难以平静，他知道，很有可能一桩天大的机缘就摆在他眼前，当然，也有可能一切会成空。

其实，石昊很想学那些大法，将它们融会贯通后，他再去创法，走出自己的路也不迟。

“拿好这块玉璧，你便离去吧。等你熟知世事了，再来这里寻我。”白衣男子的声音再次变得温和，富有磁性。

霞光一闪，石昊手中多了一块陈旧的玉石。

“去吧。”白衣男子挥了挥手。

石昊施礼，躬身向他告别。

然而，等石昊抬起头来时，不禁愣住了，简直难以置信。

周围哪里还有什么茅草屋、草木，四野一片荒凉，所谓宇宙湖不见了，远处的药田等也干枯了。

附近只有一些残山，也是死气沉沉的。

此时，石昊发现了一颗头骨，它雪白如玉石。

石昊手中没有玉石，可那玉石的确存在，就在头骨的近前。此外，那里还有一个破损的茶壶以及半个陈旧的茶杯。

石昊愣住了，这是什么地方？不久前他在同谁对话？

很快，他又看到了另外两颗头骨，它们已经破损了，在那雪白头骨的后面。

“禁区之主，还有他的一对道童……”石昊的声音在颤抖。

曾经的禁忌存在，堂堂的绝世人物，他是如何殒命的？

第1473章 消逝的

WANMEI SHIJIE

没有白衣男子，也没有道童，更没有茅草屋、恢宏的金属殿宇、宇宙湖以及灵山等，石昊之前看到的都不见了。

这里只有几块枯骨，它们在岁月中凋零，在枯寂中冷冷地长存，颇为凄凉。

石昊从头凉到脚，自己到底经历了什么？

刚才分明那么真实，一切都让人觉得不可思议，如同南柯一梦。此时此刻，他的脊背不禁冒出冷汗。

要知道，他可是遁一境的修士，道行高深，并打破了这一纪元的纪录，开创了神话。可是，他却着道了。

石昊低头看着那颗残缺的头骨，不禁倒退了几步，总觉得一阵心慌，若是猜测为真，未免太恐怖了。

堂堂禁区之主，最后竟落得了这么一个下场。

所谓禁区之主，横扫世间，拥有睥睨天下的战力，到头来却连自身都保不住，肉身成烟，在大世中沉浮，转瞬消亡。

那可是一代禁区之主啊！可到头来，也不过是一场空，化作白骨，横陈荒野。

禁区之主神通广大，可逆改命运，无敌于世间，结果还是落得这个下场，以这种方式“显圣”，太可悲了。

石昊看着那颗雪白的头骨，有些难以接受，刚才如同现实般的梦境，竟是它所为吗？

冷风吹过干硬的大地，发出“呜呜”声，让此地显得很凄凉。

石昊一退再退，离头骨远一些了，开始在附近仔细搜索，想发现更多的历史痕迹与线索。

这里有一片残山，在那梦境中，它们不是很高，但是有种镇压诸天的大势，为大道之山。

山上曾有金属殿宇，每一座都恢宏无比，连望一眼都会让人心神欲裂。可是，现在放眼望去，除了残山外，还有什么？

“当！”

石昊脚下踢到了一些碎石，冷风吹过，一些尘土扬起，露出了金属瓦砾，还有一些地基。

这是曾经的宏大建筑，而今成了一片废墟。

全都破灭了，不复存在！

没有不老的红颜，也没有不灭的传承，一切都有腐朽的那一天。就是禁区之主这么强大的存在，也都化作了飞灰。

石昊来到那片药田前，他还能看到这片神土的旧貌，这里还有田垅和干枯的植被。

这很诡异，连金属殿宇都成了废墟，这里却还有腐烂的神草残存。

随着石昊的接近，药田发光，腾起阵阵光雨，那些干枯的大药和腐烂的神草，此时化为了灰烬。

石昊一惊，没有再靠近，他轻轻一叹，这药田凭借最后的灵性保持着昔日的旧貌。

只是，消逝的终究还是消逝了，不可能再现。

随后，石昊向前走去，在途中他看到了无畏狮子，它趴在那里，一动不动，似乎陷入了沉眠。

石昊走过去，拍了拍它，果然是熟睡，并无性命之忧。

“发生了什么？”无畏狮子倏地睁开了眼睛，浑身兽毛竖立，快速倒退，无比警觉地看着石昊。

“嗷——”

无畏狮子低吼一声，感觉一只爪子剧痛，想到了沉睡前的事。

“宇宙湖，我的皮毛、血肉……”

无畏狮子清晰地记得，石昊踏湖而过，它也尝试踏湖，结果一只爪子被腐蚀，剧痛不已。

直到现在，它还能感觉到钻心的痛，而且那只爪子上有血，只是皮毛等都已经长好了。

“咦？”

石昊自然看到了无畏狮子那只爪子上的血，相当惊讶，莫非梦境中经历的也不一定全都为虚？

“这宇宙湖怎么干涸了？”无畏狮子有些吃惊地道。而后，看向四野时，它更是一阵发愣。

那郁郁葱葱的草木呢？那仙气袅袅的殿宇呢？怎么都不见了？这里怎么成了一片死寂之地？

无畏狮子几乎石化了，最后，它低着头，用大爪子去扒拉那个干涸的小湖，那里还有一地的细沙。

然而，让无畏狮子吃惊的是，它一触动那些沙粒，顿时天摇地动，隆隆作响。

无畏狮子快速后退，一阵愕然，因为，当它触动这些沙子时，它发现一粒沙堪比一颗星星。

石昊也是一惊，蹲下来，看着那干涸的湖泊下的沙粒：他用手去拈，结果震惊地发现，任何一粒沙都是如此，跟星星一样重。

“这……还真是宇宙湖！”石昊惊叹道。

所有沙粒都是真实的大星，被炼成了沙，这里是星辰堆积起来的。

所谓宇宙湖是真实存在的，这个地方是一片宇宙，点缀在禁区之主栖居的茅草屋前。

这是何等的大手笔！

随着禁区之主消亡，这个湖泊化成了沙地，不再显化昔年的盛景。

石昊重新来到头骨前，这里没有茅草屋，也没有树墩等，全都消失了。地上的三颗头骨就在白衣男子与两名道童的位置，丝毫不差。

无畏狮子震惊得通体直冒寒气，怎么都不敢相信。

石昊一叹，蹲下身来，他想将这颗头骨葬下，避免它继续横陈于荒郊野外。然而，让他吃惊的是，他根本无法挪动这颗雪白的头骨，它纹丝不动，像是一面撑开天地的墙壁。

只是一颗头骨而已，为何无法挪动？

以石昊的修为，摘星挪月都可做到，抓下天日来都不成问题，结果却没有办法拿起一颗头骨。

很快，石昊发现了一些异常。他拂开周围的土，发现有几块石板上面刻着字，这些字来自不同的人的手笔，有的笔力雄浑，有的笔力柔和娟秀。

第一块石板上的刻字，结尾的留名处写着两个字——奥古！

这不是梦境中禁区之主所等到的第一个年轻人吗？他号称仙古纪元初期最强大的混沌族天骄。

石昊逐一细看，果然发现了一些熟悉的名字，都是梦境中所见到的那些年轻人的。而最后一块石板上的名字，正是青月仙子所留。

这不是幻境，都是真实的。

“这……”

石昊从这些石板上了解到一些真相，那些年轻天骄真的来过这里，并且得到了传承，师从禁区之主。

当然，那时，他们见到的便已经不是活着的禁区之主了，而是跟石昊现在见到的一样，只是一颗头骨。

他们也想过葬下这位禁区之主的骸骨，结果却无法做到，只能留下石刻，在此凭吊。

石昊一阵头大，这禁区之主究竟是什么年代的生灵？在仙古纪元初期，他就已经是一颗雪白的头骨了，他究竟死于何年代？

地上有茶壶，有玉石块，还有残杯，它们都很陈旧，都是梦境中的东西。

石昊伸手抓起茶壶，又捡起那个残破的杯子。让他吃惊的是，茶壶里居然真的倒出了茶水，茶水依旧鲜红，还带着一点热气。

他震撼不已，这都多少年了，居然还有茶水，而且还是温热的！

无畏狮子也大吃一惊，喉咙里发出“咕噜”一声，咽了一口口水，因为茶香太浓郁了。

石昊浅尝一口茶水，发现还是那个味道，苦涩得让人受不了，太难喝了！

见无畏狮子眼巴巴地望着，石昊给它倒了一点。

然后，石昊便看到，无畏狮子开始满地打滚，那模样要多凄惨有多凄惨，几乎都要炸开了！

“苦啊，痛啊！”无畏狮子吼声如雷，满地翻滚。

同一时间，石昊感觉到了异常，抬头间，那茅草屋又出现了，矮山、金属殿宇、药田等恢复如初。

除此之外，那个白衣男子也出现了。他温和地笑着，坐在前方，在他的身后有两个道童。

“我说过，这茶水不是一般人能喝的。”他微笑着道。

白衣男子抬手，点在无畏狮子身上，它大声咳嗽，直到一些晶莹的液滴落在地上，这才恢复过来，不再痛苦。

“前辈！”石昊颤声道。

“你该离开了，尘世事了了，再来一叙。”

这一次，石昊抓起那块玉，不再迟疑。当他起身后，一切又变化了，此地成了枯寂之地，身后只有头骨。

“我之身早亡，消逝的早就消逝了。”这是石昊离开前听到的声音。

无畏狮子驮着石昊，不用吩咐，便一路狂奔，风驰电掣般地离开了这片生命禁区。

第1474章 归心似箭

WANMEI SHIJIE

无畏狮子的确被吓得不轻，一颗头骨而已，不知道诞生于何年代，炼宇宙为湖泊，纳古今为梦境，实在骇人听闻。

它一路狂奔，若闪电般迅疾，转眼间就跨越了数十万里，比平日的速度快了一大截。

石昊也在思忖，抚摸着手上的那块陈旧的玉，这是一件古物，他将之珍藏了起来。

一颗头骨而已，并非真身，就教导出了多名仙级高手，而且都是各个时代的天纵生灵，的确不简单。

当然，最让石昊在意的是，这位禁区之主曾经去过那片堤坝，还活着回来了。

据石昊了解，目前去过堤坝的人都殒命了，还没有活着出来的。

“只是，他负伤太重，到最后还是殒命了。”石昊轻叹道。

在不久前所见到的画面中，曾有白衣男子爬过堤坝时的情景，他满身是伤，踉踉跄跄。

让禁区之主都落到那步田地，那个地方太惊人了。

当石昊和无畏狮子冲出去很远，再回头时，后方寂静，迷雾重重。

“奇怪！”无畏狮子感到有些疑惑。它尝试走了几步回头路，发现竟迷失了，一阵眩晕。到了最后，它完全找不到路了。

“我们该朝哪个方向走？”无畏狮子一阵忐忑，发现四野很昏暗，晕头转向，失去了方向感。

石昊很讶异，因为他没有迷失，可以很清楚地看到远方的光亮以及后方的迷雾区域。

是那块玉使然吗？石昊取出那块玉，将它丢在地上，然后他震惊地发现，他也开始晕头转向，天地仿佛都在翻转。

石昊一抬手，快速召唤回那块玉。

“你不要停下，一直向前走。”石昊说道。

“那好像是回头路。”无畏狮子有些不确定地说道。

石昊闻言，知道无畏狮子彻底懵了。

“不用多问，径直走就是了。”

果然，当无畏狮子驮着石昊再次风驰电掣般地前行了五十万里之后，周围的一切终于恢复了正常。

他们见到了太阳，看到了鸟兽，彻底脱离了那片古怪的区域。

当无畏狮子再次驻足，很谨慎地回头观望时，它发现一条大河断了后路，此外还有岩浆地等。

无畏狮子一路飞驰而来，刚才绝对没有见过这样的地貌。若是再让它去寻找，它无论如何也没有办法接近那片生命禁区了。

“咚！”

远方，山脉中发出剧烈的声响，一些巨山倒塌了。刹那间，乱石冲天，烟尘弥漫。

“父亲，母亲！”

石昊一惊，因为他看到一艘战船在那片山脉中冲撞，导致很多山体都崩开了。

发生了什么？

“嗖”的一声，无畏狮子腾空，驮着石昊快速靠近战船。

石昊一跃而下，来到战船上，见到了父母他们。

“孩子，你回来了！”秦怡宁长出一口气，彻底放松了。早先他们非常紧张，怕石昊出意外。

很快，石昊就明白了，父母带着孩子们离开后，疾速远去，将那些孩子放在一个安全的地方，让云曦保护，而后他们两人回头来寻找石昊。

尽管知道修为不如石昊，但是，身为父母，他们还是记挂着石昊，害怕他出现什么意外。

结果，他们跟无畏狮子一样，一旦走回头路就会迷失，导致战船失控，四处乱撞。

“好了，我们离开此地，这块区域以后不要来了。这里有神秘的场域覆盖，是一片生命禁区。”石昊解释道。

在十万里外，石昊见到了云曦，还有一群孩子，他们都很安全。

当看到战船，还有上面的无畏狮子与石昊后，一群孩子都大声欢呼了起来。

“都上来吧。”

一群孩子闻言，如同一群小猴子般，快速冲上了战船。

有些孩子才会走路，年岁幼小，被石昊挥手间席卷了上来。

战船继续前行，到了有人烟的地方后，他们终于得知这是哪里了。

“天域！”

下界八域，共划分为八个区域，分别为：天、地、玄、黄、宇、宙、洪、荒。

这八个区域也被称作八大牢笼。

“这是天域，曾经有一个生命禁区，不过，上界的人都不知道。”石昊叹息道。

“它会不会就是十字阴阳地的禁区？”云曦说道。

这是有可能的，毕竟，从十字阴阳地出来后，那条石阶路连着的就是下界的一个禁区，两者应该有关联。

“或许吧！”石昊点头道，但这已经意义不大了。

战船横空，如一朵乌云般横跨天域。很快，它击穿了域壁，赶向其他古域。

这艘战船来自天神书院，是一些长老亲自为石昊炼制的，它有着强大的神威，可以跨域而行。

玄域属于八大牢笼之一，当然，这是对于上界人来说，而对于八域人来说，这是一个非常强大的古域。

石昊他们横跨虚空后，穿透域壁后来到了这一域。

玄域有西方教在下界的根基，有不老山的后裔，这些都是顶级道统。

不过，石昊他们也仅是路过而已，不准备去“拜访”，也不想在此停留。他归心似箭，想要尽快回到石村。

若是路过鲲鹏巢、漂流纸船的神河西陵界等地，石昊或许会停下，而眼下唯有前进。

“嗡！”

虚空鸣颤，另一艘大船浮现，两艘船险些相撞。

这艘船十分绚烂，在其周围缭绕着神禽猛兽的虚影，那是骨文显化而出的，用以守护船体。

这艘船看起来非常神武，如同一艘王者之舰。不过，跟石昊的战船比起来，无须多想，肯定不是一个数量级的，但是在这下界而言，已经相当了不起了。

石昊的战船返璞归真，只是块头大而已，看不出有什么特别之处。

这主要是因为，到了下界之后，石昊有意对力量进行了控制，不然的话，他全力以赴地开启此船，必然要带动出遁一境以上的强大波动。

那样的话，战船所过之处，长空都要龟裂，附近的山川都将崩塌，不知道有多少生灵会受到影响。

“什么人?!”对面，那艘大船上有人呼喝。

石昊站在船头，没有开口，心中一阵感慨，他终于回来了!

这片天地缺少完整的法则，对石昊的压制相对而言会小一些，在这种地方动手的话，他的威力会被放大很多倍。

这里的山川对于石昊来说，显得过于脆弱了。

对面的那些人显然来头不小，最起码在玄域算得上强大的势力，他们见石昊竟然在发愣，顿时有些恼怒。

“喂，少年，为何阻挡我们前行？难道想截下我等吗？”开口的是一个老者，他脾气火爆，大声喝问。

“哦，对不住，横跨虚空，意外而已。”石昊回过神来，冲对面的人点了点头。

无畏狮子翻了个白眼，神色不善，如果由着它的话，它一爪子便将那整艘战船拍烂了，谁拦阻谁啊!

不过，石昊早就告诉过无畏狮子，如无必要，不要在下界逞凶。

“风伯，怎么了？”一个温婉的声音传来，几名侍女陪着一位小姐走到了船头。

这名少女非常美丽，穿着一身鹅黄色的衣裙，站在船头，衣袂飘舞，灵动而雅洁。她的眉心有一块菱形印记，头上有一对玉角，犹若龙女。

这名少女抬头看到了对面的大船，也看到了那立于船头的少年，当即就愣住了，仿佛不敢相信自己的眼睛。

“你……你是……”

多年过去，少年依旧清秀，没有什么变化，只是身高增长，越发挺秀，眼神还是那么明亮。

“石昊！”最后，少女很肯定地这般叫出。

“石昊，哪个石昊？”

“传说中的小石吗？”

船头，一些人顿时发出惊呼声，全都盯着对面大船上的少年。

“没错，他是小石！”

“不会有错，我在虚神界看到过，就是他！”

“天啊，真的是小石！他怎么出现了？”

“我以前陪着小姐时，看到过他，是小石！”

船头，一群女子叽叽喳喳，既震惊又兴奋。就是那被称作风伯的老者也觉得不可思议，呆呆地看着那个少年。

“芊芊郡主，好久不见。”石昊开口道。他露出惊讶的神色，没想到居然会在这里见到故人。

玄域，连西方教与不老山都在下界这里立教，相对八域来说，算得上人杰地灵。

芊芊郡主是玄域十大美人之一，当年不老山秦族的一位嫡系传人追求她时，还曾因此跟石昊结怨。

这么多年过去，芊芊郡主的变化不大，依旧灵动出尘。

“你不是去了上界吗？怎么还能下来？”芊芊郡主觉得很不可思议，此时她一副娇憨的样子。

“我是谁？传说中的天纵奇才，哪里去不得？我想家了，所以就回来了。”石昊大咧咧地说道。

好长时间，芊芊郡主都没有回过神来，这太惊人了，传说中的小石跑到上界去后又回来了。

“小石，我邀请你去我族作客。”芊芊郡主大眼扑闪，邀请石昊去她的族中。

“我今日才回来，要先回石村，等过段时间吧。”石昊说什么也要先回自己的族中。

随后，石昊笑了笑，道：“你若无事，可以去荒域石国找我。”

“好，不久后，我就去看你！”芊芊郡主点头，脸上带着喜色。

片刻后，他们分开了，两艘战船再次横跨虚空。

就在这一日，消息在玄域传开，小石回来了。听到这个消息，各族各教都震惊不已，所有人起初都不相信。

这简直是一个爆炸性的消息！

第1475章 回石村

WANMEI SHIJIE

战船的速度非常快，如浮动的光，似逝去的影，在天穹上穿过。当战船发出神光时，玄域的人误以为发生了星陨。

很快，战船再次撕开域壁，又一次跨域而行。

荒域，终于到了，石昊终于回到了这片熟悉的土地上。

战船停了下来，悬在天空中。

石昊站在船头，俯视着下方的苍茫大地。疆域广阔，无边无垠，地上古木参天，多为原始山林。

这是一片大荒，整片荒域大多如此，不然也不会被称为荒域。

石昊深吸一口气，跟上界比起来，这里的灵气真的很稀薄，无法常年提供滋养肉身与神魂所需的物质。

但是，石昊一点也不失望，他心境平和，有一种满足感，还有一种感动与欣喜。

因为，他终于回来了！

这是熟悉的感觉，这里是他所怀念的故土。

石昊离开这片大地很多年了，仔细算来，已经有十年以上了。现在，他看着这片大地，内心觉得无比充实。

“唰！”

石昊纵身一跃，离开船头，扑向大地。

“我又回来了！”石昊大吼一声。

这里虽然是大荒，但也属于石国边境，这是他当年走过的一条路，可以通向石村。

“你们在后面跟着，我先去了。”石昊说道，而后大步走入山林中。他怕这么大的战船横空会惊扰石村，那里是一片净土，是与世无争的世外桃源，村人十分淳朴。

石昊希望那里永远宁静，那是他心灵的港湾。

大荒无边，草木丰茂，更有凶禽与蛮兽出没，它们都是洪荒异种，大的甚至可与山体比高。

当年，石昊还是少年时，只身穿过这片大荒，要时刻面对生死考验，避过各种强大的古兽与凶禽。

现在，当石昊行走在这片大荒中，仿佛成了一头人形大凶兽，各种神禽等见到他都要避退。

“嗷——”

这时，一头金翅神猿跳了出来，它足有数丈高，背后还有一对金色翅膀，阔口獠牙，扑向石昊。

这是一头兽王，方圆数千里内无对手，所有飞禽走兽都臣服于它。

当看到这么一个人形大凶路过此地，万兽惶恐，金翅神猿跳了出来，阻击石昊。

“一只小猴子也敢撒野，跟我回石村去看门吧。”石昊伸手一点，五色霞光绽放，直接禁锢了金翅神猿。

石昊把这头金翅神猿仔细地看了又看，露出古怪的神色。他可能认识这头神猿，当年他路过这片山脉时，曾躲避过它，那个时候他很弱小，还是个孩子。

现在，十几年过去之后，他直接可以拿下这头神猿了。

想到昔日的事，再想到这么多年的经历，石昊心中感慨万分，有幸福，也有苦涩。

当年，他带着兄弟清风一路摸爬逃窜，赶到补天阁去报名，现在想起来，还真是胆子大。

“唰”的一声，石昊将金翅神猿丢到了百里外的战船上，非常精准。

石昊大步在山林中穿行，这是他当年所走过的路。

一路上，石昊并没有潜行，故此不时有些凶兽袭击他。不过，只要他稍微露出些许气息，那些凶兽就会逃遁。

在路上，石昊见到了一些巨兽。他当年能够活着穿过大荒，真的不容易，毕竟那时他还年少，道行不足。

石昊开始散出神识，搜索这片大荒，想看一看有什么特别强悍的生灵。

“咦？”

他还真的有所发现，这片山林中居然有点燃神火的强者！

那是神级的存在！

要知道，整片荒域也没有几个人，尤其是后来经历了大劫，神迹都消失了。

石昊神情凝重，一闪身，冲着九百里外的一片山脉闯去，他要看一看究竟是什么样的生灵。

毕竟，石村在这片大荒中，在这里出现一个神级生物，多半是一个很大的威胁。

石昊很担心，这么多年过去了，石村是否经历过什么。

这是一片明秀之地，水汽腾腾，高山上的一挂银瀑砸落下来，在水潭中隆隆作响，并形成薄烟，令这里灵气氤氲。

一个黑色的生灵懒洋洋地躺在岸上的一块大青石上，跷着二郎腿，很悠闲的样子。它晒着太阳，正在向嘴里扔烤鱼。

石昊顿时露出古怪的神色，太熟悉了，他认识这个家伙。

这是一只大黑龟，它很大，比磨盘都要大很多，通体漆黑，十分自在地躺在那里。

一般的龟怎么可能会这样？仰躺着，四肢还那么长，都能跷起二郎腿了，这副做派怎么看都不像是个好家伙。

“三黑，你怎么躲在这里？”石昊开口道。他自然认识这个家伙，这是从上界跑下来的龟。

当年石昊亲手拿下大黑龟，将它收为坐骑。可是在七神作乱时，它趁着石昊迎敌，逃跑了。后来，石昊一直没有寻到它，便去了上界。

“鬼啊！”

大黑龟一下子就蹦了起来，动作敏捷无比，背着一口“大黑锅”，“嗖”的一声就跳出去了。

“你鬼嚎什么，不认识我了吗？”石昊斜睨了大黑龟一眼。

“你怎么可能出现？天啊，鬼啊，你快走吧！”大黑龟叫着，转头就逃。

石昊一把就揪住了大黑龟的脖子，将它拎了回来，脸上露出淡淡的笑容。

“大哥，饶命啊！真是你啊，我有眼不识泰山，还以为是哪个混账冒充你呢！”大黑龟赶忙笑道。

“混账？你是骂我，还是骂你自己呢？”石昊没好气地瞪了它一眼。

“骂我自己。”大黑龟急忙扇了自己一嘴巴，它的龟臂很长，动作灵活。

“大哥，你怎么回来了？我震惊得魂都飘起来了，所以才口不择言。你大人有大量，我太吃惊了，没想到十多年过去了，还能见到你老人家！”

“我还没有你老呢，风华正茂，二十几岁正是黄金岁月期。”石昊翻了个白眼，道。

大黑龟真的很震惊，虽然它的表情有夸大的成分，但是真的体现了它的心绪，的确跟活见鬼一般。它怎么也无法想象，居然就这么见到了石昊。

同时，它也很无语，心中暗自嘀咕，这主怎么又回来了？

当年，石昊离开下界时，大黑龟曾大声欢呼，嚷嚷着这天下归它所有了。因为，那个时候，它实力强大，算是天下顶级的强者。石昊一走，谁还能制住它？

“你怎么在这儿？”石昊问道。

“我这不是找石村嘛。”大黑龟顺嘴一说。

“你什么意思？当年我在的时候，你跑了，现在却一个人偷偷摸摸地找石村，你想干吗？”石昊盯着它。

“大哥，你千万别误会。我是因为敬仰你，更向往石村，最近心血来潮，所以在以朝圣的心态，努力追寻这里。”大黑龟双手合十，做出一副虔诚的样子，只是那双贼溜溜的小眼睛出卖了它。

“你该不会是想抄我老巢，袭击石村吧？”石昊目光冷厉。

“冤枉啊，打死我也不敢啊！别说大哥你还健在，就是冲着那里还有一只挺不是东西的猴，我也不敢造次啊！”大黑龟大声道，使劲拍胸脯，表达忠诚。

“你管谁叫猴？”石昊为朱厌打抱不平，堂堂太古最强族群之一，居然被这黑龟说成不是东西了。

“啊，我说错话了，那只大猴啊！啊，不，朱厌，挺厉害的。”大黑龟道。

“行了，别胡说八道了。”石昊看着大黑龟，“既然你想去石村，那我带你去。”

大黑龟顿时一脸苦瓜相，当年它好不容易才逃跑，现在怎么可能愿意被人束缚，跟在这个小魔头的身边？

“你什么意思？”石昊斜睨它一眼。

“我太高兴了，太感动了，见到大哥就跟见到了亲人一样，都想哭了！走，我跟大哥去石村，咱哥俩好好地喝一顿，不醉不归！”大黑龟做出一副喜极而泣的样子。

“你这混账真不会说话。”石昊警告道，“我父母就在后面，你一会儿别跟我称兄道弟，听到没有？”

大黑龟叫嚷道：“乌龟怎么了？王八怎么了？难道就不能跟人称兄道弟了吗？”

石昊对着大黑龟的后脑勺拍了一巴掌，道：“当年你被我收为坐骑，现在你倒是逞能了，是不是？”

“没有没有。好吧，我们没人时再称兄道弟！”大黑龟缩头，躲进了“大黑锅”中。

这一路上，石昊再也没有耽搁，当年的路他已经熟悉了一遍，随后径直赶向石村。

远远地，一个村落就在大荒中，那里很祥和，如同世外桃源一般，它没有变，依旧在。

石昊眼睛发酸，险些落泪。

这么多年来，他有喜悦，有开心，也有伤悲与无奈。

这段日子，他一直掩藏着自己真实的情绪，哪怕面对父母时也没有表露，直到现在才表露出内心的一切。

边荒一战，大长老死了，悲壮落幕，火灵儿连同整片罪州被人抓走，生死不明。

帝关外，没有了战斗，看似是他们胜利了，其实是他们败了。牺牲了那么多人，到头来也只是因意外而结束了战争。

大长老的殒命，火灵儿与罪州被抓走，石昊怎能不放在心里？怎会大咧咧地忘记？他只是一直藏在心底，不说而已。

他之所以想回下界，想回石村，就是一种潜意识的逃避，想回来疗伤。

现在，他终于到家了！

第1476章 温暖的石村

WANMEI SHIJIE

到家了，石昊眼圈泛红，静静地站了很长时间，才稍微平静。

“大哥，我们到了，真没想到这地方如此优美。哎，那边有一群天马，雪白锃亮，没有一根杂毛，其中有一匹都长出了龙鳞，那可不是一般的鳞片啊！”大黑龟叫嚷道。

“啪！”

石昊拍了一下大黑龟的“黑锅”，震得它直翻白眼。遁一境的修士只要释放出些许波动，便会让它昏厥过去。

“老实点，别大呼小叫。”

石昊向前迈步，离村子还有数里路，他心中热乎乎的，终于回来了！

不远处，有一片山地，路过山地时，石昊稍微驻足。当年天下都在传小石陨落，八荒皆惊，他曾被埋在那里一年左右。

不知道五色雀是否还在，石昊很想弄清楚它的来历。

因为，那一次他之所以能复活，跟五色雀衔来的一些种子有关。

五色雀很神秘，从石昊懂事起，它就在村中，其间不时消失。如果说谁还能欺负石昊，也就只有它了。

幼时，石昊每次追五色雀都无果，而且经常摔跤，长大后，他依旧没能抓住那只古怪的小鸟。

近了，石昊看到了村人。

村口有一些人进出，那是狩猎的队伍满载而归，他们带着很多凶兽，进入村中。

那是儿时的伙伴吗？是大壮他们吗？他们身材高大，如今成了狩猎队伍的首领，他们都长大了！

村前栽种着很多柳树，绿莹莹的。村人这是在怀念柳神吗？它当年扎根的地方有一个祭坛，成为最神圣之地，村人还在希望它回来吗？

村中很热闹，因为狩猎的队伍回来了。

一些孩童在奔跑，非常活泼，几乎都是三四岁到十岁大的孩子，可是石昊一个人都不认识。

这肯定是在他走后出生的孩子，都很好动，体质很强，很小的孩子都能跃起很高，强过父辈。

石昊来到了村口，身后跟着大黑龟。大黑龟直立着行走，背着一口“大黑锅”，长胳膊长腿，模样很彪悍。

“啊，妖魔进村了，快打妖怪啊！”

“哪里有妖怪？我们村有柳神布下的大阵，什么妖魔鬼怪都得避退，小孩子不要乱嚷嚷！”有大人呵斥道。

“真的！快看，一只大王八，比驴粪蛋还要黑，龇着牙，瞪着眼，它过来了！”一个三四岁的小孩子大叫道。

村口，大黑龟气得不行，黑脸都快成绿脸了。它的确在龇牙瞪眼，这帮小崽子太不会说话了，虽说它是玄龟，但也不能当面喊它大王八啊！

遇上石昊也就罢了，它认了，可是一群小兔崽子也这么吵吵嚷嚷，自然令它瞪眼。尤其是后面的评价，什么叫比驴粪蛋还黑？它气得快要吐血了。

村内，围着狩猎队伍的男女老少，终于有不少人回头，向村口望来。

一刹那，所有大人都发愣，如同石化了一般。

一个身材挺拔、面容清秀的少年，看起来仿佛只有十七八岁，正一步一步地走来。

多少年过去了，最起码十年了，居然还能见到这张面孔，还能见到这个人，石村的大人都有些不敢相信。

只有一群孩子很不解，扬起头，拽了拽大人的衣角，紧张而小声地问道：“娘，他是大妖魔吗？叔伯他们都害怕了吗，怎么不说话了？”

“爷爷，这是一只人形大妖魔吗？连仆从都那么凶。他能闯过法阵，进入我们村中，太可怕了。”一些小孩子露出了惧色。

“小不点！”终于，有人大叫了出来，并且冲向村口。

还有一些大人直接对孩子们道：“什么妖魔，这是你们的叔叔，那个只身打到上界去的叔叔！”

“小兔崽子，我叫你乱说话！”还有人拍了身边那鼻涕娃的屁股一巴掌。

男女老少全都向石昊冲了过来，大叫着，大喊着，尤其是一群二三十岁的青壮年最疯狂，将石昊抛向空中。

“这是真的吗？你竟然回来了！”

“让我捏一把，确实是肉乎乎的，不是假的啊！”

“你小子一走就是十多年，居然就这么突然出现了！”

“小不点，快，让我看一看，你都哪里有变化了！”

一群人太激动了，儿时的伙伴挤在最前方，将石昊包围了，难以相信在今日见到了他。

还有人在喊他小时候的名字——小不点。

石昊鼻子发酸，眼中滚热。这种感觉真的很好，他回来了，见到了这么多亲人，十多年漂泊在外，所有的怅然、无力感、遗憾都消失了，他感觉从头到脚都暖洋洋的，充满了精气。

什么边荒喋血，战败而归，什么眼睁睁地看着熟悉的人远去，这些都远去了。

他现在有的只是温暖，那些负面的情绪，那些酸苦，那些磨难，全都远去了，他在这里很开心，很高兴。

“哇，你就是我们那个传说中的小叔叔？”一个小家伙正在扯石昊的裤管，他仰着头，小脸上满是激动。

“天啊！活的，传说中那个活着的叔叔出现了！”另一个四五岁的小家伙将石昊当成了大树，正在努力地往他身上爬。

“真的吗？这就是小石叔叔啊，打遍天下无敌手，最后跑到上界去当祸害了。太开心了，太高兴了，我见到了传说中的小石叔叔！”另一个孩子又蹦又跳，在那里叫嚷，一脸的激动之色。

石昊顿时语塞，这都是怎么教导孩子的，他在下界都成祸害了吗？不过，细细想来，他当年还真是让各大敌对势力头疼，是个麻烦人物。

“哈哈，真的太好了，没想到我们兄弟还有见面的一天。我以为你会在上界追寻仙道，不回来了呢。”大壮的身高都快达到一丈了，他拍了拍石昊的肩膀，又用力地跟他拥抱，眼中泪花闪现。

“是啊，我听闻去了上界，再想下来很难了，根本就不可能。没想到我们兄弟此生还能再会，还能相见！”二猛也非常激动。

皮猴、虎子等一群人都是如此，眼圈都红了。儿时的伙伴十多年后再相见，他们怎会忘记石昊？如果不是他，石村怎能有现在的样子，灵药遍地，逐年强大，外界无人敢来犯。

“孩子，让我来看一看。长大了啊，比叔还高了，只是太秀气了，还像个孩子，脸没有什么变化。”石林虎上前说道。

“哈哈，真是太好了，我们的小石回来了！”石飞蛟捶了捶石昊的胸膛。

这两人是昔日狩猎队伍的首领，如今都卸任了，将狩猎的任务交给了大壮与虎子他们。

石昊很开心，眼睛微红，向长辈见礼。

一群大婶也来了，她们听到消息，全体出动，更加热情，又是捏脸，又是拽胳膊，让脸皮厚的石昊也不禁脸微红。

“孩子，孩子在哪里？”

这个时候，村中年岁很大的一批人也来了。在孩子们的搀扶下，这群老人急匆匆地赶向村口。

“爷爷，族长爷爷！”石昊大叫着，挤开人群，冲了过去，一把扶住了最前面的一个老人。正是老族长石云峰，也是将石昊养大的人。

“孩子，你终于回来了，想不到有生之年还能再见到你！”老族长石云峰很激动，老泪纵横。他没有子女，一生未娶，将石昊养大，视石昊为心头肉。此时，他的心情激动难抑。

第1477章 族人团聚

WANMEI SHIJIE

见到老族长落泪，石昊的眼睛也红了，他连声叫爷爷，帮老人擦去泪水。

石昊是老族长用兽奶养大的，而今见老族长的头发中又多了一些白色，他不禁鼻子发酸。

“爷爷，你还好吗？我非常想念你，回来看你来了！”石昊道。

还好，老族长虽然年岁大了，但其实身子骨很硬朗，毕竟是一个老人，多了一些白发也还算正常。

“好，好，好……”老族长石云峰连声说好，带着颤音，很激动。能够再次见到这个孩子，他便没有遗憾了，无比满足。

石云峰拉着石昊的手看了又看，眼中虽有泪花，但脸上带着笑，无比满足与欣慰，孩子终于长大了。

“能够见到你回来，爷爷很开心，从来没有想到这一天会突然到来。”石云峰笑道。

大壮告诉石昊：“族长爷爷很想你，常常站在村头，向远方眺望。他虽然没有说，但是我们都知道他在看着山路，希望有一天能看到你突然出现。”

“是的，族长爷爷这么多年来一直在念叨你，常坐在村口发呆。”虎子也补充道。

“爷爷，我会留下来很长时间，哪怕再走，也会时常再回来的。”石昊鼻子发酸，忍不住落泪。

“哈哈，哭什么，今天是大喜的日子，可以说是惊喜。臭小子，你回来了，给了我们一个天大的意外。走走走，去村中喝酒！”石林虎喊道。

“这小子真的长大了，看，比我们都高了。”一群叔伯走上前来，扯石昊的胳膊，摸他的头。

至于一群年轻人则被扒拉到一边，大壮、虎子、二猛、皮猴等人虽然长大了，但是在长辈面前都很老实。

“叔叔，小石叔叔，你天下无敌呀！这次回来后一定要教我们本领，我们也要去闯天下，横扫四方！”一个孩子嚷道。

“没问题！”石昊大笑道，一把将他抱起来，放在了肩上。

“我也要，小石叔叔抱我！”一个三岁的鼻涕娃喊着，也想上去。

石昊嘿嘿笑着，将鼻涕娃放到另一个肩头。

结果，孩子们像是一群小猴子，跟爬树似的往石昊身上蹿，石昊被一群孩子淹没了。

老族长石云峰也笑了，他向后倒退，将位置留给孩子们。

“这群小兔崽子！”石林虎、石飞蛟等人摇头笑骂道。他们可以呵斥大壮、二猛等人，但对这群小家伙很无奈，很难板起面孔。

一群人热热闹闹的，进入村中。

二猛的父亲看了一眼跟在后面的大黑龟，拍了拍石昊的肩膀，道：“这么多年过去了，你这孩子的风格没变啊！回来就算了，还带着这么大一只凶兽。”

一群汉子都纷纷点头。

大黑龟很想骂人，但是看到石昊那眼神，不得不把话又都咽了回去，不好发作。

最后，它只能自己给自己找台阶下，道：“我说，爷们，你应该知道咱是玄龟大人啊！这么多年来纵横天下，难逢对手，说的就是我。”

“这么大个的王八确实少见。”有人说道，完全没把大黑龟后面的话当一回事。

“各位叔伯大爷，别吓我了，你们应该知道我啊！当年我还驮着小石征战四方、横扫天下呢，我就是大名鼎鼎的玄龟啊，三黑！”不得已，大黑龟将石昊给它起的名字都嚷了出来。

“啥，你就是那只逃跑的大王八？”有人立马瞪眼，因为当年石昊应付七神之乱时，这只龟逃之夭夭了。

“真是个混账！”

大黑龟顿时蔫了，不敢在这里造次。它知道这个村子不简单，不仅有传说中柳神布下的法阵，还有神级生灵朱厌、朱雀的后代等，不可招惹。

“毛球呢？”石昊问道。他回到村中，还没有见到毛球和小红鸟呢，那两个生灵在他离开前便已点燃神火，步入了神级。

“毛球大人非常潇洒，朝游东海，暮宿西川，跟那些海族巨头、大漠妖王时常聚会畅饮，很长时间才回来一次。”一个小孩子说道。

至于小红鸟，那就更不用说了，偶尔才会来这里一趟，研究柳神留下的法阵，它常年栖居在火族祖地。

就在这时，前面的人止步，竟然在为一个生灵让路。

石昊一看，顿时无语，那是一只鸡，没有什么艳丽的色彩，呈土黄色，显得十分普通。它就那么大模大样地走过，让村中的男女老少都给它让路。

八珍鸡!

这家伙一副欠扁的样子，就那么横穿街道，逼得一群人给它让路。而且，当它看到石昊时，它也只是淡淡地扫了一眼，而后昂着头，就那么慢慢地踱步，很自负地走过去了。

“嘿，你这只土鸡，还造反了！”石昊瞪眼，这只鸡真是反了天了，居然这么无视他。

这也太傲气了，不过是一只鸡而已，虽然号称太古八珍之一，但是也太大模大样了，这么多年没有看到他，居然还这么淡定，不理不睬。

“这么多年来多亏它了，下的每一颗蛋都堪比灵药，让村中所有孩子都健壮得跟牛犊子似的。”有人说道。

看得出来，村人们都很感激这只鸡，对它格外优待，不然的话也不会给它让路。

事实上，八珍鸡的确超凡，这么多年来它为石村做出了巨大的贡献。由于食物好，它产蛋非常快，而且蛋都是灵药级的，可让孩子们壮骨、强身，价值无量。

“没事，我这次给它找了几个伴，保准它会跑过来低头，不会这么傲了。”说到这里，石昊取出一个兽皮袋，解开捆着袋口的绳索。这是一件空间法器，可以存放活物等。

几只鸡一起坠落，全都是八珍鸡，有公的也有母的。

村人顿时傻眼了，对他们来说，这可是神禽，能源源不断地产灵药蛋，为孩子们筑基，对成年人来说也都是大补，可以延年益寿。

“还有公的，这是不是说，可以孵化小鸡，养一大群八珍鸡了？”有人惊喜地叫道。

“就是日后想吃八珍鸡都没问题。”石昊笑道。当然，他也只是说说而已，村人肯定不会同意。

在九天上，石昊计划回下界时，曾委托人买了很多稀珍的东西，神药不必说，而八珍鸡等一下子就买了六七只。

也只有九天上才能一下子寻到这么多只八珍鸡，毕竟这东西都快绝种了。主要也是因为各大势力给天神书院面子，也给战功赫赫的他面子，才答应交换。

远处，正在傲然踱步的八珍鸡霍地回头，见到那几只同类，顿时傻眼了，而后拍打着翅膀，大声叫嚷着，扑了过来。

“去吧，你带着它们去熟悉环境。”石昊放开几只八珍鸡，让它们会合。

忽然，远空传来禽鸣声，三道身影疾速而来，如同几朵乌云一般，遮盖了大半边天空，那是强大的凶禽。

石昊一皱眉，石村附近有这等凶物？它们体形很大，遮蔽了天日。

但是，刹那间，他又笑了，竟然是它们，全都成长起来了。

几只巨禽从远方而来，向石村俯冲，身子在缩小，化成普通人那么大。不然的话，石村的街道肯定容不下它们。

“啊，石昊，是石昊，他回来了！”它们惊叫起来。

“大鹏，小青，紫云！”石昊也喊道。这是跟他一起长大的三只凶禽，是青鳞鹰的后代，不过它们都变异了，幼时便如同鹏鸟，血脉纯净。

“青鳞鹰大婶呢？”石昊问道。

“它在修炼，在远方闭关。”小青答道。

大鹏羽毛发光，若黄金铸成的一般，小青浑身闪耀着金属光泽，紫云身上紫霞腾腾，一个个都十分耀眼，很强大。

它们一直栖居在石村，视村民为同类，在大荒中保护狩猎的村人，更是经常为村子抓来稀有而强大的凶兽。

“柳神当年没有白帮你们。”石昊赞叹道。他对它们很亲近，搂着它们的脖子，像是回到了幼年。这些是跟他一起长大的亲密伙伴。

昔日，柳神令它们返祖，如今，随着不断地成长，它们越发强大，血脉纯净。

石昊知道，以它们如今的资质，非常适合修炼鲲鹏法。

“哎哟喂，见鬼了，我看到了谁?!”就在此时，天空中又传来了声音。

一只火红的大鸟飞扑下来，激动无比，简直不敢相信自己的眼睛。正是大红鸟，它张牙舞爪，扑向石昊，想将他扑倒。

“我那二秃子兄弟呢，怎么没跟你从上界回来？”大红鸟嚷嚷道。

“真是难得团聚啊！”老族长石云峰笑眯眯的，摸了摸胡子，非常高兴，“去，赶紧将清风请回来，告诉他，他兄长回来了。”

清风，现在为石国的人皇。当年，石昊扫平群敌，成为石皇，后来临走前将皇位传给了清风。

清风幼时受了很多苦，一只脚都跛了，险些残废，那一切都是因为替石昊受过。石昊总觉得亏欠清风，对他非常好，把他看作亲兄弟。

“清风叔叔最近遇到了一些麻烦。这下好了，小石叔叔回来了，看他们谁再敢挑事。”一个孩子叫道。

第1478章 承诺

WANMEI SHIJIE

热闹的石村，充满了欢声笑语，洋溢着节日般喜悦的气氛。

一群叔伯提来大酒缸，拍开泥封，酒香四溢；大婶们在准备食物，细腻的肉类引人馋涎欲滴，红彤彤、金灿灿的果子的香气则沁人心脾；孩子们跑来跳去，如同一群猴子般闹个不停，跟一些凶兽的幼崽玩耍、奔跑；老人们看着热闹的景象，笑得合不拢嘴。

“村中的凶兽崽可不少。”石昊说道。

他看到了闪电犬、双头白狮、离火牛犊等，它们一个个蹿来跳去的，是孩子们的玩伴。

这说明村中近年的发展真的很顺利，能捉到凶兽，且养得起凶兽，展现着这里的强大与富足。

有些凶兽早已成年，待在村外，负责守护村子，也帮着打猎，石昊还能认出，有些是他当年带着一群孩子抓回来的。

那批凶兽崽有部分死掉了，也有部分不断长大，成为忠实的战兽，被大红鸟、紫云、大鹏、小青它们统驭。

“叔，你还记得我吗？当年你十几岁，我五岁，你带着我们一大群孩子进深山，抓回来不少异种。你看，村中这些小兽，有些就是它们的后代。”一个十几岁的少年凑上前来，道。

“记得，哈哈！”石昊拍了拍少年的肩膀。

石昊看向远空，见到了那艘战船，它果然是在缓慢地跟着，现在才渐渐接近。

“爷爷，我父母也从上界回来了。”石昊告知老族长石云峰。

一群成年人和老人们闻言，都惊讶不已。

“在哪里？”二猛等人抬头，都望了过来。

“赶紧把叔叔与婶婶接来啊！”大壮催促道。

“在那边！”石昊一指，远空一艘大船如同乌云一般缓缓而来。

“好大的一艘船！”

“比清风叔叔的船还要大！”有孩子惊呼。

一些孩子走出过大荒，被清风接到石国。清风只是为了培养他们，觉得他们总待在山林中不好。

“除了他们外，还有不少孩子，我想将他们留在石村，就在村外给他们建一些石屋。”石昊进一步说道。

“啊，还有好多人？”村人都很吃惊，没想到石昊会带来这么多孩子。

因为，过去石昊极力反对带外人来这里，村人可以出去，但不能带来祸患，怕外族觊觎此地。没想到，这一次他自己带来了数百名孩童。

“说起来，他们跟我们血脉同源，有不少都是石族人，还有部分是边荒七王的后代。”

石昊简单提了一些事，一时间没有办法详细说明，得先去接那些孩子。

“我们石族自己人？”村人惊讶地道。

但他们总算知道了那些人的大概来路，并不排斥。相反，成年人都很欣喜，哈哈大笑起来。

“这下不用担心了，眼看着小辈长大，为他们的嫁娶而忧虑，现在来了这么多自己人，完全放心了！”一些老者更是开怀大笑，觉得解决了一件头疼的大事。

石村不大，如果同族相互通婚的话，会出现各种问题。

以前还好，石村跟其他村落相邻，可以往来。但是，后来柳神将石村整体搬走，离开原来的位置，与世隔绝了，石村的人要通婚的话，就只能从外面找人。

可是，有多少人愿意进大荒中？同时，村人也不是很放心。这是令人头疼的问题，村内的一些孩子长大后，有部分视血脉的远近，可以在村内通婚，还有不少人只能靠清风送来外界的善良孤儿来嫁娶。

战船刚降落在村外，一群孩子便冲了上去，再次上演“猴子爬山”的戏码。

他们一点也不见外，当冲上去见到数百个孩子这一大群同龄人时，这才腼腆起来。

而来自边荒的孩子，一个个都瞪大了眼睛，他们平日都不苟言笑，沉默寡言。

“好了，带着你们的新伙伴下船，好好地招待他们。”石昊吩咐道。一群孩子闻言，大声答应着，在前面领路。

“你还没有我高，力气怎么比我还大？”石村中的一个活跃分子怪叫起来。

这些孩子生在大荒，最渴望力量，即便是孩童也都好战，有个小家伙暗中掂量战船上这些不爱说话的孩子的实力，结果被打击了。

石昊不禁微笑，边荒是什么地方？这群孩子生在原始帝城，所经历的都是最激烈的战斗，一个个坚韧无比。

可以说，这群孩子比各大长生世家培养的子弟的潜力都要大，是在最恶劣的环境下出生的好苗子，是边荒七王的后代。

“等你们长大了，我给你们建立一个在天上地下都排第一的大教，这是我的承诺！”石昊哈哈大笑道。

石昊的这句话也是对石村的孩子说的，为了鼓励他们。

“能统驭九天？”边荒的孩子问。

“当然，还要包括仙域、异域，甚至不仅是他们，还有几个纪元来的各方神秘势力！”石昊笑着说道。

虽然有些事孩子们还听不懂，但石昊还是说了，这是他的一些打算。

云曦站在一边，内心震动，无比吃惊，这是石昊的野心吗？

可是，石昊不是被废了吗？道行将在一个月内被斩个干净，他还如何去实现他的宏图？云曦有些不解。

“叔叔，你在说什么？有什么敌人吗？”村中的一个孩子问道。

“大哥哥，将来我们要与异域对战吗？”边荒的少年开口道。

“将来啊，我们要征战各界，异域、仙域都会响起战鼓。到了那个时候，管他什么纪元的道统，谁敢作乱，全都征伐个遍！”石昊道。

此时，云曦的内心不能平静了。

“到时候，你们其中最强的一批人，或者几代人，我只挑选八百。这是子弟兵，将征战十方，进行纪元之战，看一看到底是谁清算谁！”

有些话，石昊在上界没法说，因为那样会造成巨大的风波，可是在石村，他可以畅所欲言。

一群孩子都在傻笑，如同小狼般嗷嗷地叫着，大声地嚷嚷着。

“纪元大战，我们跟叔去扫平天上地下！”

“什么清算，什么妖魔，敢跳出来，全部除掉！”

这群孩子握紧拳头，纷纷发誓，要好好修炼，不给石昊丢脸。

他们根本不知道自己此时喊出这些话的深意，也许需要过去很多年，等他们成长起来强大无比时，再回首，他们才会明白那时究竟做出了怎样的决定。

“孩子，你……”

石子陵、秦怡宁走了过来，面露忧色，无比担心。到了如今，他们自然知道了很多事，怕失去石昊。

他们深刻地明白，长子刚才所说的，究竟是怎样的一条路。

那比逆天还要难！

几个纪元的旧事，天知道埋下了多么可怕的因果，究竟有怎样的一群生灵会再现，一旦露出苗头，将是史上最恐怖的暴风骤雨。

那等境界，那个级别，一旦对战，后果不堪设想。

“父亲，母亲，你们不要担心，我只是说说而已。”石昊安慰他们道。

通过这么长时间以来的思索，石昊早有明悟，异域大军早晚还会来的，到时候便是血与乱。

同时，他认为那只是个引子，到了后面会更可怕。如果真的牵引出数个纪元前的怪物，那画面将不可想象。

所以，从现在开始，他要努力修行，壮大己身。别的都没用，唯有自身不断突破，待天地大变来临时，他才能勇敢地迎击。

第1479章 改造石村

WANMEI SHIJIE

“叔！”一群人围了上来，向石子陵行礼，大壮、二猛他们都曾见过他。

“婶子好！”同样，他们也对秦怡宁施礼。

夫妻两人都来过石村，当年石昊性命垂危，在这里养伤，他们也在这里住了很长一段时间。

“哈哈，兄弟，弟妹，你们来了。”

石村的人很热情，石林虎、石飞蛟等人迎了上来，至于一群小家伙也都瞬间化身为乖宝宝，认真地叫爷爷奶奶。

夫妻二人很高兴，和众人亲热地打招呼。不过，秦怡宁的神情有点复杂，她怎么都被称作奶奶了？这才多少年？她觉得自己还年轻啊。

“这不是那个……”二猛看向云曦，道。

一群人来到近前，自然也看到了紫发飘飘的绝丽少女，她的美毋庸置疑，号称天人族第一美女，肤若凝脂，目若秋水，身段纤柔修长，可谓丰姿绝世。

“当年的女胖子！”皮猴口无遮拦，直接叫了出来，但很快又捂住了嘴。

昔年，石昊带云曦来过石村，也带火灵儿来过。族人对她们印象深刻，两个女子生得靓丽，跟在大荒中长大的孩子不一样。

村花虎妞也来了，她站在近前，跟云曦完全是两个风格。虎妞彪悍，像只美丽的雌豹，而云曦则是国色天香。

虽然村人的审美观是以力量为尊，但他们还是能看出云曦比虎妞更动人。

“弟妹！”

大壮、二猛、皮猴等一群人整齐划一地跟云曦打招呼，而且称呼非常一致，将云曦顿时闹了个大红脸。

虽然云曦宁静出尘，从容不迫，可这种阵仗还是出乎她的意料。

“我不是……”云曦轻声解释道，不仅莹白的面孔红了，连耳朵都红了。

看到这一幕，石昊想到了以前的旧事。两人初次相识，就激烈地搏斗，甚至扭打在一起。

“嘿，还不是弟妹？”大壮拿胳膊碰了石昊一下，小声问道。

“我说，小不点，虎妞当初可是等了你好几年，你现在如果还没成亲的话，虎妞可是会后悔早嫁的。”二猛说道。

这时，虎妞向石昊望来，眼神犀利。

“这是我媳妇，以后你们就叫她云曦，或者叫弟妹也行。”石昊看到虎妞望来，赶紧将云曦拉到近前。

云曦面色绯红，斥道：“你乱说什么！”

但是，她也没有极力辩解，不管是出于专门来下界照料石昊的本心也好，还是现在顾及他的面子也好，她都没有太反抗。

“真是媳妇？”虎妞终于开口了，眼神依旧犀利。

这个丫头长大了，身体修长强健，一般的成年男子都不是她的对手，算是石村中的高手之一。

“当然，如假包换！”石昊揽着云曦。

“她一点也不强健，不够美。腿虽然很长，但是太细了，胳膊也过于纤柔，没有爆炸性的力量，面孔太白，不是健康的肤色。”虎妞评价道。

云曦闻言，很疑惑，这是什么评价标准？

“是啊，她没有你健美，我勉为其难地接受了，马马虎虎，凑合过日子吧。”石昊有种想逃的感觉。

云曦彻底不知道说什么好了。

“哈哈，走走走，回村子。难得这么多人，好好庆祝一下，都是好孩子啊！”石林虎招呼众人。

老族长石云峰等人等在村头，石子陵他们赶忙向前，向老族长行大礼，发自真心地感激他。如果没有石云峰，就没有如今的石昊。

“叔，你这头狮子看起来很厉害，满身金毛，跟绸缎似的，是你的坐骑吗？”村中的一个少年问道。

“看起来很凶的样子。”二猛的小儿子这般说道。

一旁，无畏狮子顿时怒火中烧，如果不是石昊盯着它，它真想让这些小屁孩见识一下它的厉害。

石昊大笑道：“哈哈，它和那只大黑龟一样，都是坐骑。”

“叔，我们能骑着它出去遛一圈吗？看一看它是否比独角兽小白它们还快。”有孩子问道。

“可以！”石昊点头，而后警告无畏狮子，让它别逞凶。

一大群孩子围了上来，知道这是石昊的坐骑后，都很好奇，想看一看号称无敌的小叔叔降服的凶兽有多厉害。

无畏狮子相当窝火，结果一发怒，浑身霞光大放，将所有孩子都卷了起来，带着一大群人风驰电掣而去。

只有个别人坐在它的背上，其他人则都被光带缠绕着，跟随它如同闪电一般横空远行。

“这么快，没事吧？”一群大人顿时愣住了。

“无妨！”石昊道。

晚霞洒落，村中的人们坐在一起，一边聊天，一边准备享用美味。

石昊带回来的好东西太多了，可惜有许多的东西村人都享用不了。

于是，石昊亲自动手，帮一些人护法，免得肉食中的神力精华太浓郁，他们承受不了。更多的人只能喝稀释过的肉汤。

村人从大荒中猎取回来的食物，就没有那么难以消化了。他们痛快地大口吃肉，大碗喝酒，好不热闹。

这时，马嘶声响起，一匹雪白的天马在石昊身边蹭，跟他讨酒喝，正是独角兽中的头领小白。

石昊七岁时就骑着它离开石村，闯过大荒。

这只独角兽自从得到柳神的洗礼后，变化很大，身上雪白锃亮，鬃毛很长。此外，它所有鳞片都蜕掉了，重新生长出来后，如同龙鳞一般。它的一对翅膀强大有力，扇动起来时能带动罡风。

石昊无论怎么看，都觉得它像是天马，不是独角兽，跟仙殿那位残仙拉车用的天马一个样子。

其实，残仙的几匹天马都不是真身，事后石昊才了解到，那是残仙寻来的天马骨，以大法力让它们复苏，才有了天马。

如今，在这尘世间，真正活着的天马可能近乎绝种了，只有去仙域才能找到。

远空，风雷大作，金光如海水般隆隆作响，那是一头狮子在奔腾，踏着天穹而归。

石村的众人心惊，到了这一刻才明白那头狮子有多么可怕。

无畏狮子来了，一大群孩子先落地，噼里啪啦跟下饺子似的，而后他们趴在村头的草地上，险些吐出来。

“太快了！”

“一会儿工夫，我们便去石国转了一圈，各个角落都走遍了，还看到了清风叔叔的皇宫。”一个孩子脸色煞白地说道。

无畏狮子的速度太快，让他们有些受不了，现在他们的腿都有些软了。

“孩子，这头狮子是？”一位老人问道。

“这是一个可以称王称霸的种群，在边荒是一个大祸害。”石昊开始说上界的一些事。他从无畏狮子身上聊起，向村人讲述他这么多年来的经历。

这一下子，就将所有人的心神都吸引了，让他们紧张而又期待，因为石昊的经历太丰富了，很多时候他都在遭遇险情，历经了不少磨难。

村中一些十几岁的小丫头听到石昊的困境与艰难时，都落泪了。不过，石昊对于自己的苦难没怎么细说，重点介绍了一些趣事。

“上界不仅有圣药，还有神药，甚至还有长生药，这些东西在下界几乎不可见啊！”族人叹道，颇为向往。

“我可是带来了不少好东西，哈哈，这就是神药！”石昊像是变戏法一样，取出一株神药，顿时让满村都芬芳扑鼻。

“啊，这是一条藤，只剩下根茎了。”

“它是神药？”所有人都很好奇，同时震惊。

“当然，我是虚天神藤。”神药开口道。

神药都有灵智，能与人沟通，它是石昊在三千道州天才争霸时从仙古遗迹带出来的。

“还有。”石昊接连又取出几株神药，临回来时，他可是花了大力气收集神药。

仙院送了他一株神药，圣院又送了他一株，当然，还有他当年探索仙古战场等地时采集到的。

村人们目瞪口呆，这可是神药，根本不用服食，就是每天闻这种味道，都可以延年益寿，更不要说神药对修炼的好处了。

最起码，对于孩子还有他们这个境界的修士来说，这是绝世稀珍，就这么几株药而已，足以将石村改造成大造化之地。

“还有，这里有天神树，这可是好东西，能够直接造就出天神来，我挖来了两株。”石昊笑眯眯地说道。

村人震惊不已，这种逆天的东西也有？

“可是，我们这里灵气稀薄，一株神药就足以吸干大荒中的精华，怎么养活啊？”老族长说道。

“我带来了一种土，叫万物土，连葬王都需要它，培养神药完全没问题，正好放在村中。”石昊说道。

第1480章 布置

WANMEI SHIJIE

下界相对来说灵气稀薄，根本长不出神药来。

那所谓第一灵根并不在此列，那东西是古代大能藏在下界的，绝对是仙药，可惜被人移走了。不然的话，这一次石昊说什么也要去那个地方将第一灵根挖来。

除此之外，俯瞰八域，没有一株像样的神药，只有几株圣药，归根到底还是大环境不适合神药生长。

石昊觉得，那几株圣药可能都是神根。

如果将那几株圣药挖到石村中来，以万物土培养，说不定圣药会蜕变成本来的面貌。

村中原先就有一些灵药，色彩斑斓，药香扑鼻。常年生活在这种环境中，对村民们体质的增强肯定有极大的好处。

在下界，一株灵药便需要一座灵山来滋养。而在成片的山峰中，能有一座灵山也就差不多了。

石村之所以能养活这么多灵药，主要是因为石昊当年曾经从百断山脉的小世界中带回来一种特别的沙土，那是被不老泉浸泡过的灵土，蕴含着磅礴的生机。

“这株桃树不错，是好东西啊！”石昊看着村中的一株银桃树，赞叹道。它雪白如银，枝干若虬龙，不过半人高。

这也是从百断山脉的小世界中带出来的，它本是圣药，但分根了，成了准圣药。

“有机会，我要去百断山脉走上一趟。”石昊自语道。他总觉得那里很神秘，是一片十分特殊的空间。

想到百断山脉，石昊不禁思绪万千，在那里，他第一次跟荒域的同代人竞逐，在神秘空间对决。也是在那里，他抓到了二秃子，收服了大红鸟，并跟火灵儿相识。

此外，他还在那里收服了九头狮子等，最后与其成为结拜兄弟。回来后，他自然要去看下它们。

他必须再去百断山一趟，细细想来，那里的古怪太多了！

石昊思忖得眉头紧皱。

毫无疑问，银桃树的母体应该是神药，只是环境导致它不能显化真身。

随后，石昊摸了摸头发间一块晶莹的小石头，正是打神石。这个家伙来头古怪，也是出自百断山脉那片小世界。

“那里的不老泉非常不简单，在那种环境下，都显化为神液以上的至宝。”石昊自语道。他当时只得到几滴而已，那真正的不老泉就化成龙形逃掉了。

此外，还有一株通灵花，现在想来，它比很多神药都要强大，可以点化草木、顽石等，使其产生意识。

这是何等逆天的东西！可惜，它当时逃了。

是被镇压所致吗？那株通灵花或许是那里最珍贵的东西！石昊遐思无限，恨不得立刻就赶到百断山脉。

只思忖了片刻，石昊便觉得，下界有很多地方值得他去探究，百断山脉、鲲鹏巢、神魔墙、西陵界等。尤其是，他对那折纸船的女子很期待，这一次他或许能沿着那条神河走进另一界，看到什么惊天的东西。

“喂，小叔叔，你走神了，在想什么啊？”一个小女孩嘟着嘴，不满地摇晃着石昊的手臂。

“哦，我在想百断山脉的一些旧事。”石昊随口答道。

不远处的云曦闻言，脸色通红。石昊不经意间正好见到云曦这副模样，而后笑了，道：“你也在想那里啊！”

云曦羞恼不已，不作回答。

一群孩子顿时起哄。

“哈哈——”

石村中，气氛欢乐。村人们大碗喝酒，大块吃肉，成年男子都是以此来较量。

在此过程中，石昊一边喝酒、吃美食，一边指挥孩子们挖坑，栽种那些圣药、神药。

结果，一群老人全都坐不住了，先后跳了起来，动作比年轻人还要敏捷，因为他们怕孩子们糟践神根。

“慢点，这可是神药，别伤到根茎。”

“小兔崽子，别摸叶子，更不要动花瓣，当心我打得你屁股开花！”

在村人看来，没有比这更珍贵的东西了，这是无价之宝，一株神药比得上一国之珍。

“没事，神药可没有那么娇弱。”石昊大咧咧地说道。当初，他可是像嚼萝卜一样吃过神药。经历得多了之后，他便一点也不怵了，不觉得神药有多么稀奇。

事实上，这些神药都有灵智，早已成精无数年，可惜不能借此修炼，从而变得强大起来。

果然，孩子们才动手，几株神药自己便飞奔了起来。

“哎呀，逃走了，快追啊！”有人急眼了。

同时，他们也彻底傻眼了，这也太非凡了，超出了他们的想象，药草不仅会说话，还会满地跑。

“没事，它们只是选择自己的坑而已。”

石昊相信它们不会逃走，有万物土在此，只要承诺不伤它们的根本，就是赶它们，它们都不会走。

万物土，那是葬王都需要的东西，连仙药都渴望被它滋养，从而扎根，逐渐强盛。更不要说神药了，它们更加渴望得到万物土的滋养。

两株天神树全都光芒闪烁，释放氤氲灵气，还有成片的霞光，让这里如同仙界般，十分梦幻。

石昊告知两株天神树要收敛一些，不能太招摇，不然的话，会让这里显得太特殊。

原本，它们枝繁叶茂，高耸入云，可以将整个石村都遮盖在下方。但是现在，它们都缩小了，不过一人高，扎根在石村的中心区域。

毫无疑问，无论是天神树还是神药等，都得到了足够多的万物土。

“这天神树上的果实虽然逆天，但是现在还不能采摘。”石昊叮嘱道。

摘下任何一颗果实，服食下都可以立刻成就天神位，有不可思议之神能。但是，石昊曾了解过，世间共有四株天神树，它们本有一条主根，只是后来被人强行分开了，如果还能合在一起，就会返本还源，化作惊天动地的天仙树。

到那个时候，再服食下它的果实，成就的将是仙道果位。

其实，现在两株天神树合在一起，结出的果实也会很逆天，但石昊觉得还不是时候。

小小的一片家园被石昊打造成了神土，灵气浓郁得化不开，让人身体舒泰，根骨更加有生机。

在这种环境下，想不增强体质都难，等于在慢慢地壮大身与魂。长时间下来，所有人会慢慢地蜕变。

石昊仔细观察后发现，这里的灵气品质超绝，或许可以说是神道气息超越了灵粹。这种奢侈的布置，便是九天上的长生世家也不过如此，所欠缺的只有完整的大道规则了。

不过，以村人的道行来说，他们根本还不用考虑那么多，在这种规则与环境之下，足够他们修行到高深境界了。此外，柳神在这里布下的法阵也可能补充了诸多神道秩序。

唯有石昊需要考虑自己将怎样修行。

“会找到路的。或许，我该对自己狠一些，彻底抛开所有规则，在最为残酷的环境下磨砺，去混沌中修炼！”石昊自语道。

“清风怎么还没有回来？”一位老人问道。

话音刚落，村中的祭坛那里便霞光一闪，一位少年回来了，这里连接着石国的皇宫。

不过来的不是清风，而是去送信的村中少年。

“有一条龙在石族皇宫外盘旋，堵着清风叔叔叫阵。”少年气喘吁吁地道。

“哦，还有这等妖龙，要为难石国？”石昊惊讶地道。

“清风叔叔说，那可能是一条真龙！”少年大口喘气。

“是吗？正好去走上一趟，我将清风接回来。”石昊喝下一大碗酒，说走就走。

还没有等村人多说什么，石昊就带着无畏狮子一闪而没，从祭坛那里消失了。

第1481章 少年人皇

WANMEI SHIJIE

这祭坛只有少部分人可以走，直通石国皇宫的深处。

这里很安静，因为没有清风的允许，谁都无法接近，这样做是为了保守秘密，减少这条道路跟外界的联系。

即便真的有人赶到这里，也需要掌握石村的精准空间坐标，才能开启此坛，抵达石村。

空旷的大殿跟过去一样，没有什么变化。

石昊曾经在这里生活过一段时间，跟各方势力角逐，平定石族内乱，而后又对抗外敌，绞灭各教联军。

石昊当年真的很勇敢，虽然道行不高，但是敢跟各大道统叫板，并且让他们一一尝到了苦果。

在这里，石昊想到了很多人，战王、明王、鹏王等几个老人还好吗？当年他们都对他很尽心，真心辅佐他。

故此，石昊在离去前，炼制了一些小涅槃丹，让他们晋升为尊者境，守护石国平安。

这一次，他回到石村后，听到了一些风声——石国不稳，出了些乱子。

因为，有一些势力想扶持真正的石国皇族嫡系。清风虽然是石族人，但在一些正统者看来，他只是旁系。

“我离开前，炼制了无价宝丹，造就了一些尊者，希望你们没让我失望！”石昊冷冷地说道。他相信，战王、鹏王应该不会反叛，他们不是那样的人，也正是有他们这样的尊者，清风才能稳坐皇位。

当然，暗中想反的人也可能是因为忌惮不知在何方的石村，所以才不敢在明面上动手。

在一些人看来，石村很可怕，小石和柳神都是出自那里，最重要的是如今那里可能还有头神级的朱厌。

石昊听闻，之所以有此次风波，可能是因为对家也找到了神级生灵。

“这破宫殿也好意思称是皇宫，跟我们家灶火台一般，就更不要说同异域的皇族、帝族比了。”无畏狮子撇嘴道。

石昊一脚差点将它踩趴下，让它立刻闭嘴。

“你再能耐，还不是给我当坐骑。”石昊一点也不怕被无畏狮子忌恨。

无畏狮子顿时没脾气了，它因为天天被压制，唯有屈从。

它一直在暗暗给自己打气，一直在忍辱负重，它早晚会报仇，将这个混账踩在脚底下。

只是，它觉得自己最近越来越顺从了，都快成习惯了，这让它很担心，怕习惯成自然，最后真的彻底臣服了。

不过，唯一让无畏狮子高兴的是，石昊中了折仙咒，按理来说蹦跶不了多少天了。

唉，那个该死的契约是仙王所留，要怎么解除呢？无畏狮子暗中在打主意。

如果没有那个契约，无畏狮子觉得自己的春天马上就要到了。

石昊走了出去，惊动了一群护卫，他们很警觉。

“你……你……”

就在这一刻，一群侍卫中，有几人一下子震惊得都快说不出话来了，睁大眼睛，结结巴巴的。

“石皇！”

“少年人皇！”

终于，有几人大叫出声，无比激动，不敢相信自己的眼睛。

当年，石昊以一己之力平定石国，镇压各方反叛势力，而后又对抗外敌，给经历过那些事的人留下了太深刻的印象。

“扑通扑通”，这些人纷纷跪了下来。

还有一些侍卫，他们都是后来者，不认识石昊，此时全都傻眼了，怎么会称呼这个少年为人皇？

他们有些无法理解，他们有自己的人皇，现在为何会是这样的情形？

岁月没有在石昊的脸上留下一点痕迹，他一如十几年前的清秀模样，只是长高了。

“他是？”其他侍卫很不解。

“还不见礼，这是当年的小石，是曾经的石皇！”一位老侍卫提醒道。

“小石”两字，比石昊这个名字更出名。

其他人闻言，皆震惊不已，这就是当年的少年人皇？

他不是登天路，只身闯到上界去了吗？怎么又出现了？

所有人都已经知道，一旦选择那条路，进入上界后，便再也回不来了，可是这个少年又一次开创了属于他的奇迹，竟然又出现了！

“陛下！”一群人全都跪了下去，无比激动。对他们来说，这个少年就是一个传奇，太具有神话色彩了！

当年，小石威震天下，横扫对手，最后更是跟从上界下来的七神大战，并且赢了。哪怕很多年过去了，哪怕小石离开了，他的事迹依旧还在下界流传。

这也是石国某些在暗中蠢蠢欲动的人至今不敢动手的原因，石昊镇压叛乱，斩了很多敌人，至今令人敬畏。

“都起来！”石昊吩咐道。

而后，不用他们领路，石昊便径直向前走。

不要说一座皇宫，就是一片大荒，在石昊的神识下也无所遁形，他自然知道清风在哪里。

殿宇重重，巨宫一座又一座，在这人类国度中，确实算得上是宏伟的建筑，并且这里也布有神级法阵。只是跟九天上的世家比起来，这里的确显得简陋与质朴一些。

那些家族的殿宇飘浮于虚空之中，神岛坐落在苍穹上，灵瀑垂落数万丈，如同仙国净土一般。

“清风！”石昊喊道。

在皇城墙上，站着一些人，他们如临大敌，正在注视城墙外的天空，城墙上的为首者正是身穿战袍的清风。

这么多年过去，清风已经长大了，虽然他的面孔依旧漂亮，但是不再柔弱，目光中有坚毅，有果敢。

清风霍地回头，一眼就看到了石昊，神色顿时变得无比激动，大叫了一声：“小哥哥！”

清风一下子就冲了过来，热泪盈眶，真情流露。一别十多年，再次重逢，这样见面，让他欣喜，让他感动。

这些年，无论遇到什么，哪怕是有人对他虎视眈眈，他都无惧，更不可能落泪，可现在他却止不住地落泪。

石昊的情绪波动也很剧烈，他迎了上去，眼中发酸，一别多年，往事历历在目。

当年，他护着清风赶向补天阁，真是年少无惧啊！两个八九岁的孩子而已，走过不知道多少万里大荒，经历了太多的事。

清风幼时很苦，在长辈的安排下，他被困在石国边境的一座庄园中，等于替石昊受苦。

石昊用力跟清风抱了抱，道："男儿有泪不轻弹！"

"小哥哥，我很想念你，以为再也见不到你了！"清风说道，擦去泪水。

"我也想你们，所以我回来了！"石昊说道，而后扫了一眼四方。

皇城墙上，一群人都心中大震。他们都是石国的重要人物，此时都不敢相信自己的眼睛，他们居然再次见到了那个人——少年石皇！

上界是什么地方？有去无回！只因小石想念下界的人了，他就回来了？这种话说出口，只能让人感叹，少年人皇依旧霸气！

有谁上去之后还能下来？所有人都知道，那根本不可能！可是，小石不仅归来了，还这么霸气，气势惊人。

"我听闻，石国有人想作乱？"石昊当众询问，毫不掩饰。到了今天，他无须再顾忌什么了。

许多人的脸色顿时就变了。

"雨族的人似乎联系到了他们的神。"清风小声道。

石昊很惊讶，没想到当年被他打残的雨族又出来了。昔日，雨族跟他之间简直不死不休，他一路被追击，而后又反过来斩雨族高手。

石昊知道，雨族出过一些神，但那是很久远的事情了。

雨族有咒语，有祭坛，可以让雨族一位神的身影透过无尽时空，显化一缕印记，当年闹出了不少风波。

石昊经历过那些事，更是迎战过雨神留在世间的一张残破法旨。他去了上界也留心过，探察了是否有雨神这号强者，可是发现根本没有。这让他十分不解，雨族的神究竟是从哪里投影下来的？

石昊思忖着，这次要探个清楚。

随着道行的不断提升，石昊已经明白，能够从另一界投影下来，绝对不是简单的强者。

"这还真是一条龙，缭绕着纯粹的真龙气！"石昊望向城外时，脸上露出异样的神色。

第1482章 龙

WANMEI SHIJIE

石国的上空有一条龙。

此时，它看到城墙上多了一个人还有一头狮子，便由远而近，到了皇城外。

这条龙在虚空沉浮，龙躯刚劲有力，如赤色的神金铸成，体外赤霞缭绕。此外，在它的四周还有浓郁的混沌之气，将它衬托得更加不凡。

十丈龙身算不上多么庞大，但是，那种气息还有那种威势让人震撼，总让人觉得这就是一条真龙。

石昊经历丰富，什么没有见到过？他将跟真龙并列的天角蚁都挖出来过，更是在异域接触过堕落血凰。甚至，他还将太阴玉兔怀中的那头纯血麒麟幼兽当成枕头，抢过去垫在后脑勺下。虽然当时太阴玉兔咬他，雪白小麒麟冲他龇牙，但是他嘻嘻哈哈的，将那小家伙揉了又揉。

九天十地仅存的两头仙兽崽天角蚁和麒麟，都被石昊折腾过，他记下了十凶后代的各种不凡之处。

那条赤色的龙冲着石昊大吼一声，龙吟动九天，让虚空都剧烈地颤动，不断轰鸣。

而皇城墙则摇动不止，要知道，这里可是布下了神级法阵的。

若是没有法阵，在它那一吼之下，成片的巨宫多半会崩塌，这是一头强大的凶兽！

“不简单啊！我离开这么多年，下界又出了一些非凡的生灵。”石昊盯着那条龙，点了点头，轻声赞叹。

石昊已经知道这是谁了，因为此前他见到过。不过，那个时候他见到的是人形少年，十几岁的样子，跟现在见到的真身不同。

“小哥哥，就是这条龙堵在城外，要我带它去石村，说它想挑战石族的所有高手。”清风对石昊说道。

如果不带这条龙去，它就会攻伐石国的都城，所以清风一时走不开，只能跟它在这里对峙。

无论如何，清风也不可能泄露石族的祖地在何方，避免外界去袭扰。无论是他还是石昊，都视那里为与世无争的净土。不管发生什么，他们都不希望将战火引到那里。

“葛沽？”石昊开口，冲着空中的赤色凶兽说话。

十丈龙体闪烁着冰冷的金属光泽，赤色鳞片坚固无比，五爪锋利，轻易就可以扭曲虚空。在它的头上，有一对赤色的犄角，犄角上流动着大道符号，越看越像真龙。

“是我！”这凶兽开口道，声音竟很稚嫩。

石昊点头，这正是他在虚神界见到的两大高手之一——葛沽。

石昊在三千道州时，曾走出灵界之门，沿着天梯而下。他的神魂进入虚神界，想了解一些秘密，当然更重要的是为了日后向鸟爷与精璧大爷索要宝术。

那一日，葛沽曾跟一个名为西固的青年决战，石昊突然降临，引起两人不满，因此两人对石昊出手，结果反被镇压。

“可惜了，还差了一些，我以为是一条真龙。”石昊仔细观察后，确定其肉身进化不完整，并非纯血龙。

“你是谁？速速闪开，让石国的皇者带我去石村，我要挑战！”葛沽开口道，龙身摆动，荡起阵阵罡风。

“他不服昔日的小石，想要挑战石族的隐修者。”战王向石昊解释道。这位老者自始至终都站在石昊这一边，而今也在尽心辅佐清风。

石昊知恩图报，将手放在战王的肩头，神光一闪，抬手间神力便贯通了他体内的多处筋脉，将他的一些暗伤全部治好了。

战王震惊不已，当年他虽然在小涅槃丹的帮助下突破到了尊者境，但毕竟不是自己修炼的，后来想继续强行破关，非但不成功，还留下了不少隐患。

可是，就这么一瞬间，石昊抬手就将他治好了，并且将他的法力等级提升了一个层次，使他晋升到尊者后期。

“原来是冲着我来的。”石昊笑了笑。

清风点头，的确如此。小石虽然离去了，但是其名还在流传，一些后来者想挑战，却见不到人了。

有些人便打起了石村的主意，在许多人看来，那里肯定不一般。

“你是谁？怎么跟昔日的小石有点像？”突然，虚空中的赤龙睁大了眸子，问道。

“跟小石有血缘关系的人族？”赤龙没有见过石昊的真身，但是看到过塑像，觉得此人跟石昊很像。

赤龙自然不相信小石还能回来，觉得这可能是他的幼弟。

当然，这主要也是因为现在的石昊太年轻。十多年过去，他依旧清秀，还像是一个翩翩少年。

“小石的族人，出来一战！”赤龙大叫起来，似乎很愤怒，也有点惊疑。

石昊很讶异，这条龙对小石有敌意吗？

“大胆，小石二字岂是你可以乱喊的！”有人喝道，那是石国的一位武将。

“一群手下败将，也敢对我无礼，让那个跟小石有关系的人出来！”赤龙吼道。

赤龙葛沽虽然只是达到了尊者境，但是有真龙血脉，不是其他人可比拟的。况且，现在都在传，葛沽与另一名青年西固的天赋直追昔日的“双石”。

石昊摆了摆手，没有再让众人开口，径直出城，在虚空中迈步，向赤龙葛沽走去。

“让我来试试！”无畏狮子跃跃欲试，自然看不上这条小龙的道行，只是觉得其血液不一般。

城墙上，众人都露出异样的神色，连少年人皇的坐骑都想屠龙吗？

同时，不少人都露出兴奋的神色，那条龙不知道这少年是谁，但他们都知道啊！

不过，他们都不想提醒那条龙，想在此看到少年人皇再出手。

当然，也有一些人神色复杂，心中不安，对于石昊的回归，他们觉得很惶恐。

石昊一脚将无畏狮子踢到了一边，抬手就向前抓去。

赤龙翻腾，勇猛无比，俯冲下来，一对龙角上大道符号闪耀。可惜，它遇到了石昊，两者的道行相差太远了。

“砰！”

仅一下而已，石昊就将赤龙抓在了手心。

这一刻，城墙上的很多人心中都在暗暗猜测，小石如今到底有多强？难道说，他成就了真神果位？

对于修士来说，十多年并不算漫长，在他们看来，石昊即便再厉害，也只是止步于真神。

“嗷——”

这一刻，赤龙呼啸。

它发怒了，同时无比震惊，因为它认出这就是曾在虚神界压制它的人。它神觉敏锐，不会认错。

当时，对方有意掩藏，没有露出真容。

“你是真正的小石！”赤龙叫道。

最近，它心中有一股气，在虚神界被人压制后，它曾询问精璧大爷，那个对它还有西固出手的人到底是谁。

精璧大爷没有细说，只是暗示那个人是从上界下来的，神魂回到了虚神界，其肉身无法回归。

当时，它就猜测那个人是小石，故此最近来到石国，想挑战石族，只为出一口恶气。

“不错，正是我。”石昊点头，微笑着道，“在虚神界时，我们见过。还是那句话，你可愿意拜我为师？”

城墙上，一群人震撼不已，这么强大的一条龙，小石单手就给抓住了？

而一些武将还有侍卫则非常激动，一起高呼“石皇”。

“哧！”

突然间，一道元神竟从赤龙的头颅中遁出，横空而去，它逃了。

“咦，有古怪。”石昊露出异样的神色。

无畏狮子要追，被石昊拦下了，他道：“给它逃跑的机会。”

因为，他感应到了，当赤龙的元神出窍后，真龙之气浓郁到极致，绝非旁系，那是真正的十凶后代。

“小哥哥，怎么不追啊？”清风不解地问道。

“我故意放它走的。这是一条真龙，不是凡胎，运气好的话，我们也许可以去掏真龙窝！”石昊笑道。

“走！”他吩咐了一声。

随后，石昊让石国重臣该去做什么就去做什么，自己则带着清风还有无畏狮子一路潜行。

“好快！这是真龙遁，它道行不高，却能有闪电一般的速度，一般人还真追不上。”就是无畏狮子都露出异样的神色。

这条赤龙一路横跨大荒，足有八百万里，而后进入了一片山脉中。

寻了片刻，石昊看到了一个地窟，下方有很多古洞。

“真龙窝！”石昊很快做出了判断。

“混沌地带？”无畏狮子很吃惊。

这地方不简单，才进入地窟，就混沌汹涌。这里自成一个小世界，是从混沌中开辟出来的。

第1483章 掏真龙窝

WANMEI SHIJIE

地窟只是为了遮掩，地下的古洞如同蛛网一般，非常密集。

当走对路，沿着一条通道前行到尽头后，他们竟看到了混沌。

一个小世界！

而且，这里曾被封印，只是如今裂开了，有缝隙可以供人出入。

清风非常兴奋，仿佛回到了少年时，跟着石昊还有大壮他们满山跑，去掏凶禽窝，挖兽洞。

而现在，他们是要去掏真龙窝！

这十几年来，清风因为坐在石皇的位置，一切都需要严肃，不能凭少年心性行事，故此真性情的一面有些被压制了。现在，他跟石昊走在一起，仿佛回到了无忧无虑的少年时代。

“真的有龙巢！”就是无畏狮子此时都惊呆了。

早先，无畏狮子根本没有将那条小龙放在心上，只是觉得它的血液还算纯净。现在看来，它真的有古怪，有大问题。

透过混沌裂缝，石昊看到了里面的一些情况，他首先看到的是一座山崖，山崖上面有一个巢。

“不是神阙，也不是龙宫，只是一个巢？”石昊面带惊容。他睁开天眼，看得很清楚，那里有一个窝，如同鸟巢一般，不是很大，是以神木搭建而成的。

紧接着，他看到了三颗蛋，蛋的直径都在半米以上，龙纹密集，烙印在蛋壳上。

隐约间，龙吟阵阵，穿透云霄。

“天啊，真龙蛋，一下子就出现了好几颗，这真的是一窝啊！”无畏狮子怪叫道。

这可是偏僻的下界，居然有一窝真龙蛋。

石昊也很震惊，他居然看到了一窝真龙蛋，而非一颗。

三颗真龙蛋上花纹交织，龙形的印记很明显，最为重要的是真龙蛋的周围还缭绕着浓郁得化不开的龙气。

其中，有一颗龙蛋在发光。隐约间，石昊感应到了熟悉的气息，正是赤龙葛沽，它的元神在龙蛋中。

“有点古怪。”石昊自语道。它分明都出世了，怎么又进入了蛋中？

“我们要立刻进去吗？”清风激动得直搓手，此时可没有一点石皇的样子。

“不急，没听说过龙潭虎穴吗？这地方肯定有莫大的凶险，一旦踏足的话，后果难料。”石昊估计短时间内肯定攻不下此地。他早已感应到这个地方不一般，很有可能有凶险，不然的话何以能保护几颗真龙蛋？

无论是清风还是无畏狮子，都坐不住了，想要进去。

“先回去，我们明早再来。我估计想要闯进去，最起码需要花费一番苦功。”石昊说道。

他离开石村时，一群老少都还在等着呢，正在团聚与庆祝，如果在这里折腾几天几夜，估计那些人会着急。

他们沿着原路退回，石昊布下一座法阵，封住了地窟外的山脉。

无畏狮子驮着石昊和清风两人，缠绕着闪电，一纵就是千里。

回到石国皇宫后，清风简单地交代一番，便立刻跟石昊赶向石村。

“清风叔叔和小石叔叔回来了！”一群孩子大叫道。

这是一个不眠之夜，石村充满了欢声笑语，各种山珍美味应有尽有，香气扑鼻。

至于石昊从上界带回来的各种神物等，他正在将其不断地分发给大家。

“小石叔叔，你只给我们每人一颗葵花子吗？”一群孩子不解地问道。

兵器、骨书等，石昊送出了一大堆，可是轮到发“零食”时，他却格外谨慎。那些凶兽肉也就罢了，他们都知道吃不动，因为那是高阶神兽，可是，分葵花子而已，居然也这么小气，一些小孩子都嘟起了嘴。

“你们懂什么？这是神力种子，一颗就足以让你们满地撒欢，一夜都无法入睡。”有长辈笑道。

当年石昊就带回来过这种东西。

“魔葵园的种子是一种强大的生灵，我带回来的种子，最弱的母株的修为都比你们高很多倍。”石昊说道。

而后，他想了想，道：“不行，这些种子必须炒熟才能吃，不然的话，不小心掉在地上，落在草丛中，估计会长出魔葵！”

石昊还真怕有些魔葵涅槃，从种子中再现出分身来。

他亲自动手，将魔葵园的种子都给炼化了，炒熟了，而后再分发下去。

有些孩子不信邪，直接将种子吃掉，结果是满村子乱跑，浑身冒神光，法力沸腾，这一夜精力旺盛，没法停下来了。

“哈哈——”一群大人哈哈大笑。

清风回来后，见到了神药，又去摸了摸天神树，几乎以为自己在梦境中。

这一夜，石村非常欢乐，许多人都喝醉了。

石昊一早打过招呼，带上清风还有无畏狮子上路了，准备去掏真龙窝。

石昊手持大罗剑胎，并以那口满是裂痕的黑金鼎护体，在最前面探路。

穿过混沌裂缝，他们进入了这片小世界。

“哧！”

半空中，突然有一道犀利的剑光落下，“当”的一声，将石昊头上的黑金鼎震得横飞而去，嗡嗡作响。

他们抬头一看，那里有一根断裂的角，暗淡无光。

“真龙角！”

无畏狮子倒吸了一口凉气，这是一根真龙断角，它在滴血，不过那血珠在虚空中就会蒸干，消失不见。

显然，这真龙断角的精华已经尽失，不然的话，一滴成年真龙的血就可以毁掉诸多星辰，截断星河，威力不可想象。

这里果然可怕，超出了石昊的预料。

“清风，去混沌裂缝外面等我！”石昊吩咐道。这里太危险了，一个弄不好，就可能会殒命，他不想让清风涉险。

清风略微犹豫，但很快就转身了，因为他知道自己再继续前进的话，只会拖后腿。

真龙角横在那里，竟浮现出诸多画面，他们看到了太古十凶中第一强者的部分战斗画面。

“是他们！”

石昊看到了安澜的身影，俞陀的兵器，还有赤王的宝炉。

十凶中的第一凶遭遇了围攻！

在那幅画面中，一滴龙血飞出，就会毁掉一片星海，景象太恐怖了。

“前辈，我来这里不是为了害你的后代，而是真心想帮它们成长！”石昊低语道，这是发自真心的。

那根断龙角早已龟裂，要朽灭了，此时它发出一丝微弱的光，飞向石昊。

很快，在石昊的身边，铁血战旗的虚影飘了出来，那是铁血战旗留在他身上的气息化成的。

看到这一幕，那根断龙角移开了，任石昊走了过去。

无畏狮子不禁心中发毛，它知道，若非石昊属于九天这一阵营，而且被龙角感应到，这里多半会发生极其危险的事情。

“咔嚓！”

虚空中浮现出一块石壁，它在混沌中沉浮，满是裂痕，但是能清晰地看到上面的一些仙古文字。

石昊仔细阅读后，轻叹一声，为真龙一脉感到悲凉。

真龙的后代遭暗算了，龙卵虽然还在，但是不见得能孵化出来。

这一刻，石昊对异域充满敌意，那些人的手段果然毒辣无比，居然要斩草除根！这不是个例，而是普遍的惨案。

天角蚁一脉也是如此，小天角蚁也遭到了暗算，是其父法力通天，以巨大的代价才将其救活，封印在地宫内。

事实上，还有一些真仙的后代都遭到了迫害，迫不得已，有许多都被封印在混沌中。真仙布下逆天的法阵，激活后代的生命活性，希望它们在无量的岁月后能出世。

在小天角蚁出世时，石昊已经了解到，许多仙道人物彻底绝后了，哪怕个别后代活下来，能力也会锐减。

只有个别生灵，比如天角蚁的父亲，才通过漫长的岁月将它治好。

“封印在混沌中百万年、千万年，也是迫不得已啊！”石昊叹息道。

不知道这些真龙蛋能否孵化出小龙，而小龙的实力是否会下降很多？

“真龙的手段逆天，我想它肯定可以保证一两个完好的后代出世。”无畏狮子道。

石昊点了点头，破开混沌，站在龙窝近前。

“轰！”

突然，一片宏大的景象浮现，真龙摆尾，撕开了一片古老的大世界。

“宝术？”

“昔日的战斗画面？”

在龙窝前，激烈搏斗的画面浮现出来，震撼了石昊与无畏狮子。

那是真龙的战斗，它在跟不止一位不朽之王厮杀，震撼古今未来。真龙不愧为昔日的第一凶，法力盖世，太强大了！

“砰”的一声，安澜被真龙一尾巴扫中，手臂折断。“当”的一声，俞陀的兵器被龙爪撕开，断了一截。

“轰隆！”

星辰炸开，成片爆碎，璀璨的光芒焚烧古今。

真龙血在洒落，每一滴仿佛都能够逆转时间长河，从那浩瀚的大河中召唤神兵利器，神威绝世。

第1484章 连窝端

WANMEI SHIJIE

一条真龙在沉浮，在跟不朽之王激战，这是烙印，是昔日的景象重现。

最后，景象消失，化成一道又一道龙气，缭绕着石崖上的这个巢，上下翻腾。

一道又一道龙气在守护这个巢，而不远处，那根断龙角也飞了过来，立在龙巢近前。

无畏狮子吞了一口口水，但是没敢轻举妄动，它要是真的敢吃龙蛋的话，估计会被石昊直接灭掉。

无畏狮子看得出，石昊并非为了盗卵，而是真的想保护这里的真龙蛋。

“砰砰砰！”

巢穴中，一颗蛋在动，响个不停，似乎很紧张，正是葛沽的元神冲进去的那颗。

“不要焦躁，我没有恶意，只是过来看一看。”石昊开口道，还真怕它提前破壳而出。

因为，他已经知道了，这些蛋出了问题，被封在这里数百万年以上，一直被龙气等滋养，还不该出世。

“你这恶人，竟跟踪到了这里。”一颗龙蛋中传出声音，正是葛沽。

“都说了，我没有恶意。真要对付你的话，早就出手了。”石昊解释道。

“我不信。”那颗蛋很紧张，在巢中滚动，想要挣脱出来。

“再乱说话，我一口吃掉你！”无畏狮子龇牙咧嘴，很配合，当起了恶人。

“一头蠢狮子而已，如果我出世，一口气可以吃掉一百头狮子。”葛沽叫板道，还带着童音，显得很稚嫩。

“别拦我，我非吃了它不可！”无畏狮子怪叫道。

石昊让无畏狮子不要轻举妄动，这个时候，龙气弥漫，那半根断龙角也在沉浮。

无畏狮子见状，不得不谨慎地向后退去，它还真怕龙角给它来一下。

真龙的角，那可是能够劈开大宇宙的神圣之器，哪怕而今龟裂，精华流逝得差不多了，也不是无畏狮子所能够对抗的。

“这地上……”石昊低头，看到了山崖上的一些草。这些草有赤色的，也有紫色的，还有青色的，都很特别。

这些草晶莹剔透也就罢了，居然还有鳞片，形状特异，令人不敢相信，草也长鳞片？

“龙鳞草！”

这是一种奇草，有不可思议之功效，相传只长在龙巢附近，号称无价之宝。

“这么多！”无畏狮子吃惊地道。

无论炼什么药，加入一些龙鳞草都可以让药性强一截。据闻，这种草常年被龙气滋润，有真龙的力量。

尤其是，龙鳞草可以为人筑基，助人强筋壮骨，对改善人的体质有极大的作用。

石昊数了数，发现最起码有五十株龙鳞草，生长出这么多，实在很惊人。任何一株龙鳞草拿出去，即便放在九天上，也会被炒成天价。

“修炼真龙宝术，服食此草的话，可以事半功倍。”无畏狮子说道。它盯住了三颗龙蛋，眼珠子转了又转。它猜测石昊可能在打真龙宝术的主意，而它也想得到真龙宝术。

在无畏狮子看来，十凶中第一强者的秘法，谁不想得到？

“请善待我的孩子。”

就在这时，一声叹息还有一道非常虚弱的声音响起。接着，那龙角“咔嚓”一声，竟断成两截，坠在了地上。

它本就是断角，而今又断了。

石昊心惊，这是真龙的声音吗？

无畏狮子更是不由自主地倒退，险些跌落下石崖，表情很不自然。

奇怪的是，那颗龙蛋并没有反应，它没有听到什么，因为那道声音只针对石昊与无畏狮子。

“轰隆！”

混沌中，一块石壁浮现出来，石昊在上面看到了更多的文字，都是仙古文。

“它认可了我。”石昊叹息道。

那根龙角中有一道残存的烙印，属于真龙，它从石昊的身上感应到了铁血战旗的气息，并感知到了石昊的一些来历。

比如，石昊得到了铁血战旗的认可，比如他得到了鲲鹏的传承，这些都说明他是友非敌。

“哧！”最后的刹那，此地光华大盛，一块洁白如玉的骨飞起，它如镜子一般晶莹，照耀出万古的光华。

这一刻，石昊还有无畏狮子都是心中一凛，发现他们仿佛是透明的一般，全身上下都被照了个透彻。

“龙骨镜吗?!”

真龙殒命，留下道骨，犹若宝镜，其实更像是古僧一脉的舍利子，有奇异的妙用。

它将石昊与无畏狮子的一切秘密都照了出来，在那里感知，最终叹息一声。

它彻底认可了石昊。

很快，石昊也知道发生了什么，因为那道印记没有瞒他，很坦诚，需要他日后照拂小真龙。

“我在防备一个大敌，以为他回来了，结果他一直没有出现，看来是已经殒命了。”

随后，这道印记发光，照耀在石壁上，更多的文字出现了。

石昊仔细观看，了解了一些情况。

三颗龙蛋，有两颗应该是成了死卵，只有一颗活了下来。

但这颗活下来的龙蛋也出了一些问题，经过漫长的岁月的滋养，它都没能出世。

葛沽只是元神出窍，离开了这里。那条龙躯，是它多年前附着在一条大毒蟒身上，借它之体修行、进化到那一步的。

石昊很惊讶，这条小龙真不简单，还没有出世，就镇压了一头恶兽，借它之体修行到了那一步。

真龙留下的文字说得很清楚，有一些办法可以补足葛沽先天的缺陷，要请石昊相助。

“将龙角磨碎，撒在蛋上，并辅以神药，如龙鳞草、九转还阳草等。”

石昊一阵头大，前几样还好说，居然还要九转还阳草，那种逆天的东西上哪里去找?

若是没有九转还阳草，小真龙也可以出世，不过会有些先天不足，但也不是没有办法解决，日后随着道行精进，它便可彻底复原。

石昊仔细看着石壁，记下了所有。

那个敌人没有来，而龙角也已经消耗得差不多了，精血都滴在三颗卵上了。

石昊发出一声叹息，道：“葛沽，你父母将你交给我了。走吧，我带你离开。”

“你这恶人骗谁呢！”那颗龙蛋又挣扎起来。

“你别乱动，现在还不能出世呢。”石昊说道。

“嗡隆！”

断裂的龙角一颤，发出一道微光，飞入龙蛋内。葛沽平静了下来，而后突然开始大哭。

显然，真龙最后的印记在消散前，已经对它进行了叮嘱。

“走吧，这个地方不能待了，混沌裂缝不稳，多半要崩塌了。”石昊说道。

这里失去了真龙印记，即将要毁灭。

葛沽很失落，没有发出任何声音。

石昊恨不得挖地三尺，将这里所有跟真龙有关的东西都带走。

让他惊喜的是，除了龙鳞草外，还有几株不知名的神草，它们长在龙巢的背面，一看就不是凡物。

“呜呜——”

最后，葛沽虽然很不舍，却只能离开。

石昊毫不犹豫，将整个龙巢都搬了起来，直接托着三颗蛋离开了这里。

跟清风会合后，无畏狮子化成狂风，从天宇上呼啸而过，驮着石昊他们疾速赶向石村。

“掏了一窝真龙蛋，我不是在做梦吧？”清风觉得晕晕乎乎的，这种感觉太不真实了。

石昊回来后，引来了村人的围观。

“小昊，这是啥鸟蛋，这么大个？是想煮熟吃掉，还是要孵化出来，养几只幼鸟？”石林虎问道。

他是昔日狩猎队伍的头领，如今已经卸任，每日都很清闲，只在早晨负责教导孩子们修炼。

“叔，这不能吃，是龙蛋。”清风神神秘秘地说道，难掩兴奋之色。

“啥玩意？”

别说石林虎，就是更远处的人都被惊动了，一同望来。

“真的是龙蛋，这次我都有点不敢相信。”石昊点头道。

“轰”的一声，一大群孩子最先冲了过来。如果不是被石昊抓着，估计一群“皮猴子”全都跳进龙巢里去了。

就是从边荒来的那群孩子也都吃惊不已，围了过来。

第1485章 五色雀

WANMEI SHIJIE

“蛟龙蛋吧？”二猛的小儿子搓了搓手，向龙巢里爬，想去摸一把，自然被石昊给提了起来。

“我说小石，这东西是从哪儿找来的，应该是神蛟的蛋吧？”当年的鼻涕娃、今日的青年男子大咧咧地说道，还拍了拍那颗蛋。

这可不是现在的一群鼻涕娃中的成员，而是昔日石昊的伙伴，他跟石昊年岁相仿，比大壮他们要小几岁。

“别拍，这是真龙的蛋！”事已至此，石昊没有隐瞒，道出了经过与事实。

一群人不禁倒吸一口凉气，而后眼睛都看直了。这些成年人也都跟那些孩子似的，恨不得进入龙巢内，将蛋搬起来看。

还好，老族长石云峰到了，所有人顿时都不敢乱来了。

主要是他们太兴奋了，这不是蛟龙蛋，而是真龙蛋！

在世人眼中，这就等于真仙，甚至更加强大，这种传说中的生物居然在村中出现了！

云曦站在近前，看着石昊，实在无法理解，他居然将龙蛋都给搬来了，简直是逆天啊！

“我现在相信小叔叔天下无敌了。听说他小时候就喜欢掏凶禽窝，挖兽洞，今日一见名不虚传啊，连真龙窝都给端来了！”一个还在流鼻涕的小家伙一脸的崇拜之色。

一群青年嘿嘿笑了起来，包括二猛、虎子他们，因为这也是他们做过的事。

石子陵夫妇自然被惊动了，早已赶到现场。

全村人都被镇住了，这是头等大事，村中如果养一条龙，那是什么景况？

“哈哈，太好了。我们村要养龙了！”大壮挠头，憨笑个不停。

很久之后，这里才平静下来。

石昊开始研究怎么让真龙出世。他已经确定，另外两颗卵死掉了，只剩下葛沽没有问题。

“清风，你回石都吧。这几日将所有反对你的家族都找出来，尤其是查清雨族有什么人在闹，回头我过去一趟。”石昊并不担心清风，这次回来后已经给了他防身秘宝。

此外，石昊让无畏狮子跟着，随时听清风调遣。至于石昊自己，则全力以赴地琢磨这颗龙蛋，并帮助它出世。

新鲜劲过去之后，石村终于平静了。

“你不担心自己，还有心思孵化龙蛋？”云曦轻叹道。在她看来，离石昊道行尽失的日子不远了。

“吃掉一颗龙蛋，是否能化解折仙咒？”云曦问道，很关心石昊的身体。

“没用，那是诅咒，跟这些无关。”石昊脸色严肃，一边研究龙蛋，一边这般回道。

两日后，石昊开始磨龙角。

他起初还在发愁，龙角那么逆天的东西，甚至可以切开大宇宙，该怎么让龙蛋吸收。但是，他发现，这龟裂的龙角并非无法研磨成碎末。他在龙蛋上磨龙角时，龙角居然发光，直接被那蛋吸收了。

葛沽一直没有说话，却也很配合。

尤其是，真龙所留的那块道骨，几乎等同于古僧的舍利子一般，也融入了龙蛋之中，化成符文与光华，被它吸收了。

石昊不禁倒吸一口凉气，这龙蛋太逆天了吧？

不久后，他终于想明白了，龙蛋受损太严重了，需要真龙的精华才能补足先天缺陷。

要知道，一颗龙蛋日后就可以化作一条真正的龙！这说明，它蕴含着极大的潜能。

现在，这龙蛋吸收龙角粉末与那道骨精华完全是正常的，它是在弥补先天所缺。

石昊将龙鳞草也用上了，直接耗去了一大半，三十多株。

此外，他还从村中采来神药，每一株上采集一点茎叶，用在真龙蛋上，炼成神力霞光，将之融入了进去。

该给小真龙的都给了，只剩下了一些龙鳞草，它已经用不上了。如今只缺一株九转还阳草了，但那东西上哪里去找？

“小叔叔，那五色雀欺负我！”远处，一个孩子叫道。

石昊心中当即一动，那五色雀还在村中？这都过去多少年了，它居然还在！

回来后，石昊还想着找它呢，结果因为真龙蛋的事情而疏忽了。

“它在哪里？怎么欺负你了？”

“我们在后山看到它的，它叼着一根木棍，往我头上丢。”一个孩子向石昊告状。他们也如同幼时的石昊一般去捉过五色雀，但一直没有成功。

至于大人，对那只五色雀有些敬畏，不敢招惹，觉得它很神秘，毕竟当年石昊死而复生，跟它有很大的关系。

“拿来我看一看。”石昊盯着那孩子手中的木棍，这木棍是一株植物干枯后形成的，很干硬。

“嗯？”

石昊吃了一惊，因为他觉察到这枯死的植物内有极强的生命精气，这是了不得的一株药草！

“别告诉我，这就是九转还阳草！”石昊自语道。

石昊越是研究，越发觉得这种干枯的植物不一般，最后他同样将其研磨成粉，炼化进真龙蛋内。

“这是你需要的九转还阳草吗？”

“不是，但有效果。”葛沽答道。

最后，石昊亲手帮葛沽炼化，并寻来一些天地灵粹等供它吸收，希望可以孵化出一条没有缺陷的真龙。

“去，将无畏狮子给我叫回来！”石昊冲村中的少年喊道。

不久后，无畏狮子回来了，它有点狐疑。

“给你一个任务，去一个巢穴，守株待兔，给我抓一个生灵。”石昊吩咐道。

无畏狮子的眼神瞬间亮了，它有点期待，去抓什么生灵，居然让荒这么郑重？它忍不住开口道：“这一次难道是真凰巢穴？”

“差不多吧。”石昊模糊地答道。

“下界真是太逆天了！”无畏狮子怪叫道。它欢天喜地，准备去夺取大机缘。

结果，石昊给它指明地点，让它进巢穴后，它的脸当即就垮了，险些跟石昊拼命。

这哪里是什么真凰巢啊，不过是巴掌大的一个鸟巢，这是麻雀窝还是斑鸠窝啊？

无畏狮子气得鼻子都快歪了，这就是荒给它的任务，堂堂无畏狮子居然要躲在这种小家雀的巢里，真是憋火！

“你给我老实地进去，把那只五色雀给我捉住！”石昊专治不服他的人，抬手就要镇压无畏狮子。

无畏狮子气得不行，但最后还是忍住了。

它身体缩小，化成拳头那么大，径直飞入那个留下一个洞，其他各处封闭的鸟巢中。

它在心中诅咒、大骂石昊，但是没有办法。

不过，无畏狮子进入鸟巢后，有点惊讶，这里面相当舒服与干净，是以罕见的金丝草铺成的。

“我就当在这里闭关修炼吧！”无畏狮子闭上眼睛，当真开始闭关。

数日后，石昊有点激动，真龙蛋在裂开，一条龙在他的见证下要出世了。

“咔嚓！”

最后，霞光万道，瑞彩冲霄，一条真龙冲了出来，浑身鲜红，如同带着大片的晚霞出世。

这是一条真龙，属于十凶中最强者的亲子！

龙气弥漫，整个石村都因此而受到滋养，所有人都跟着心中一震。真龙出世，那是神圣的象征，大吉之兆！

果然，它一出世，就给石村带来了难得的真龙精气反哺，让这里所有人都得到了好处。

最为难得的是，村中多了一股本源龙气，没入地面的土层中，在此孕养。

赤色小真龙瞬间腾空，没入苍穹。它在感知自身的变化，那里神霞万道，混沌气散开，异象纷呈。

“总算不负所托。”石昊轻轻一叹。

他像是想起了什么，向村尾那里望去，那里有一株枣树，树上有一个窝，如今无畏狮子应该还在里面。

“怎么睡着了？”石昊靠近时，发现无畏狮子在沉眠。

片刻后，无畏狮子复苏了。很快，它发出一声凄厉的惨叫，声音震天动地，幸好石昊隔断了那声音，不然会伤到很多生灵。

“你鬼号什么?!”石昊斥道。在这里动用狮子吼，对石村的人会造成可怕的伤害，哪怕有柳神布下的法阵，也可能出现意外。

“气死我了，气杀我也！”无畏狮子从鸟巢中蹿了出来。

石昊目瞪口呆，而后大笑。

在无畏狮子的鼻子上，有一坨鸟粪，鸟粪呈现五色，早已干硬，看样子是两三天前留下的。

“那是一只什么鸟？我要吃了它！”无畏狮子嗷嗷地叫着，气得浑身兽毛都要燃烧了。

第1486章 缺陷

WANMEI SHIJIE

无畏狮子全身上下所有的兽毛都竖立着，如同一根根金针一般，现在的它很像一只金色的大刺猬。

烈焰腾腾，从无畏狮子的鼻子里向外喷，从它的嘴里向外吐，并且它的耳朵也在冒烟，头顶也有烟，景象惊人。

它是真的被气坏了。

堂堂无畏狮子震慑天下，当年它们这一脉甚至敢跟仙僧王开战，兽威震世。可是，现在它的鼻子上却有一坨鸟粪，对它来说，这太憋屈了！

“气死我了，嗷——”无畏狮子发出低沉的吼声。它还不敢大吼，因为石昊盯着它呢，怕它的吼声毁掉大荒。

“我受不了了！”无畏狮子咆哮一声，猛力甩掉鼻子上的鸟粪，而后冲上天宇，扑向域外。

它在石村没有办法发泄，于是遁到了那广袤无人的域外。在那里，它可以尽情地嘶吼、咆哮。

“打雷了吗？”

石村，一些人狐疑。不少人神经粗大，还不知道发生了什么呢。

“好像是小石叔叔养的那头狮子在叫。”

“那狮子挺厉害啊！它怎么了？为何会叫？”

“被五色雀拉了一坨屎，粘在了鼻子上。”

一群孩子在嘀咕，大人们也知道了，一个个神色怪异，他们总觉得五色雀很神秘。

最早时，他们根本没把五色雀当回事，觉得它跟山雀没什么区别，后来越是接触，越是了解，越对它充满敬畏。

过了很久，无畏狮子回来了，而且它的脸还在颤动，那是气还没有消的表现，它郁闷坏了。

“黄狮子，你回来了，不就是鼻子上粘了一坨鸟屎吗？没事，擦干净就好了。”村中，一个小娃娃好心劝道。

听到这样的话，无畏狮子的脸抖动得更剧烈了，它龇着雪白的大牙，恨不得一口吞掉那个娃。

“你干吗吓唬我？那鸟屎又不是我弄你鼻子上的。”那个娃很不解。

“你……闭嘴！”

无畏狮子如同被人踩了尾巴一般，瞪着眼睛，怒火中烧大，真是哪壶不开提哪壶。

“黄毛狮子，你啥态度？他在好心安慰你，你怎么不懂得感恩啊！”一个还在流鼻涕的娃道。

“我可以咬人吗？！”无畏狮子回头看了一眼石昊，浑身的金色毛发又立起来了。

石昊瞪了它一眼，只有两个字：“不行！”

“叔，不是我说你，你这次带回来的这头坐骑心理承受能力太差，不就是一坨鸟粪嘛。”一个孩子跟小大人似的，说得头头是道。

“老天啊！你赶紧把我送回边荒对面的古界吧，我受不了了！”无畏狮子大叫道。

结果，它被石昊一脚踹到一边去了。

“这头狮子不行啊，还不如那只黑色的大王八呢。你看，它多本分，多老实，就在天神树下那里呼呼睡大觉。”村人评价道。

“可不是吗？我也觉得那只大黑龟更强。”有人附和点头。

无畏狮子真的郁闷坏了，它是什么等级的存在？可是在这里的境遇，却让它抓狂。

只有云曦在偷着笑，因为她深知这头狮子有多么恐怖，是何等级的存在，可现在却这么倒霉。

虽然村人知晓无畏狮子道行很高，但是没有见过它发威，而且认为它是石昊的坐骑，难以产生那种强烈的对比感。

石昊没空搭理无畏狮子，他在关注小真龙，它已经从天空中落下，带着瑞霞，伴着光雨，龙气缭绕。

村人都围了上来，包括边荒的孩子，这可是真龙啊，居然出世了，就在他们的眼前！

赤色的龙躯不过丈许长，它跟黑夜中的火炭似的，鲜红透亮，赤霞点点，就是那一对龙角都是通红的，这是一条赤色真龙。

赤龙葛沽神色复杂，降落下来后，冲着石昊施了一礼，道：“谢谢你！”

虽然此前他们有过不快，无论是在虚神界还是在石国皇都，葛沽都被石昊镇压过，但石昊帮助了它。

“不用客气，拜我为师吧。”石昊笑道。

葛沽的脸当即就垮了，它可从来没有那种打算。

石昊仔细观察，这条赤龙身体结实，强劲有力，不愧为真龙，肉身完美，难以寻到破绽与虚弱之处。

石昊知道，无论是龙角还是神药、龙鳞草等，都被葛沽吸收，起了大作用，补足了它的先天缺陷，并未落下“病根”。

“不错，很好，是一条完整的真龙了，血气旺盛，修炼起来事半功倍，远超同阶其他生物。”石昊点头赞叹。

就是心高气傲，一直轻视下界的无畏狮子，此时也不得不服气，真龙果然超凡，比它年少时似乎厉害一些。

“肉身坚固，神魂强大，应该没出问题。”石昊很欣慰，完成了十凶中的第一凶——真龙的心愿。

石昊心中火热，现在他很期待，因为这是一条真龙，曾经号称无敌的真龙宝术就要出世了！

“你的家传宝术有几分火候了，造诣究竟如何？”石昊干咳两声，这般问道。

无畏狮子腹诽，直接说想学那种秘术不就行了吗？

小赤龙有点难为情，道：“只得到了皮毛。”

而后，它忽然神色大变，道：“我没有得到后面的传承！”

石昊明白，终究还是出了大问题！

他知道没有九转还阳草的话，可能会有瑕疵，可是没有想到这么严重。

小赤龙本身没有问题，无论是肉身还是神魂，都强壮得惊人。可是，蕴含在它血液中的烙印碎片不完整，传承没有记载下来，关于真龙的无敌道统，它没有全部得到。

它精通了一般的修炼之法，但是真龙最强的秘术却彻底失传了。

石昊不禁发呆，他还在琢磨真龙宝术呢，结果那无敌秘术却没有传承下来？

葛沽惶恐不已，这是大事件，真龙的最强宝术没有蕴含在血液中，而它掌握的依旧是此前所精通的那些真龙法。

该族压箱底的绝学不在了！

“这可怎么办？”连无畏狮子都发愁了。因为，它也在惦记真龙宝术，想跟着石昊一起沾光，结果发现一场空。

“虚神界！”忽然，葛沽开口道。

“什么意思？”石昊心中一动。

“那两个怪老头跟我说过，只要我打破你的纪录，在他们那里就可以换到最强宝术，我想那里应该有真龙宝术。”葛沽说道。

石昊的脸色阴晴不定，他原本就要去虚神界，打算用自己的十块青铜碎片换取宝术，原本还没有决定选哪一种呢，现在看来，只能选真龙宝术了吗？

他斜睨小赤龙，总觉得这笔买卖不划算，掏了一窝真龙蛋回来，不但没从该族得到好处，还要当保姆，帮它去学真龙宝术？

“你现在年龄还小，道行不够，随着你成长起来，蕴含在你血液中的传承碎片会逐渐清晰，显化出来。”石昊说道。

石昊去虚神界兑换的话，只能选一种秘术，而他现在有点渴望得到真凰秘术。如果小赤龙复原，那么，将来便真的有可能出现龙凤呈祥那种无敌盛况。

传说，若是有人同时掌握了真龙宝术与真凰秘术，两者可以相辅相成，让威力倍增。

现在，一条真龙就在眼前，如果再去虚神界寻到真凰秘术，离那种理想的妙境便不远了！

第1487章 真龙宝术

WANMEI SHIJIE

清风吹过，天域幽寂。

石昊只身独行，离开荒域，来到了天域。

这是石昊从三千道州下来的地方，他要去那处生命禁区。

石昊思来想去，或许能帮助葛沽的还有那位禁区之主，那位存在曾教出多位真仙级的弟子，传下了各种妙术。

石昊觉得，禁区之主或许精通真龙宝术。

原本，石昊就想来这里的，因为他跟禁区之主有约定，还会再来。此外，他时间不多了，也想问下身上的诅咒是否会对他造成巨大的伤害。

石昊此前不是很担心，因为在所有人包括残仙都觉得他要废掉的时候，他能感觉到没那么严重。

当时，他体内的那团火曾无声无息地点燃，充斥在他的血肉中。不过，折仙咒依旧在他体内，那团火没有帮他焚毁折仙咒，而是将之保留了下来。

当时，或许只有五行山的生灵看出了端倪，因为此前他就知晓石昊的体内有一团神秘的火。

而五行山的那个生灵表态，说石昊已废，应该是故意麻痹残仙。

当时情况危急，除了残仙的真身外，还有另一人的兵器与法旨在一旁威胁石昊，那肯定也是仙道人物！

“不是为自己，而是为你，先跑来这里一趟，这个弟子我收定了。”石昊自语道。

他觉得自己的确要有所防备了，收一个弟子是应该的，尤其是真龙这种逆天的生物，那就更不能错过。

眼看着靠近生命禁区的边缘了，石昊取出了那块古玉，以免在这里迷失。

天地变幻，景物朦胧，这里的虚空扭曲，如同有一方古界藏在山水间。

“轰！”

石昊化成一道闪电，疾速冲了过去，闯入了禁区所在的这片古地。

最后，石昊再次见到了那片残破的古地。

低矮的山，枯萎的药田，干涸的小湖，更有金属残瓦，都陈列在此。

“轰隆！”

忽然间，这山水活了，干枯之地有了生机，小桥流水、亭台殿宇都呈现出来。原本黑雾缭绕的阴暗之地，一下子光灿灿的，如同仙境。

药田内，芬芳扑鼻，全都是神药。

山峰上，皆是宏伟的金属殿宇，神圣无比。

不远处的山脚下有一个湖泊，还有茅草屋。一个白衣男子，丰神如玉，眸子灿灿，正在饮茶。

在白衣男子的背后，一男一女，唇红齿白，都很漂亮。

“你来了。”

“是的，前辈。”

这一次，石昊没有经历考验，踏着宇宙湖就那么过来了。

“比我想象中要快。”白衣男子说道，放下茶杯看着他。

“我有求于前辈。”石昊很坦诚，也很直接。

“说吧。”白衣男子的回应很简单。

“我想求取真龙宝术。”石昊看着他。

“我不会再传任何宝术了，曾经的路被证明是错的。在你前面，共有八位绝代天骄学过我的法，结果都殒命了。”白衣男子很平和地说道。

石昊愕然，竟得到了这种回应。对方很干脆，这算是拒绝了。

石昊有些不解，既然如此，白衣男子让他来这里做什么？不是要传下道统吗？

“我想你误会了，我需要培养出一位强者，最好能成为史上最强。但是，他并非我的传人。”白衣男子说道。

石昊看着他，没有说话。

“你所学的法已经够多了，关键不在于掌握秘术的多少，而是其他。我要给予你足够的磨砺，培养出最强战斗力！”白衣男子很直接地道。

“可是，我想学真龙宝术。”石昊咕哝道。

“我时间不多，只是残碎烙印，每一次显化都要虚淡一分，不是说笑，你要把握机会。”白衣男子说道。

而后，他又补充道：“我从来就没有得到过真龙宝术，就是想教你也没有办法。”

石昊一叹，真龙宝术果然非凡。

“既然你来了，就珍惜这次的机会吧。”白衣男子说道，用手一点。石昊一下子腾空，不由自主地飞向一座山，那里有一座银色的大殿。

这块区域有很多座山，每一座山上都有一座金属巨宫，镇压这里的时空。

石昊被送进这座银色殿宇中，殿门一下子被关闭了。

“嗯，不好！”下一刻，石昊的脸色变了，因为他体内的折仙咒发作了，要腐蚀他全身的道行，情况极其糟糕。

“这一次的磨砺便是折仙咒，如果熬下来，既能活着，又能道行不失，就算过关。”白衣男子说道。

石昊真不知道说什么好了，他想诅咒，想骂人，因为，他这次来是想顺便问下折仙咒的事，结果直接被引得折仙咒发作了。

禁区之主不但没有帮助石昊，还激活了他体内的折仙咒！

“折仙咒如今没有全面爆发，我只是激活部分而已。想成为最强者，就必须要熬过来。”白衣男子提醒道。

“这是为真仙准备的，你让我熬过去？”石昊急眼了。

“并没有全面发作，只是部分威能。”白衣男子平淡地说道。

这是针对仙道生灵的诅咒，哪怕只是部分而已，也让人难以承受。

这是一次炼狱般的折磨，银色殿宇中发出低吼，声音恐怖，有时候如魔王长号，有时候则如九幽鬼音。

这是一种煎熬，石昊宛若陷入地狱中。他体内的那团火很平静，任折仙咒吞噬他的生机与道行。

“给我回来！”石昊的眼睛都红了，他苦修出的法力，一身的道行怎能被斩！

在他身体内，法力疯狂地运转，道行由弱变强。

整整三日，银色殿宇中嘶吼声不断，如同鬼哭狼嚎一般瘆人。

最后，殿门打开了，石昊披头散发，踉跄而出，仅三日就瘦了一圈，面色苍白。

“不错，你熬下来了，成功了！我期待有一天你在人道领域时，便能抵住折仙咒的全面发作！”白衣男子说道。

下一刻，青山绿水都不见了，这里一片凄冷。地上，有一颗残缺的头骨，雪白如玉。

石昊对着那里深深施了一礼，而后转身就走。越走，他的身体越轻便，法力汹涌，精气滚滚。

他觉得自己如同从地狱回归，来到人间，身体舒泰，元神强大。

石昊回到了石村。

“唉，真龙宝术没有求取到，看来只能去虚神界了。”石昊轻轻叹道。

无畏狮子凑了过来，它知道石昊去了何地，听他这么一说，顿时很失望。

“对了，五色雀呢，是否出现过？”石昊问道。

无畏狮子顿时咬牙切齿，摇了摇头。它这两天一直在大荒中转悠，想找五色雀的麻烦，结果压根就没见到五色雀。

“小哥哥，我已经查得差不多了，雨族真的可以跟他们的上古神联系上，有些古怪。”清风回来了，对石昊道。

清风已经查得差不多了，石国究竟有哪些势力想反扑，要支持曾经的皇族嫡系，这查起来不是很难。让他心惊的是，雨族的人真的可以跟神沟通。

“神，回头我吃了他！”无畏狮子大咧咧地说道。

“吹牛，黄毛狮子被五色雀在鼻子上拉了一坨鸟粪，到现在都没有捉到它呢。”有孩子揭无畏狮子的短。

打人不打脸，骂人不揭短。

无畏狮子闻言，脸色顿时黑了，它真想“嗷”的一声扑过去。

“不急，等我从虚神界回来，就去那些势力的家族走上一趟，弄个清楚。”石昊说道。他倒要看一看，那些人有多大的能耐。当然，雨族是他重点要探究的对象。

石昊不会大意，他始终认为，能从另一个世界投影过来的神一定很强。

石昊盘坐在石村中，闭上了眸子，而后“轰”的一声，元神出窍，击穿天空，进入了虚神界。

跟着石昊一同去的，还有赤龙葛沽。

石昊准备用十块青铜碎片去交换真龙宝术。

第1488章 突兀的仙域消息

WANMEI SHIJIE

近来，九天十地的各方古界平静而祥和，因为，边荒的危局消失了。

只是，可怜了那么多英杰，更有天骄奇才，如孟天正等，已然战死，再也不可见了。

至尊凋零，大半都死在了边荒！

同时，这也为九天十地迎来了一段难得的平和期，九天十地没有了外界的大敌，也没有了那种让人窒息般的压抑感。

最近，无论是高高在上的九天还是较为偏远的十地，都在积极地培养后起之秀。

边荒动荡，死了很多强者，需要后辈去填补空缺。

所以，各族各教都在竭尽所能地培养高手，希望出现绝世人物，诞生中流砥柱级的天骄。

到了而今，无论是小天王还是谪仙，抑或是六冠王宁川等，或者大须陀、戚顾等人，都被各方拉拢。

参与了边荒一战，并最后活下来的人，成为各大势力百般拉拢的对象，这是经历过血与火考验的精英！

可以说，年轻一代的许多人都在被拉拢，被许以各种优渥的条件。

比如，有长生世家愿意为重瞳者护道，给予他神药、经书等，助他修道。

同样，曾经跟十冠王打得难解难分的六冠王宁川再现时，被一个长生世家看中，想招他为驸马。

九天十地的所有天纵奇才都迎来了一段光辉岁月，被各族追捧。

同时，人们不可避免地想到了一个人，那就是荒，这个有史以来最年轻的遁一境强者，就这么远去了。

“可惜了，荒有天纵之资，最后下场却很凄凉。”

“唉，从哪里来，回哪里去。虽然一身道行被斩，成为废人，但终究是活下来了。荒回到他的出生地，也算是一种可以接受的结局吧。”

有人摇头，甚是惋惜。

无论是石昊的敌人还是跟他有交情的人，在想到他时，都不得不承认，以他的天纵之资，他原本辉煌可期，可是最后却黯然收场，在修行的道路上过早地凋零了。

“呵呵，这是天意。荒，他以为自己是谁？来自下界牢笼而已，也敢在上界激荡风云。到头来摔得头破血流，肉身半废，最后还不是被逼回了那个牢笼！”

“仙殿的大人果断出手，自有其理由，这个结果不错。”

一些石昊的仇敌带着快意，说出一些非常过分的话。

更多的人则在轻叹，他们能说什么？荒在边荒立下不世大功，结果被残仙给废了，谁能改变？那是仙道生灵，无人敢与之抗衡。

“惊天消息！长生皇朝招婿，邀月公主要选道侣了，快去报名啊！”

“长生皇朝的公主啊，这可是大事！”

一个消息传来，传遍了各大古地。

“咦，金太君出关了。她要去王家讨一个说法，问他们到底是否还要联姻，王曦究竟要不要嫁给金展，这是大事件啊！”

不久后，竟传出了这样一个消息。人们预感到，似乎有什么事要发生了，不然的话，为何会如此呢？

“不太对啊，截天教居然也在凑热闹，派出魔女去拉拢重瞳者了，有人亲眼看到的！”

人们有些不解，这些大教为何频频有这等动作？

数日后，消息传出，九天十地的各片古界要有一场大比。

“他们疯了吗？才宁静下来，为什么要进行这样的对决？”

“多半是因为边荒大战落幕，英灵沉眠，死了太多的人，借此刺激修道气氛吧。”有人猜测道。

无论是高高在上的九天还是偏远的十地，都要在各自的古地组织对决，选拔无敌者。

有年轻一代的，也有壮年一代的，对决将按照修道的岁月划分不同的层次，但是，最被看重的还是年轻一代的大对决。

就在人们疑惑之际，谜底终于揭开了。

“仙域之门将开！”

仅几个字而已，就震动了天地，所有人都目瞪口呆，有些不敢相信。

关于仙域，在过去很长的岁月中，少有人知。可是，随着边荒大战落幕，很多秘闻传了回来，不少隐秘被公布。

人们知道了，在那九天十地之上，还有一个浩大的仙域，那里有真仙，有真正无敌的强者，是许多道统的祖脉与源头。

那个世界，比九天十地还要大无数倍。

昔日，九天十地的守护者，当年的独孤一族，便是来自仙域！

“仙域之门开启，我等有机会进去？天啊，惊世的消息，怪不得长生世家频频有动作，他们提前知道了！”

“除了部分精英能进去外，还有一则传闻，仙域最强大的一些道统还会择徒，挑选最强的种子。”

得知这些消息，所有人都明白了，为何最近不时有波澜暗涌。

“怪不得小天王、谪仙、六冠王等都被各方拉拢。”

所有人都不平静了，这预示着一场大机缘要到了。

仙域是什么地方，这么多年来连至尊都进不去！可是，如今一场突兀的大造化出现了，有成就者可进仙域。

很快，消息的源头弄清楚了。

是残仙有感，最先得悉的消息。仙殿的残仙得到启示，仙域之门内有生灵投影下来，显化无上威压，降下法旨。

“不久前我还在为荒可惜，现在得为他庆幸啊！居然是幸存下来的残仙接的法旨，若是荒还在上界，估计会被直接抹杀，不给他任何机会，斩草除根！”一些人叹道。

这是一场大机缘，残仙肯定要阻止荒前往，毕竟已经将他废掉了，怎么可能会给他崛起的机会与希望？

自这一日后，九天十地间开始了角逐，各方强者都想进仙域。不过，这次的战斗都是在精神世界进行的，比如灵界，这好比八域的虚神界。

因为，边荒大战落幕，百废待兴，九天十地也不想因为这次的对决而损失很多人。若是在灵界激战，哪怕是战死，在现实中还能活过来，只要规则完善，就可保无恙。

“我没有听错吧，我有种要晕过去的感觉，王家还有第十条龙，号称打遍天下无敌手？！”

“王十出世？！”

一个惊人的消息传出，王长生还有第十子，只不过王十一直在沉眠，被封印在冰窟中，这次出世了。

“不只王家，还有一些古代传说中死去的英灵又出现了！”

所有人都愣住了，这是怎么了？世界疯了吗？

“这还想不清楚吗？异域叩关，这一纪元都在他们的威胁下，我界所有人都可能会死，而一些道统在过去保留了火种！”

很快，人们都明白了。

现在，边荒大战结束，危机彻底解决了。而且，仙域之门将要开启，大机缘跟着出现了。

那些被各大世家封印的人，作为火种的生灵，全被放出来了，要争那进入仙域的名额。

在各地沸腾时，也有人喝得大醉，并大哭出声。

“我为我的兄弟感觉不值啊！石昊，你在下界的哪里？活下来了吗？大战时有你，造化出现时却没有了你，这不公啊！”

曹雨生拉着小蚂蚁喝得大醉，心中愤懑。

“石昊若是回来，谁能跟他争？”小蚂蚁也嚷嚷着。

无论怎样征战，无论如何角逐那些名额，这一切都与石昊无关了。他在下界，他在走自己的路。

天各一方，八域牢笼太远，太荒僻，跟那些人不在一界。

“那个人是谁？我怎么看着眼熟啊？”

虚神界内，当石昊带着葛沽出现时，有一些人露出狐疑之色。

“那是葛沽啊，天纵少年，不久前曾跟西固大对决，很多人都看到了。你不是也去观战了吗？这么健忘。”

“不对，我说的不是葛沽，是跟葛沽走在一起的人。他像极了小石！天啊，没错，就是他！”

一群人吃惊地睁大眼睛，看向那里，而后冲了过去，将石昊包围了。

虽然近些天都在传小石回来了，但是没有几人见到他，很多人都不相信，今日目睹，自然是一场大波澜。

“天啊！小石真的回来了，快进虚神界，去围观啊！他要做什么？肯定有大动作！”

可以说，石昊一出现，就引得荒域大震动，哪怕没进虚神界的人，也都被亲朋族人等告知，火速进去了。

就像当年一样，石昊一旦出现，必然会轰动虚神界，引得各方人马一起涌去观战。

今日，只是为了围观他，又引发了一场轩然大波！

第1489章 最爱吃兽奶

WANMEI SHIJIE

虚神界热闹非凡，许多人都来了，都想看一看小石是否真的再现了。

葛沽以前还很不服气，现在一看，小石的名气真的太大了，远超它的想象，才一现身就惹出了这么大的阵仗。

石昊自然不会停下，带着葛沽，一闪而逝，疾速远去。除了少部分人外，其他人都没有见到他的踪迹。

“骗人的吧，石昊真的出现了吗？我怎么没有看到？”

“在哪里？我特意进入虚神界，就是想看一看小石的风采。”

成群的人出现，让虚神界一片嘈杂，但是大多数人都错过了石昊。

“那两个老家伙在哪里？”石昊咕哝道。他真想寻找鸟爷和精壁大爷的时候，却不见得能找到。

事到如今，石昊都没有搞清楚那两个老家伙是什么来历，总之绝对不一般。依照只言片语，他知道两人遗失了肉身，只有神魂待在虚神界内，不知道过去了多少万年，都快迷失自我了。

一念成佛，一念成魔，说的就是这两人。

葛沽也在寻找鸟爷和精壁大爷，可是依旧没有见到两人。

“平日间他们神出鬼没，都是主动出现的，从来不是寻出来的。”葛沽说道。

那两人喜欢天才，一旦有天纵奇才出现的话，他们多半就会现身。比如，昔日石昊初来乍到，才进虚神界，便立刻引起了他们的注意。还有近年来，葛沽和西固对决，也引起了他们的注意。

虚神界人声鼎沸，很多人都是来看小石的，结果他们什么都没有见到，颇为遗憾。

石昊与葛沽则费尽力气寻找那两个老家伙，结果一无所获。

“不对啊，这么热闹，他们应该现身才对，尤其是知道你回来了，更应该现身啊！”葛沽说道。

石昊停了下来，冷笑道：“我知道了。这两个老家伙是故意的，不想见我，想要赖皮！”

“什么意思？”葛沽不解。

“当年他们就推三阻四，不愿兑现承诺，现在是故意躲避我，不想给我经文奖励。”石昊说道。

“那可怎么办？”葛沽苦着脸。

它现在对石昊服软了，身为真龙，居然不懂该族的秘术，这实在有点耻辱。它觉得如果石昊真能教它无上秘术，哪怕拜师，也不是非要拼死抵制的事。

不然的话，它可能会成为史上最不靠谱的真龙，也是最弱的真龙，还会沦为笑柄，被载入史册中。

这些是无畏狮子私下跟葛沽嘀咕的，为的是给它压力。

当然，这是石昊授意的，谁让他想收徒呢。

“很好办，我来解决，逼这两个老家伙露面。”

“轰！”

石昊看到一处祭坛，他走过去后，深吸一口气，直接一拳轰了过去。

然后，石昊一路前行，一路轰击，从高山到大河，再到殿宇宫殿等，看到什么就轰击什么。

结果，这引发了一场轩然大波。

这是精神国度，相传为诸神构建的世界，是以秩序和规则搭建的。它很坚固，如同一片完整的世界，但是，这坚固也是有限度的。对石昊这等超越极境的人来说，有些规则可以毁掉，甚至击溃。

当年，石昊破纪录时，就做过这种事。

“天啊，那是什么人？破坏狂吗？他想将虚神界拆掉！”

周围的人十分吃惊，见到那个人的所过之处，虚空崩塌，影响了虚神界的稳定。

接着，许多地方浮现石碑，那是纪录碑。一旦有人破纪录，便会出现这种石碑，昭告天下。

“拳力第一！”

这一刻，许多人都失声惊呼。

这是有人破纪录了，而且是一个绝对惊世的纪录，竟然是拳力，压盖当世，俯瞰古代各族高手。

这可不是一般的纪录，因为拳力从某种意义上来说，是接近战力的。

拳力第一，哪怕不是战力第一，估计也不远了。

纪录有很多，但是有些很特别，占有极大的分量。毫无疑问，拳力第一太具有冲击力了，震惊天下。

就是葛沽也发呆，这个一直想成为它师父的家伙也太生猛了吧，好像并没有刻意去破纪录，只是一路搞破坏而已，就创造了一项纪录。

葛沽有点发晕，它看到了那璀璨的碑文，那里不仅有文字，还有一个拳头，散发着煌煌神光，照亮天宇。

这说明拳力强得吓人，超越了过往的纪录一大截！

所有人都震撼不已，一时间竟都愣住了。

很快，有人注意到了石碑的下方——那个留名之处。

是何人破了纪录？所有人都预感到，多半就是那个人——小石回来了，还能有谁！

“噗！”

当有人关注石碑上的那个名字时，忍不住笑出了声。

就是一些矜持的少女，此时也神色古怪，实在忍不住，全都笑得前仰后合，花枝乱颤。

“哈哈——”至于男人，那就笑得更加肆无忌惮了。

“真是他啊！”

“哈哈，还是这个名字，如果不是现在出现，我都快忘记了！”

一群人狂笑不已。

人们已经确定是小石所为，他回来了。

但是，那留下的名字不是“石昊”二字，而是一串较长且古怪的字：最爱吃兽奶！

“噗！哈哈——”

此刻，不要说他人，就是跟在石昊身边的葛沽也忍不住了，当即就笑了。

石昊狠狠地瞪了它一眼，此时真是感觉无地自容，威名扫地。

他当年还是个孩子，想做什么就做什么，当时还没彻底断奶呢，破纪录时便写了这个名字。

从此，这虚神界就记住了他，那个名字成为他在这一界的名称。故此，只要他一出现，令石碑浮现其纪录，便会显化那个名字。

这么多年过去，石昊早已不是孩子，而是二十几岁的青年了，身在黄金岁月，可石碑上居然还是那个名字。

虽然说石昊的脸皮很厚，但现在他还是觉得脸火辣辣的，这实在是有辱他的名声啊！

最爱吃兽奶，这是何等让他羞耻的名字，他真想逃走。

尤其是，当着自己的内定弟子，还有天下人的面，这名字又一次出现了，举世皆知。

那纪录碑会浮现在各地，昭告天下，让所有人都知晓此事。

石昊真想一头撞碎此碑，而后逃之夭夭。

“当！”

想到就做，石昊浑身发光，对眼前的一块纪录碑出手了，一拳将碑砸碎了。

这足以证明石昊拳头的坚硬，不然的话，一拳怎可打碎纪录碑？一般来说不可能。

然而，让石昊抓狂的是，此碑碎掉以后，紧接着，又浮现出一块石碑，上面有了全新的纪录。依旧是关于拳力的，他在这片刻间，打破了自己的拳力纪录。

在石碑的上面，还是“最爱吃兽奶”几个字，太醒目了。

“噗！”

许多人都忍不住笑了。

因为，上面写得很清楚，石昊因恼羞成怒，毁掉纪录碑，要被惩罚，但同时他又破纪录了。

石昊真的不知道说什么好了，这也能行？他的脸色阴晴不定，这也太糗了！

“哈哈，真的是小石！嘿嘿，他依旧是过去的风格，还想‘毁尸灭迹’，结果他那名字更显著了。”

“哈哈，我想他肯定后悔得肠子都青了，当年居然写下这么一个名字。”

许多人都在笑，同时幸灾乐祸。

在石昊黑着脸时，他终于见到了鸟爷和精壁大爷。

第1490章 虚神界尽头

WANMEI SHIJIE

“你这小子，一回来就毁虚神界，是想造反吗？我要给予你惩罚，所有破纪录的奖励都不会给予！”精璧大爷给了石昊一个下马威。

“什么惩罚，我是来讨债的，当年欠我的宝术压根就没有兑现呢。”石昊向前走去，道。

两个老家伙虽然脸皮厚，但是面子上也有些挂不住，因为他们的确不厚道，这么多年都没有兑现诺言。

“你们应该知道，上次我可是从灵界打下来了。”石昊进一步说道。

“先离开这里，我们借一步说话。”鸟爷说道。

“嗖嗖”几声，他们从原地消失了，疾速而去。因为很多人向这里赶来，有人发现了石昊的踪迹。

“别敷衍我，青铜碎片我已经集全，就差你们承诺的天书了。”石昊道。

这个地方十分荒僻，但很不一般，四野弥漫着混沌之气。

“唉，不是我不想给你，是有点麻烦。”鸟爷说道。他眼神涣散，而他肩头的那只鸟也很迷茫，有点失神的样子。

石昊看了又看，这两人的状态不是很好，就是那只鸟也出了一些问题。

“你们一念成魔，一念成佛，不会真的坚持不住了吧？”石昊担忧地问道。上一次回来时，他就发现了问题，这两人将精神寄托在虚神界，出了很大的问题，居然有魔化的迹象。

“还成，目前问题不大。”精璧大爷说道，用手捋了捋白须。

“这条龙被你降服了？”鸟爷问道。

葛沽一听这话，顿时不高兴了，怒视两人，虽然知道他们可能是虚神界的掌控者，但还是非常不满。

“这是我弟子，日后将会继承我的部分道统。”石昊答道。

“你这么年轻就收徒了？”精璧大爷笑眯眯的，觉得这条赤龙当石昊的徒弟倒也匹配。

“唉，我身中折仙咒，可能时日无多了，得留下个弟子啊！”石昊做出长吁短叹状。

“什么？”那两人都是一惊，一下子清醒了，被石昊的话刺激到了。

折仙咒，连真仙中了修为都得废掉，霸道至极。

“两位前辈可有化解之法？”石昊虚心请教道。

在那处生命禁区时，石昊曾问过那白衣男子这个问题，而白衣男子说此咒无解，只能硬扛。

传闻，除了仙王之外，但凡中了此咒的人到最后都废了，只是时间长短的问题。

石昊当时就有点懵，竟然无解？

禁区之主很坦诚地告诉石昊，正是因为无解，才值得他借此考验石昊。只有石昊最后创造奇迹熬下来，才有可能成为史上最强大的遁一境修士。

当时，石昊不禁苦笑，最强遁一境的修士有什么用，连真仙都得废啊！

当然，他明白禁区之主的心情，因为对方经历得太多，见过的灾难也太多，需要一个超越诸多强者的人物崛起，最起码要超越禁区之主本身，不然的话，培养起来也无意义。

禁区之主面对的敌人或者某种环境可能极其恐怖，不然的话，他自己也不会殒命。

石昊知道，禁区之主是想去堤坝的那一边，一路向前，但当年他狼狈而归，不久就殒命了。

这等人物所需要的继承者，自然要超越古人，达到最强。

折仙咒斩尽仙道生灵道行，被那位白衣男子认为是一块试金石，可以考量石昊是否真的有逆天之力。

石昊只能叹息，这种考验未免太沉重了。

所以，见到鸟爷和精璧大爷后，他这般请教与询问，完全是死马当活马医。

“我们所经历的时代，应该是见到过折仙咒的，但是没有太深刻的印象了，好像无解。”精璧大爷说道。

石昊早已听两人说起过，他们出了问题，遗忘了过去的事。

“虚神界不是精神的国度吗？你们怎么会如此？我怕到头来你们会成魔啊！”石昊说道。

“到现在也无须瞒你，我们负过伤，而且还在镇压着一些东西，所以才越发有魔化的迹象。”精璧大爷说道。他坦言，经常遗忘一些事也跟此有关。

“你们镇压着东西？”石昊很吃惊。

“走吧，带你去取宝术，就看你能否得手了，同时也让你看一看我们镇压的东西。”鸟爷说道。

石昊心中一跳，他知道自己将接触虚神界最隐蔽的事了，那可能是最大的秘密。

葛沽很着急，因为几人的对话是在暗中传音，它听不到，而一些无关紧要的事，它倒是可以随时听到。

他们沿着一条路登天而行，破开云雾，走过古道，来到了一片茫茫无边的混沌地带。

他们迈步走到路的尽头，那里有一座非常大的古殿，还有牢笼。

这是什么地方？

毫无疑问，这是虚神界从来没有对外开放过的地方，里面藏着天大的秘密！

“小心，不要靠得太近。”鸟爷提醒道。

当靠近那座巨大的黑色古殿时，他们阻止了石昊。

殿中非常幽暗，但还是可以看清里面有一些石质塑像，古老而神秘，早已龟裂了，并有很多尘土。

值得注意的是，塑像的身上锁着铁链。

石昊知道，这一切都是精神所化，包括那铁链也是无上规则。才一靠近，他就体会到了超越极境的力量，很恐怖。

要知道，他在虚神界已经做到超越极境了，但是在这里还是有被洪荒猛兽盯住的感觉，这预示着危机。

在几尊古老的石质塑像上，还有淡淡的黑雾飘出，有一股魔性的力量。

“你们是因他们而魔化的吗？”石昊吃惊地问鸟爷。

“还有其他。”鸟爷说道。

这太不一般了，几尊塑像就如此恐怖吗？

石昊向前望去，穿过这座大殿，便是一片牢狱，在那里有一片很诡异的祭坛。每一座祭坛上都有一个瓦罐，瓦罐都被封印着，上面有斑驳的血迹。

那是在借助祭坛封印瓦罐，而那些血不知道是封印所需，还是从瓦罐中流出的。

足有数十座祭坛，数十个瓦罐！

那瓦罐也在向外飘散黑雾，带着魔性的力量。

石昊蹙眉，这种黑雾有些熟悉，代表着诡异与不祥，就像大长老孟天正成仙时所面临的诡异黑雾。

“你要的宝术就被镇压在那里，只是你恐怕无法取到它。”鸟爷说道。

第1491章 天下有敌

WANMEI SHIJIE

“那是什么宝术？”石昊询问道。

“世间无敌术，也是你最需要的宝术！”精璧大爷说道。

石昊的眼神立时火热了起来，那两块骨头都不一般，看着古朴，但是隐约可见神秘的文字，并弥漫出仙气。

“好像不是我族宝术。”葛沽说道，有些忐忑，也有些失望。它在石昊一再“讲道理”的情况下，已经有些低头了，可能会拜师，因为它很想成为一条懂得自己族内无上宝术的真龙。

可是，来到虚神界后，葛沽发现自己的愿望多半要落空了。

“真凰秘术。”鸟爷说道，并且感叹这种妙术威力无穷，可以浴火重生，涅槃复活，最适合石昊。

那两块骨是凤凰骨，一块在黑色殿宇中，一块在牢笼间，静静地悬浮着。

确切地说，那是由凤凰骨文交织而成的，天生就带着至强的力量，在这里净化黑色雾霭。

“你没有办法带走真凰秘术，只能在这个地方学习，但是，那将极其危险，你可能会因此而魔化。”精璧大爷提醒道。

“虱子多了不怕咬，我连折仙咒都中了，还怕这些黑雾吗？我还能魔化到什么地步？”石昊道。

“折仙咒只是废你道行，可这里却能影响你的心神，让你堕入黑暗！”鸟爷的神色无比郑重，长叹一声。

当然，这里最危险的还不光是那些，无论是石质塑像还是那些封印的瓦罐，都很可怕。

“那瓦罐中有生灵，一旦有人靠近，就会对外出手，都是超越极境的生灵，十分恐怖！”

鸟爷警告石昊，让他留意与小心。因为，他们已经看出了，石昊打定主意要过去，想得到真凰秘术。

石昊无论如何也不想错过真凰秘术，这里有十凶的最高神通，他入宝山岂能空手而归？

尤其是，这真凰秘术是他非常感兴趣的东西，除了强大的攻击力外，那不死身也是他最为眼热的。

浴火重生，不死凤凰身，从古至今不知道吸引了多少生灵。

现在，机会就在眼前！

只有赤龙葛沽不开心，它觉得自己可能要成为真龙一脉的笑话了，连本族神通都没有掌握，它还算是真龙吗？

石昊动了，走进了黑色殿宇中。

“哗啦啦！”

就在这一刻，冰冷的铁链的摇动声响传来，太突然了。

那几尊塑像本是石胎，可是现在居然都动了，一起探出大手，向着石昊拍击而来。

“砰砰砰！”

石昊的神色变了，这几尊石像太不简单了，强大得离谱，让他都感觉到了死亡的威胁。他不得不全力以赴，与之对决。

“是个猛人啊，这个小家伙强得过分，有点妖邪。”鸟爷暗自叹道。

精璧大爷也点了点头，十分认可石昊的威势，觉得现在的石昊比去上界前的他要厉害很多，突破极境后的路又宽广了不少。

这跟境界无关，在这个地方，所有人都在同一道行层次上，所比较的只是超越极境后的路，看同阶者中谁最强。

从某种意义上来说，这就是在培养某一境界的史上最强者。

才一交手而已，石昊就惊呆了，自从他突破到现在这个境地后，同阶还没有遇到过对手呢。

可是，在这里，他有了紧迫感。这几尊石像太强了，探出的大手带着锁在身上的铁链哗啦啦作响，攻势凶猛。

这一刻，仿佛有几位无敌者降世，他们从最古老的年代走来，向他挑战，狭路相逢，注定会有一场激战。

“这是什么生灵？”最后，石昊退回来了，没有硬闯，因为内心受到的触动太大了。

“至高无上的人物，不知道活在什么年代，曾在一界被供奉在神庙中，先民中的强大人物锁住了他们的一些烙印。”鸟爷说道。这是他所能记住的大事件，因为影响巨大，至今都没有遗忘。

石昊的神色阴晴不定，盯着那几尊石像。

“即便不敌，也不丢人。你如果能挡住其中一尊石像的话，就可以称为逆天了。”精璧大爷说道。

“谁说我不敌？”石昊自然不服气。不过，他不得不承认，这几尊石像太古怪了，如今都只是探出一只手而已，如果真的解开锁链，全力跟他拼斗，那会是什么结果？

“我记得有人曾说过，可以在这里培养与磨砺出最强者。”鸟爷说道。

石昊闻言，瞳孔收缩，看来这几尊石像被锁在这里有非凡的意义，不光是被镇压，还是激励后辈人物的恐怖灯塔。

“我想解开一尊石像的铁锁，全力跟他战一场。”石昊说道。

“别！”精璧大爷吓了一大跳。

鸟爷也急忙摆手，这绝对不行。

“这里有一些记载，你看。”精璧大爷示意，地面上刻着一些模糊的字，告诫后人，万不可开启枷锁。

因为，任何一尊石像都是真正无敌的，天下无人可克。

“有意思的地方，我喜欢！”石昊说道。他非常感兴趣，找到了提升自己境界的试炼场，这几尊石像日后将成为他的陪练，他相信，有一天他会亲手为他们松绑。

“你如果非要磨砺自己，可以去牢狱间，不过我警告你，每次闯到那里便要尽快返回，不可耽搁太长时间。”精璧大爷说道。

按照他们所说，牢狱的那些祭坛上的瓦罐中所封印的生灵也极其恐怖。

“太好了，我正好缺对手，没有想到虚神界中便有一群！”石昊兴奋地道，一点也不怵。

“轰！”

这一次，石昊利用身法闯了过去，没有跟石像缠斗，接近了牢狱区域。

结果，石昊刚一靠近，一个瓦罐中突然就探出一只手掌。那手掌向他猛攻，大道之力浩瀚，非常可怕。

“砰！”石昊跟那手掌硬碰硬，眉头紧皱，这里的生灵都这么强大吗？

“不要小看，这里封印的生灵同样强大得无法想象！”精璧大爷提醒道。

“每一个人都超越了极境！”鸟爷补充道。

石昊闻言，心中剧震，这些被封印的生灵的来头恐怕大得吓人，它们是什么出身？

“轰！”

许多瓦罐摇动起来，石昊只要一靠近，就会有手掌或利爪探出来攻击他。

这些生灵强得离谱，让石昊心头沉重。

这里太不一般了，他得弄清楚，如果有朝一日出现这么一群至强者，还怎么去打？他一个人能抗衡吗？

“这是黑暗预言中的一角，只是预演，被锁在这里的部分战将，是用以磨砺后人的。”就在此时，鸟爷如同梦呓般，竟说出这么一番话来。连他自已都很吃惊，有些迷茫。

显然，这是鸟爷脑海深处的记忆，曾经因为魔化而遗忘了，现在受到刺激，便不由自主地说了出来。

“很好，以后这里便是我练功的地方！”

石昊觉得，来到下界，或许比在上界修行更重要。在这里，他遇到了一群很好的对手，那是最有效的磨刀石。

“哧！”

石昊化成一道光，一冲而过，将一块凤凰骨取到手中，在那里观看。

第1492章 真凰秘术到手

WANMEI SHIJIE

祭坛成片，全都摆放着瓦罐，一只又一只手和爪子从瓦罐中伸出，施展古神通，攻击石昊。

一时间，这里发生了大战。

到了最后，石昊披头散发而出，浑身是伤。

“怎么样，你没事吧？”鸟爷吃惊地问道。

“无妨！”石昊说道。他盘坐在地上，全力以赴地运转玄功，逼出一缕又一缕黑雾，防止自己发生魔化。

这地方太诡异了，石昊已经冲进去三次了，每一次都重伤而归，每一次都只能在那里站立片刻，参悟一小段真凰秘术。

那东西没有办法带出来，只能在那里观阅。

奈何这一秘术由大道符文演化而成，浓缩在两块骨中，想要硬记硬背都不行，需要去参悟。因为，那些纹路非常复杂，如同天上的繁星一般，千变万化，妙不可言。

这不是一般的经文，有部分仙文，但九成以上都是道纹，演绎最本质的规则，是大道的力量。它是不断变化的，阐释真凰的原始奥义。

很显然，留下经文者认为，直接以文字来描述真凰秘术太过苍白，需要以真凰大道演绎，才能道尽秘密。

可这样一来，对于一般的人来说，难度不是一般的大，因为那是凤凰一脉的秘术，其他生灵难以悟通。

真凰秘术变化无穷，让人头疼。

石昊冲进去三次了，每次都能在那里体会真凰秘术片刻。在他眼中，那些骨文犹如一只又一只凤凰在起舞。

那些纹路带着火光，伴着真凰，展翅击天，殒命后又浴火重生，绚烂夺目，其躯挤满天地，而后又充斥宇宙。

这就是石昊的感觉，真凰秘术博大精深，浩瀚莫测，真要将其悟透，需要极其惊人的天分。

“哧！”当最后一缕黑雾从石昊体内排出后，他站起身来，再次冲了进去。他的目标很明确，就是为了凤凰骨上的奥义。

“轰隆！”

这里再次爆发大战，石昊穿过殿宇，冲进牢笼，在那片祭坛前一边激战，一边观阅真凰秘术。

葛沽心中不得不叹，石昊太强了，比它要厉害！

早先它还不服气，认为如果在同境界一战的话，石昊多半不是它的对手。哪怕在跟西固决战时，石昊贸然闯入，将他们镇压，那时它都不服，觉得是自己大意了。

可是现在，通过观摩这数场大战，葛沽已经确定，石昊走到了极境路的尽头，在这个领域中露出了无敌的气象。甚至，它觉得石昊可能是古来最强大的遁一境修士。

同时，它对封印在这里的瓦罐也感到极为震惊，每一个瓦罐中都有一个生灵，他们都是昔日的绝世人物。如果放他们出来，会发生什么？简直不敢想象！

此时，石昊在激战，他得承认他现在占了很大的便宜，因为每个瓦罐中只能探出一只手，而不是真身全部显现。而且，只有近前的一些瓦罐才对他有杀伤力，强大的封印之力制约着瓦罐中的生灵向远处攻击。

即便如此，被敌人包围，也是一场惨烈的搏斗。各种神通古术等一起飞来，让他满身是伤，颇为凄惨。

但是，石昊没有退缩，这是第四次冲进来了。他一边迎战，一边将心思放在凤凰骨上，在那里阅读。

他在参悟真凰秘术！

显然，石昊拥有惊人的悟性，在这种生死搏斗中依旧有所获，身体不时发出光芒，如同沐浴神火，令受伤的身体有了好转。

可以说，这是现学现用，浴火重生术，便是真凰秘术中的部分精华。

石昊在这里激战，面对的不仅是强敌的威胁，还有那从瓦罐口中飘出的黑雾。

从某种意义上来说，这东西的杀伤力更为恐怖。短时间或许没什么，但是真要任它侵蚀，孟天正便是前车之鉴。

石昊不会忘记，边荒最后一战，大长老孟天正是如何消失的。此外，鸟爷和精璧大爷常年镇守在这里，也出现了严重的问题。

“噗！”

石昊吐出一口血，身子横飞了出来。他再次开始调息，修复受伤的身体，排尽那些黑雾。

就这样，石昊开始了艰难的断杀之旅。

短短六日间，他经历了千百次的战斗，在古殿和牢狱展开了最为惊人的大战。可惜，外界无人知道。

若是九天上的长生世家得悉这个消息，肯定会很震惊，强大如荒，居然遇到了对手，被一些封印在此的生灵斩伤。

若是瓦罐中逃出几个生灵，若是那绑缚着铁链的石像有一尊挣脱了铁链，会怎样？

那多半是一场大祸！

石昊凭借六天六夜的激战，总算将两块凤凰骨上的真义全部烙印在了脑海中，并且有了一定的成就。虽谈不上掌握，但是将浩瀚如繁星般的纹路铭记在心间，他做到了，可以真正地去修炼与印证了。

真凰秘术到手！

这是石昊一直想得到的神通，今日圆满成功了。

此地安静了下来，石昊大口喘息，而后闭上眸子，在这里休息了很长时间。

六天的激战令他疲惫不堪，甚至连骨头都断裂过，还好他挺了过来。此时，一层火焰附着在他的体表，如同凤凰翎羽，十分鲜艳与灿烂，弥漫出勃勃生机。

“轰！”

石昊长身而起，他彻底复原了。

对于真凰秘术之涅槃神通，他已经取得了一定的成果。

石昊欣喜不已，若是彻底掌握这门妙术，将来哪怕重伤垂死，也可以再生，没有比这更珍贵的古术了。

这是保命的绝学！

“鸟爷、精璧大爷，多谢，我要回到现实世界中去体会一番。”石昊告辞道。他收获巨大，需要去消化，去参悟。

鸟爷、精璧大爷都在感叹，还真是选对了人，他居然成功了。

要知道，这里虽然看着宁静，但是一旦闯进去，必然十死无生，封印的生灵太强大了，动辄会斩灭所谓天纵奇才。

“下界，牢笼。”石昊自语道，而后猛地回头，看向两位老者，双目中光芒闪烁。

我好像被误导了，难道所谓下界牢笼，不是指八域，而是在虚神界中？石昊心中暗想。

他觉得，心中的某扇窗突然被猛力推开了。

这个猜测很惊人，跟以往的认知不同，下界的某些秘密，就藏在虚神界中！

“所谓牢笼，不是八域，所谓无敌囚犯，被镇压在虚神界中。”石昊声音沙哑，看向那两个老者。

第1493章 没有翅膀的凤凰

WANMEI SHIJIE

“年轻人，你多想了。”

鸟爷有点茫然，双目无神，不能给予石昊什么有效的提示。这个地方有黑雾弥漫，两个老人魔化的迹象很明显。

虽然两大强者也运转玄功，但是逼出黑雾的效果不大。那是因为，漫长的岁月以来，他们长期在这里，那黑雾早已侵蚀他们，无法完全驱除。

“两位前辈，告辞！”石昊没有深究，打算先回去。以后他肯定还会来这个地方，因为这里有真正可以跟他激战的生灵，可以磨砺他的道体。

石昊走了，为了日后变得更加强大，他要去修行。相信不久的将来他将会再来此地，真正地开始挑战。

到那个时候，他将成为出鞘的仙剑，锋芒指向所谓绝世强者。

石村后面的一片烂泥塘间，被石昊布下了一座法阵。到了他这个境界，有阵图，有法力，便是依葫芦画瓢也能布置好法阵。

石昊从上界带来了非常多的天材地宝，布一座完整的神阵完全没有问题。

“呼！”

火光冲天，葛沽始终被困在阵中，不断地嘶吼着。

“还差了不少火候！”石昊喝道。他在训练赤龙葛沽，教它神通，真的将它当成了弟子。

葛沽是被逼的，在法阵中，它的破坏力锐减，被限制住了，不会对这片大荒造成影响。

最近这些天，葛沽屈服了，它在认真考虑之后，决定拜石昊为师。

此时，葛沽在进行最为艰苦的修炼，吸引了石村的很多人。

葛沽的修炼的确很艰苦，因为它首先要做的就是要忘掉自己的出身，在那里吼着：“我是凤凰！”

无畏狮子、云曦等自然早已被惊动，不禁目瞪口呆，这条龙被石昊训练得疯了吗？

早先时，它还只是埋头苦练，可现在居然喊出这种话来，不会是走火入魔，脑子出问题了吧？

一群人都怀疑石昊将这条真龙逼疯了。

“我是凤凰，天资无双，浴火再生！”赤龙葛沽大喊着，声音铿锵有力。

“你是它的师父，怎么能这样逼迫它？它都神志不清了。”云曦开口，提醒石昊过犹不及，整日让葛沽苦修，出了大问题。

“它没疯，我在教它本领。想修炼无上宝术，必须先忘掉自己的身份。”石昊平静地回应道。

所有人都愕然，不明白石昊为什么这样对待赤龙葛沽。

“我是凤凰，一只没有翅膀的凤凰！”葛沽在大吼，声音越发大了，且体外的火光更加耀眼。

一群人都傻眼了，神色越发怪异。

“其实，道理很简单，它没有得到真龙一脉的至高传承，所以我教它别族大法，改修真凰秘术。”石昊解释道。

最开始，这一做法遭到了赤龙葛沽的极力抵制，因为，那太容易引发笑话了，它一代真龙居然不会自己族的法，还要学真凰秘术。

而随着葛沽不断嘶吼，它渐渐地真的将自己当成了一只凤凰。

“我是一只没有翅膀的凤凰！”葛沽吼道。它的声音还很稚嫩，但是很坚定，自己催眠自己，完全投入其中。

“哧！”

凤凰展翅，在赤龙葛沽的身体两侧有两道赤霞闪耀，撕裂长空，威能恐怖。

很快，真凰翔空，那两道赤霞浮现，如同一对神翅般扫过苍穹，体现出凤凰族的威势。

没有真龙宝术，石昊便教葛沽真凰秘术。

石昊之所以让葛沽接受真凰秘术，主要是因为有龙凤呈祥的传说。若是将两大种群的秘术集于一身，那便是无敌道统，可以横扫天下。

赤龙葛沽先学会凤凰族的神通，日后随着它道行精进，万一它觉醒了，完成了真龙族的秘术传承，那么就可以实现龙凤呈祥了。

“我是没有翅膀的狮子，不，我是凤凰！”无畏狮子也在叫。它脸皮很厚，凑上前来，跟石昊索要真凰秘术。

结果，石昊毫不犹豫地就拒绝了它。

“你一个异域妖魔，凭什么掌握九天的至高秘术！你想学也可以，彻底臣服，并交出你所有的秘密。”石昊斜睨了无畏狮子一眼。

无畏狮子脸色黑黑的，极其不满。

“还不服，我让你去寻五色雀，结果到现在都没有抓住，你还能成事吗？”石昊斥道。

无畏狮子发誓，它真的没有偷懒，一直在寻找五色雀。那五色雀敢在它鼻子上拉鸟粪，它无论如何也咽不下这口气。

只是，没抓住就是没抓住，它现在也只能憋气。

石昊最近一直在修行，参悟真凰奥义，指点葛沾只是利用碎片时间，大多数情况下他都是自己在修炼。

当日，清风回来了。

石昊起身，向清风了解情况，而后骑上无畏狮子动身，同清风回到了石国，他准备动手了。

这些天以来，荒域掀起了巨大的波澜，许多人都知道石昊回来了，全都在议论。

也有部分人不相信，认为虚神界那个“最爱吃兽奶”可能有问题。

“我觉得吧，只是他的元神从上界下来了，进入了虚神界，真身并没有回来。你们也不想一想，上界是什么地方，如今根本没有人能下来了。”

“可是，石国皇宫传出消息，小石真的回来了。还有，玄域传来消息，芊芊郡主曾在玄域见到了小石。这怎么可能是假消息？”

“这你就不知道了吧，如今石国风雨飘摇，石皇可能要被逼退位，支持他的人不得不放出一些骇人听闻的消息。”

许多人认为石昊回来了，但也有少部分人很执拗，认为他的真身没有办法来到下界，并找出了各种理由。

石国皇宫，很多人哭笑不得，真实的消息居然还引发一些人质疑，这要上哪儿去说理?

不过，一切的嘈杂声都在今日平息了。因为，石昊出现在石国皇都，并且霸气出手了，此事震动了四方。

石昊抬手间，就将两位强大的老王爷拿下了。

“陛下！”

这两族慌乱了，剩下的人跪在那里，面色苍白，战战兢兢。

事实上，这么多日子以来，他们都是在惶恐中度过的，就怕少年石皇归来后跟他们算账。

这几年来，他们跟昔日的石国皇族嫡系走得很近，想逼清风离开。

“当年，我对你们这两族不薄，还曾赐下稀有丹药，结果你们就是这么回报我的?!”石昊寒声问道，动了真怒。

那两个老王爷当年还是他看重的人，他给予了两族不少好处，结果等到他走后，他们居然开始密谋推翻他的兄弟清风的统治。

“石皇，请宽恕我等的罪行！”两族中有人高呼，在那里央求。

“哧哧”两声，石昊很干脆，弹指间废掉了两族的老王爷。让他深感安慰的是，战王、鹏王等始终如一地守护清风，没有生出其他心思。

“小石，你好大的威风！”就在这时，天际尽头传来喝声。那人驾驭着神火而来，透出神圣的气息。

“神灵！”有人惊呼出声。

“雨族请出的人，也正是因为传说他们请出了神级高手，据闻可以抗衡朱厌，才导致一些人敢觊觎皇位。”有人小声道。

“轰！”

那个生灵疾速到了近前，神火焚天，并且头骨上还映现出夺目的光彩。

“不对啊，那个生灵可能成为真一境的强者了，也就是说可能是真神！”有人不禁倒吸一口凉气。

“小石，你这等张扬，还敢现身在下界。让我掂量一下，你有何本领，敢这么嚣张！”这位神级高手当即出手，向石昊抓去。

在许多人看来，想成神太难了，十多年过去，石昊不见得走到了这一步，最逆天也不过涉足真神境界。现在一个明显是真神的存在强势而来，要拿下小石，自然让一些原本心中惶恐的人多了一些底气。

然而，接下来的一幕让许多人目瞪口呆。

这一次，石昊纹丝不动，没有出手，结果他骑坐着的无畏狮子张开血盆大口，“噗”的一声，一口将那神灵咬中了！

天地寂静，所有人都傻眼了。

第1494章 神

WANMEI SHIJIE

神灵强势而来，结果被一头狮子一口就给咬中了，震惊了所有人。

这跟人们想象的完全不一样！

“啊——”那个神灵大叫起来，打破了宁静。

神灵面色惨白，跟活见鬼一般，盯着无畏狮子还有石昊。以他的战力，他遇上真神都有一战之力，可现在怎么吃了这样一个大亏？此前，他曾详细调查过小石，那是一个才二十几岁的青年，再怎么厉害，又能有多逆天呢？

这个神灵觉得石昊还没成为真神，因为石昊年岁太小，没有那个基础。

想成神太难了，不是说说而已。哪怕小石早已成为尊者，也很难在十多年间成就真神位。

可现实是残酷的，就摆在眼前，让这个神灵震惊不已。他知道，小石的境界远超出他的想象了，光是坐骑就这么恐怖，更遑论正主。

“我没看错吧，小石的坐骑就将那个神灵解决了？”

“天啊，我看到了什么，一头狮子而已，居然咬伤了神灵！”

人们回过神来后，不再发傻，议论纷纷，石国都城彻底沸腾了。

“你……”那神灵的脸上没有一点血色，真的被吓坏了。

这是哪来的狮子？也太凶残了！这跟神灵想象的完全不一样，在他看来，只要他亲临此地，哪怕小石很厉害，估计也难以抵挡他的威势，会被他镇压。毕竟，年岁摆在那里，石昊才修炼了多少年？

“哪来的小虾米，懂规矩吗？在这里大吼大叫，忘记自己姓什么了吧？”无畏狮子抬了抬眼皮，一脸不屑地说道。

这个神灵在这下界可以算是绝顶高手了，结果此时却被人称作小虾米，这太羞辱人了。

这个神灵敢怒不敢言，形势比人强，现在如果放狠话的话，估计这头凶残的黄毛大狮子会再咬他一口。

“对了，你哪儿来的？”无畏狮子扫了他一眼，探出一只大爪子，很瘆人。

别说被咬了一口的正主，就是围观的修士也都心中发毛，浑身冒寒气，这绝对是一头超级凶兽。

很明显，现在的无畏狮子跟以前相比，绝对算是妥协了。以往的它是冷酷的，也是寡语的，主要是因为不服石昊。现在，它这样说话，说明它真的没辙了，有点向石昊靠拢的意思。

“我……从海里来的。”这个神灵开口道。他害怕了，一被逼问，就赶紧说出了来历。

当年，八域虽然大乱，但是并非所有高手都遭了殃，有个别人躲避在密地中，逃过了一劫。这只海兽就是幸存者，那个时候，他正在海中的某一古老遗迹中闭关。

出世之后，他不得不庆幸，而后无比欣喜，八域大变之后，他绝对有在一域称王称霸的资格了。

石昊没有开口，骑坐在无畏狮子身上，纹丝未动。

“你在海中称霸也就罢了，为何跑到石国来？”石国的一位老王爷开口道。

若是在平日，一国之君面对神灵也得惧怕，不敢沾惹，但是今日不同，少年人皇回来了，连他的坐骑都能如此，还有什么可怕的？

“有人邀我前来。”这个神灵低头道，态度很配合。

听到这些话，石国一些大族的人的脸色都发白了，因为这跟他们有关。

除了早先被废掉的两位王爷的两大强族外，还有其他一些家族参与，虽然人不是很多，但是有一定的影响力。

这个时候，那些家族的重要人物再也绷不住了，全都出列，一个个战战兢兢地跪伏了下去。

“他们能找上你？”石昊终于开口了，他不认为一般的生灵可以寻到这个神。

正如早先调查的那样，是雨族牵线，从海中请出了这个神灵。

当年雨族被石昊折腾得不轻，想除掉石昊不成，反被击垮。最后一部分人远走海外，通过秘法等跟雨族上古年间离开的神取得联系，随后，又在海外跟这个神在因缘巧合之下结识，由于有上古神的投影，这个神很给他们面子。

然后，雨族积极活动，跟石国的一些大族取得联系，就有了这番谋划。

当然，昔年的石族皇族嫡系也有一定的野心，他们被找到时，痛快地答应了赶清风下台。他们唯一忌惮的就是朱厌，听闻它也成神了。

不过，当海中的这位神从遗迹中取出一些真神法器后，他们便有了足够的底气。

“有点意思，你不过是神火境的生灵而已，带上一些小玩意后，就跟真神一般了。”无畏狮子开口道。它从这个生灵的身上搜出一些饰物，如骨簪、紫金冠等，这些东西可加深一个人的法力与道行。

看着无畏狮子的一举一动，这个“神灵”一动不敢动。

石昊看了看，这些东西跟湛蓝甲胄、长生战衣比起来差远了。

“给你一个机会，去将雨族的人给我抓来，免你一死。”石昊开口道。

当然，石昊不能这么放他走，抬手在这个“神灵”身上拍了几掌，又点了几指，告知他是秘术锁魂，若想着逃遁，就会发作。

“哪怕你死了，你的神魂也会永远被锁在腐朽的身体中。”石昊警告道，让他快速去完成任务。

这个“神灵”赶紧点头，不敢多说，拖着残躯立刻就走了。他真的怕了，心想：那人的修为不可揣度，多半是一位高阶真神，甚至可能是天神！

石国都城，许多人脸上都带着敬畏之色。至于跪伏在地上那些家族的人，早已害怕到了极点。

石昊没有说什么，只是抬手间不断点出，一道又一道神虹飞了出去，没入那些人的体内。

在“噗噗”声中，一大群人被废掉修为，沦为凡人。他们原本都是一族的顶梁柱，可现在被当众废掉了。

“人做错事总要付出代价。”石昊说了这么一句，而后便将后面的一切交给清风与战王等人了。

早先，在许多人看来，石国将有一场大危机，可能会衰落，甚至是灭国。

因为，人们觉得，涉及神灵层次的战斗，哪怕是一大强国，也不能敌，可能会被神灵颠覆。

可是，现在小石回来了，压制神灵，俯瞰石国各族，面对这场危机，毫不慌乱。

“清风，这些族群有些是白眼狼，你该怎么处理就怎么处理。”石昊说道。他心中自然有怒气，当年临走时，他对这些族群都很重视，给予了他们足够的好处，结果到头来他们却最先跳出来反叛。

主事的人一个都没能逃掉，全部被石昊当场废掉了。剩下的人，有的被废了修为，有的被送入大牢。

这一天，石国剧变，惊动了各方。

一场大灾乱，就这么随着小石的回归直接被镇压了。

所谓大乱，在石昊面前，根本算不上什么。他今日选择出手，意味着要连根拔起，那些族群注定要完了。

消息传出，四方震动。石国的各族都低头了，边疆各地的那些人明确表示要追随少年石皇。

就在当日，那个“神灵”回来了，还带回了一些人，都是雨族的，可惜还有部分人没有捉拿回来。

这个“神灵”神色凝重，带来一个消息，他又见到雨族上古时期的人物的投影了，因此惴惴不安。

“没什么，他真敢出现的话，就冲我来好了。”石昊拍了拍他的肩膀。

在接下来的时间里，石国都城无比热闹，小石回归的消息被证实后，一些大族非常振奋。至于很多的普通百姓，当年也见识过石昊之威，他曾跟一些大教开战，守护过此城，给人们留下了深刻的印象。

“报，芊芊郡主来访！”就在这一日，不断有人禀报。来访的都是一些故人，他们知道石昊回来了，都向石国皇都赶来。

同一日，有不好的消息传来，东部下起了倾盆大雨，并且越下越大，简直像是从天上往地上泼水一般。

“雨族吗？他们的神真的显化了，要现身了吗？”石昊抬头望向东方，脸上露出一抹冷笑。他很想看一看那个上古时期就离开的生灵如今正在哪里投影，若是惹怒了他，他不介意闯进那一界去看一看。

（本册完）